集人文社科之思 刊专业学术之声

集 刊 名：比较文学与跨文化研究
主办单位：中国社会科学院大学外国语学院
主　　编：王铁利
执行主编：杨　春

COMPARATIVE LITERATURE AND CROSS-CULTURAL STUDIES

2024年第1辑（总第1辑）

集刊序列号：PIJ-2024-516
集刊主页：www.jikan.com.cn/ 比较文学与跨文化研究
集刊投约稿平台：www.iedol.cn

主　　编　王铁利
执行主编　杨　春

COMPARATIVE LITERATURE AND CROSS-CULTURAL STUDIES

比较文学与跨文化研究

2024 年第 1 辑（总第 1 辑）

卷首语

沟通心灵的桥梁　展示文明的画卷

王铁利

在浩瀚的人类文明长河中，文学与文化如同璀璨星辰，穿越时空的阻隔，照亮彼此的心灵。每一部作品，都是一盏星光，引领我们感受那些遥远而亲切的灵魂共鸣。正是这份跨越界限的力量，让比较文学与跨文化研究成为一门既深邃又迷人的学问，它如同桥梁，连接着世界的每一个角落，让不同的文化在交流中碰撞出绚烂的火花。

比较文学与跨文化研究不仅是学术活动，更是心灵的盛宴。它要求我们以细腻的情感感知文学与文化的魅力，以开放的姿态拥抱不同的文化，以深邃的思考挖掘人性的真善美。

《比较文学与跨文化研究》的诞生，正是为了捕捉这份跨越的魔力，将文学与文化的无限可能汇聚于一册之中。我们不仅是在探讨文学与文化的异同，更是在探索人类共同的精神家园，寻找那些超越语言、种族、国界的心灵契合点。在这里，读者阅读每一篇文章的过程都是一次心灵的旅行，穿梭于古今中外的文明殿堂，感受不同文化的独特韵味与深刻内涵。

因此，我们满怀激动与期待，搭建一个宽广的学术平台，汇聚国内外学者的智慧与热情，共同探索文学与文化的深邃与魅力，深化跨文化研究的广度与深度。

本刊由中国社会科学院大学外国语学院主办，编委会由相关领域的知名学者程巍、张伯江、王海峰、单小明、高海龙、赵红宝等先生组成。我们致力于发表国内外有关比较文学与跨文化研究领域的理论创新与实践探索成果。刊物的主要栏目包括经典阐释、文学新潮、海外撷英、跨文化交流、跨语言交际等。

《比较文学与跨文化研究》不仅是一个学术期刊，更是一个充满无限可能的未来展望。我们精心策划每一个栏目，邀请广大学者，共同呈现思想的盛宴，让读者在品味文学的同时，也能感受到文化的温度与力量。我们坚信，通过不懈地努力与探索，我们能够不断拓宽文学研究的领域，深化对跨文化现象的理解。同时，我们也期待与更多的学者、读者以及文化爱好者携手共进，共同推动这一领域的繁荣发展。在未来的日子里，让我们一同期待那些由比较文学与跨文化研究所带来的惊喜与感动！

集刊 比较文学与跨文化研究 2024年第1辑（总第1辑）
2024年12月出版

·经典阐释·

男性气质的女人和女性气质的男人
——索尔·贝娄《赫索格》女性主义戏仿研究 …………… 单小明 / 1
《奥瑞斯提亚》的公义观点演进和角色分析 ………………… 宋育芳 / 18

·文学新潮·

约翰逊的现代意识
——简评《塞缪尔·约翰逊和现代英格兰的形成》 …… 夏晓敏 / 31
“缺失”与“在场”
——詹姆斯一世时期戏剧性别话语探究 ……………… 吴琳娜 / 45
澳大利亚土著文学的开端
——第一部土著诗集的诞生 …………………………… 武　竞 / 57
古代中西海岛历险叙事比较研究 …………………………… 张文茹 / 73

·海外撷英·

情艺交织，感悟成长
——阿里·本杰明《水母物语》叙事艺术与成长主题探讨
…………………………………………………… 杨　春 / 86
维多利亚时代“进步崇拜”下小人物的命运
——论工业小说《南与北》中两个工人的死 …………… 王春霞 / 100

·跨文化交流·

伊丽莎白一世时代英国的节庆及其演变 ………… 王超华　潘王聪 / 119
中国近代英文教育的变迁与人文学的跨文化传播 ………… 杨　博 / 135
鄂多立克的“苦行”
——《鄂多立克东游录》跨文化叙事分析 …… 沈雪晨　黄　河 / 146
中国贫困治理经验对外传播研究 ………………… 管　宇　孙鸿菲 / 154

·跨语言交际·

大学英语跨文化交际能力模型建构与实践 ………………… 李　蕊 / 168

Table of Contents & Abstracts ……………………………………… / 182
稿　约 ……………………………………………………… / 193

• 经典阐释 •

男性气质的女人和女性气质的男人

——索尔·贝娄《赫索格》女性主义戏仿研究*

单小明**

摘　要：索尔·贝娄小说《赫索格》通过戏仿女性主义，揭示了主人公赫索格内心的转变与成长。赫索格的心路历程在小说中通过与各种女性人物的互动而得以体现。随着故事的发展，赫索格开始意识到男女对立两性观的局限性，社会需要男性气质与女性气质的结合，才能实现真正的和谐与进步，而非将性别角色对立起来。赫索格最终选择了社会向善论，认为男性气质与女性气质相结合才能造就完善的人类，而激进女性主义者的做法使男性与女性都变得好战，丧失人性。

关键词：索尔·贝娄　《赫索格》　女性主义　戏仿

一　戏仿的女性主义

女性主义在过去的几百年间历经了迅速的发展。现如今，女性主义形式多种多样，流派各式各样，然而究其本质，女性主义所倡导的乃男女全方位的平等，涵盖政治、经济、社会等诸多领域。其核心以及中心大意是：不论是有意识还是无意识，男性都压迫了女性，这种压迫不仅剥夺了女性在各个领域的话语权，而且忽略了女性对于此现象的反应

---

* 感谢中国社会科学院大学外国语学院翻译专业（MTI）硕士生朱钧煦、王永琪、王铭昕、周玮琪对本文内容的审读。

** 单小明，中国石油大学（北京）外国语学院，副教授，研究方向为英美文学与文学翻译。

(反应的形式如发表意见、著书立说等)。

女性主义者认为女性在全世界范围内是一个受压迫、受歧视的性别，是“无关紧要的他者”(the non-significant Other)，即女性主义思想泰斗波伏瓦所说的“第二性”。[①] 她们认为父权是造成社会最严重问题的根本原因，男性有意无意地压迫了女性。

基于此，女性主义的理论重心是男性针对女性的暴力行为以及男性在性和生育领域对女性的控制，主张在一个男性中心的社会争取女性的中心地位。她们的目的是摧毁男性对女性的统治机制，代之以赋权机制(systems of empowerment)。[②]

在索尔·贝娄小说《赫索格》中，作家以戏仿的形式刻画了其中几位主要女性人物，并以此表达了自己对当时风起云涌的女性主义的思考和批评。

所谓戏仿，根据哈琴（Hutcheon）的定义，即“模仿某个文学作品中严肃的话题或者是标志性特征，或者是模仿某位作家的写作风格，抑或模仿某一严肃文学体裁的典型文体以及其他特色，通过将戏仿对象模仿成一个低俗或者是有喜剧效果的替代品以达到贬低其戏仿对象重要性的效果”[③]。

巴赫金认为，识别和赏析戏仿的重要意义在于：“如果忽视故事体中有利用他人语言的宗旨，因而忽视故事体的双声性质，那便无法理解：当两种声音在同一篇故事中表现出不同的意向时，它们之间会出现多么复杂的相互关系。因此，区分讽拟体（戏仿）和普通故事体，便显得非常重要。”[④]

索尔·贝娄在其小说《赫索格》中对女性的戏仿完全符合戏仿的定义，也正如巴赫金所说，两种声音（戏仿的声音和被戏仿的声音）在小

---

① 李银河：《女性主义》，山东人民出版社，2005，第1页。

② 李银河：《女性主义》，山东人民出版社，2005，第16~47页。

③ Linda Hutcheon, *A Theory of Parody: The Teachings of Twentieth Century Art Forms*, London: Methuen, 1985, p. 137.

④ M. Bakhtin, *Problems of Dostoevsky's Poetics*, ed. and trans., C. Emerson, Manchester: Manchester University Press, 1984, p. 155.

说中呈现了复杂的关系。

评价男性与女性的关系时，女性主义惯常认为，一方面，男性与女性处于永恒的对抗之中，女性拒绝成为男权社会下的受害者，并力图改变自己受害者的地位，希望以强者的姿态来处理男女之间的关系；另一方面，男性就算不是为了维持父权社会的主导地位，只是为了免遭女性主义的侵扰，也会奋起反击。这种男女对立的关系，在小说中被描写成一个十分滑稽的场面：

> 在解放了的纽约市，男人和女人，披着俗丽的伪装，就像两个属于敌对部落的野蛮人，面面相觑，男人想占点便宜，然后一走了之，女人的战略是解除男人的武装，要他俯首称臣。①

这一场景可谓男性与女性处于永恒对抗的缩影，亦是女性主义理论的基本写照。在索尔·贝娄看来，这种对抗使男性和女性之间无法和谐相融，这种关系有违人性。索尔·贝娄采用了戏仿的方式来对其进行批判。

索尔·贝娄认为在要求获得同男性平等的地位的过程中，女性主义者抛弃了女性气质，变得男性化，玛德琳这一角色就是最佳例证。而作为男女两性斗争的受害者，赫索格实际上扮演了一个更具女性气质的“被阉割者”的角色。玛德琳与赫索格的斗争被形象地以一个妻子提出要同丈夫离婚的滑稽画面展现出来，这也是男女两性斗争的滑稽戏仿。

> 就在那凌乱不堪的客厅里，两个素以自我为中心的人面临摊牌阶段——赫索格现在是身在纽约，躺在沙发上追忆这些往事——她的那个“自我”胜券在握（她为这一重大时刻筹划在先，渴望已久，眼看就要如愿以偿，给予狠狠一击），赫索格的“自我”泄了气，完全处于被动地位。要说他将要受苦受难，那是活该。他恶贯

① Saul Bellow, *Herzog*, Middlesex: Penguin Books, 1965, p. 246.

满盈，罪有应得。就是这么回事。[①]

为了进一步对女性主义持有的男性与女性的关系论进行批判，索尔·贝娄笔下的玛德琳，也就是赫索格的妻子，所呈现出来的男性气质要比女性气质多得多，而赫索格则更像一个女性，在他身上可以看到很多所谓的女性气质。《赫索格》成书于1964年，相对于女性主义兴起与高涨的时期，此时的社会越发包容与开放。浸淫于如此环境下，索尔·贝娄显然深知，在当时的大环境之中，女性气质不再为女性独有，男性气质也不再为男性独有。

玛德琳美丽迷人，外表光鲜靓丽，这的确属于她的女性特质。她到底有多美？赫索格对她的爱延绵不绝；格斯贝奇宁愿背叛好友，也要同她发生婚外情；希梅斯坦乃至埃德维为了她，甚至都可以欺骗赫索格。然而，她的美却是扭曲的，因为她性格中那股包括骄傲、愤怒、极度理性、好胜心极强、工于心计、有权力欲、冷酷无情等在内的男性气质也特别明显。她自认为父权社会压得她喘不过气来，一心想要抗争，故将赫索格看作男权主义的象征，选取自己的丈夫作为抗争对象。为了有足够的资本同其抗争，玛德琳迫切需要一些男性气质来保护她，并给她眼中女性主义最大的敌人，也就是赫索格，致命一击。赫索格反倒女性气质越发浓厚，变得弱小敏感，并且消极厌世，性生活也一塌糊涂，遭受了身心双重的粗暴对待。小说中赫索格更像一个柔弱的受害者，而玛德琳则更像一个施害者：玛德琳背着赫索格长期同他最好的朋友保持婚外情关系，不顾赫索格的抗议与不满，花钱大手大脚，在赫索格为家里打点好一切后又一脚把他踹出家门，甚至将赫索格的照片交给警察，让警察阻止他见自己的亲生女儿。

与此同时，格斯贝奇、希梅斯坦、埃德维这些男性角色最终和玛德琳站在了同一战线上，这些赫索格曾经的“现实的导师”，同玛德琳一

① Saul Bellow, *Herzog*, Middlesex: Penguin Books, 1965, p. 22.

道，最后居然“用现实的教训教导、惩罚赫索格”[①]。物以类聚，在这些具有鲜明男性气质的人物影响之下，玛德琳也变得更加有男性气质了。

当然，读者眼中玛德琳的这个“恶人”形象以及她身上的男性气质，是以赫索格的叙述（回忆、幻想以及反思）为基础的，而赫索格的叙述其实是“受到了污染”的，是一种主观视角，不够可靠。污染其叙述的正是女性主义对于男性和女性关系的论断。

从女性主义的角度来看，赫索格在父权主义的影响下，必定会设法维护其男性主导地位，所以他才会在玛德琳向他宣布“我们没法再共同生活下去了”[②] 的时候异常愤怒，所以他得知自己让人戴了绿帽子后，才想杀掉玛德琳和她的情人格斯贝奇。从某种角度来说，赫索格实际上陷入了女性主义者为其设的陷阱之中，因为在女性主义者设定的男性与女性关系论中，男性扮演的就是压制女性的反抗的角色，以维系这场永远的战争。

女性主义假定，男性生来就有男性气质；所以赫索格自私、自恋，不对其他与之发生关系的女性做出任何承诺。雷蒙娜和园子这两个角色，是极端化和典型化的被男性压制的女性。她们夸张的行为成了女性主义者证明男性压迫女性的最好证据。

雷蒙娜有时候喜欢把自己弄得像黄色杂志上的女人，竭尽所能吸引赫索格；她非常渴望一位丈夫，因此将性事作为维系她与赫索格的关系的主线，想拴住他的心。而园子呢，她和赫索格的关系中有两大关键词，一是“洗澡”，二是“精心打扮”。她给赫索格穿和服，为他沏小杯的茶供他解渴，为他展示色情味十足的画卷，钓足了他口味，希望教导他以“孔雀的骄傲、山羊的好色、狮子的愤怒，再加上上帝的荣誉和智慧”[③]来取悦女人。

雷蒙娜和园子在小说中发挥了极大作用，使赫索格这一角色彻底化

---

① Saul Bellow, *Herzog*, Middlesex: Penguin Books, 1965, p. 169.

② Saul Bellow, *Herzog*, Middlesex: Penguin Books, 1965, p. 23.

③ Saul Bellow, *Herzog*, Middlesex: Penguin Books, 1965, p. 247.

身为女性主义眼中典型父权的象征，成了众矢之的。他与这两个角色的互动证实了他压迫女性，使女性只能处于附庸者的地位。

玛德琳与赫索格之间的斗争就像是由女性主义发起的一场战争的缩影。在这场战争中实际上没有赢家。女性主义话语视野下的女性，要么异常强势，如同玛德琳一样，要么异常弱势，如同雷蒙娜和园子一样。这两种类型的女性实际上都无法赢得这场男女之间的斗争。

强势如玛德琳者，只会激起男性对女性更变本加厉的压制，使男女之间的斗争愈演愈烈，造成更惨痛的结果，更可悲的是，这场战争很难有胜负，如果有胜负的话，即使是胜的一方也将付出巨大的代价。试想若赫索格成功报复了玛德琳，其最终也难逃牢狱之灾。弱势如雷蒙娜与园子者，她们自愿牺牲自己，为男性的代言人——赫索格服务。即便如此，也不能说明男性就取得了这场斗争的胜利。这样的行为只会让女性主义者认为这是男性对女性残酷的压迫，是父权社会压制女性的证据，从而采取更激烈甚至极端的行动来抗争。如此说来，这场斗争不仅不会结束，反而会走向一条无尽之路，直到两败俱伤或男死女亡。

在小说中，索尔·贝娄巧妙地运用戏仿手法来表达自己的观点。他通过对女性主义者和一个个女性人物的戏仿，批判了女性主义；他认为，女性主义剥夺了女性的特有特质，即女性特质，这些特质是人性中很宝贵的元素，可以用来反映诸如关爱、同情心等温暖的情感。同时，女性主义还将带有偏见的男性气质强加于男性身上，使男性因为只能选择对抗女性主义，不得不抛弃可贵的女性特质，让自己与温暖的女性气质无缘。

二　男性气质和女性气质相结合的赫索格

为打破女性主义眼中男女对抗的局面，终结这场没有胜负也没有意义的斗争，索尔·贝娄让赫索格完成了从男性气质到女性气质的过渡，最终，赫索格发现自己成功地走出了困境，整个故事也以男性与女性间的斗争让位于容忍、暴行让位于宁静、残暴让位于人性的完美结局而结束。

简言之，赫索格的故事可看作他走出女性主义者对女性气质与男性气质的偏见，重新审视乃至质疑女性主义关于男性气质和女性气质二元对立的过程。故事一开始，女性主义赋予赫索格的所谓男性气质使赫索格成了一个具有毁灭性与自私的男人，因此他才会说："我身上好像有个人附着。我处处受他操纵。我一提到他时，我感到他就在我脑袋里猛敲猛打，要我守规矩。他总有一天会把我毁了的。"[①] 后来，他抛弃了女性主义强加在他身上的所谓的男性气质，去寻求并最终找回了原生态的自己。只有在此时此刻，他才不再受女性主义赋予他的变了味的男性气质的影响，不再为女性主义对男性的要求及抗议所打扰，获得精神上的宁静及心灵上的顿悟。

为了让赫索格的男性气质转换到女性气质更具有合理性，以及证明男性身上的女性气质的客观性，索尔·贝娄描写了赫索格如何继承了他母亲身上的女性气质。因为赫索格继承了母亲的女性特质，所以纳克曼才会说赫索格"是个好人"，而且"心肠好，就像他妈妈"[②]。同时，他还继承了他母亲过于敏感及不冷酷无情的特点，以"良心法则"为做人准则，注定要与儿童、精神脆弱者为伍，因为他们的气质相似。赫索格从他母亲身上继承过来的女性气质让他极像女性，这些女性特质在女性主义看来，会让一个男性显得不够成熟、过于幼稚，时常感性地跟着感觉走。

赫索格经常回忆起他母亲在寒冷的一月，费好大的力气把他放在雪橇上，拖着他在坚硬的冰雪地上走，以及听到她哥哥的噩耗后情绪崩溃的模样。赫索格所有这些女性特质都包含在他对于拿破仑街的回忆中。赫索格在试图杀掉格斯贝奇的过程中，想起了他父亲承认无法用手枪杀死小偷，最后他放下了父亲留给他的那把枪，放弃了报复的念头。

---

① Saul Bellow, *Herzog*, Middlesex: Penguin Books, 1965, p. 25.

② Saul Bellow, *Herzog*, Middlesex: Penguin Books, 1965, p. 180.

> 拿破仑街，这条发臭的、肮脏的、破烂的、千疮百孔的、玩具般的、饱经风吹雨打的街。私酒商的儿子们就在这条街上念着古老的祷文。赫索格心中对此依恋不已。他在这儿所体验过的种种人类感情，以后再也没有碰到过。犹太人的儿子，一个接一个，一代接一代地生下来，睁眼看见这个奇异的世界，人人都念着同样的祷文，深恋着他们发现的东西。这真是个从未失灵的奇迹。拿破仑街有什么不好？赫索格想。他所要的东西全在这儿了。[①]

"良心法则"其实就是所谓的"女性气质"。赫索格因为自身上所谓的女性气质，倍感矛盾煎熬。赫索格既喜爱，又害怕他身上的女性气质。说他喜爱，是因为他相信他所具有的那些女性气质元素——他的爱、他天真烂漫的想法以及纯真——让他能够去伪存真，看到更为真实的世界。正因为他身上的女性气质，他才不会被女性主义展现给他的残酷的世界所迷惑。这些女性主义者化身为生活中的现实导师，不断地向赫索格灌输二元对立的男女性别观念：男性和女性就得一直斗争，这样一来，女性才有可能摧毁男性的统治，而男性才有可能维持其统治地位，才能让女性继续充当无关紧要的他者的角色。

1970 年，在接受《生活》杂志的采访时，索尔·贝娄指出，他们那一代的作家"一直饱受某种美国式情绪的困扰，即知识分子的生活缺乏男子气概。大众认为，艺术家和教授等职业如同牧师或者是图书管理员一样，应该由女性来从事。平民论传统要求艺术家以人民代表的身份示人，同时还应掩盖自己真实的想法"[②]。

索尔·贝娄批判女性主义是因为女性主义认可男性气质具有压迫性，并将其作为攻击和批判的目标。因此，在这样的幌子下，像玛德琳那样的女性才能够名正言顺、无条件地否认男性，甚至打倒男性。对大多数人来说，男性就应该是女性主义者心目中那个充满了男性气质的形象，

---

① Saul Bellow, *Herzog*, Middlesex: Penguin Books, 1965, p. 188.

② Gloria L. Cronin, ed., *Conversations with Saul Bellow*, Jackson: University Press of Mississippi, 1995, p. 56.

他们不敢也不愿越此雷池一步，更不会表现出诸如敏感、爱或是同情心等女性气质。

然而，在索尔·贝娄或是赫索格看来，具有压迫性的男性气质并非绝对，也非必然地存在于所有男性身上。在赫索格身上就可以看到非典型的男性气质。他拥有旧世界的传统犹太人的情感，所以更像一位具有女性气质的角色。多亏了他身上的这些女性气质，他才有能力康复，懂得为以前的生活感到悲哀和忏悔，隐居于自然之中，丢弃对于金钱的眷恋，最终获得精神上的醒悟与安宁。

赫索格曾抨击过诸如杜威、怀特海德、尼采等典型具有男性气质的哲学家。这些哲学家认为："人类对自己的天性是持怀疑态度的，因而才试图从宗教或哲学中去寻找坚定的信心。"[①] 杜威等人还称，男人一直存有一种对于男性气质所赋予的权力的悸动，这也是赫索格所讨厌的。赫索格尤其讨厌尼采，因为尼采以大男子主义的态度认为人类是愚蠢且难以启迪的贱民。

正因为赫索格内心深处具有女性气质的一面，他才会尝试跳出破坏力十足的男性气质思维方式的条条框框。正因为他实在是受不了那些与权力及破坏欲有关的暴力且极端的想法，才会让他的生活风貌有了转变。桑多·希梅斯坦曾说，"他知道什么叫面对现实？他希望的是人人都得爱他"[②]，并认为这是赫索格身上女性气质的表现。"你受苦时真叫受苦呢。你是个正宗的、爱讲感情的旧派犹太人。这我不但看得出来，也能理解。你别忘了，我是在桑家门街长大的。"[③]

偶尔赫索格也一度尝试接受自己身上的男性气质，并以硬汉形象示人，可雷蒙娜觉得这是他身上最有趣和可笑的一点，认为他只是在演戏而已。

"你说起话来故意显得很粗野或者毫不在乎，尽管——像是个

① Saul Bellow, *Herzog*, Middlesex: Penguin Books, 1965, p. 75.

② Saul Bellow, *Herzog*, Middlesex: Penguin Books, 1965, p. 177.

③ Saul Bellow, *Herzog*, Middlesex: Penguin Books, 1965, p. 118.

芝加哥来的朋友——可这使我觉得有趣。”

“为什么有趣?”

“这是演戏，装模作样，不是你的本来面目。”①

逐渐地，赫索格越来越明显地感觉他已经在男人的世界里失去了自己的位置，有时候他甚至怀疑自己是不是疯掉了，这种感觉着实让他奇怪。他之所以如此困扰，是因为在看他来，男性气质中的暴力以及男性与女性之间的斗争无法避免，这种感觉已然渗透到了生活中的每个角落，如此普遍，以至于如果一个男人不够铁石心肠、不够“现实”，没有大男子主义做派，那他就不会为世人认可，就是个失败的人，与时代所赋予他的角色设定相悖。

但同时，他也自信满满，而且内心强大，心情愉悦。尽管有种种苦恼，他还是模糊地觉得，终有一天他会免受生活中最残忍的暴行，因为他同生活及命运做了一笔交易，而交易的结果就是他变得有“女性气质”，“像孩子一样”。他有时候会想，“他是不是不属于那类暗自相信命运已经有了安排的人；作为驯服或天真善良的报酬，他们在生活中最残忍的暴行下……他想到，是否在若干年以前，他就已在心里做出决定——一种心灵的奉献——要以温顺去换取特殊的待遇”②。直到这一刻，赫索格似乎才对男性气质和女性气质有了更好的理解，才不会那么轻易地掉入女性主义者的陷阱，固执且愚蠢地守着自己所谓的男性气质。索尔·贝娄认为，由于女性主义对男性气质的刻板印象，有必要重新思考和定义人们身上的特质，在这一过程中甚至有可能发现人们身上的新品质或特征。要发现新品质，就必须摒弃女性主义对女性气质和男性气质别有目的和心怀叵测的定义。

赫索格拒绝做一个女性主义定义的冷酷无情、内心绝望，充满了所谓男性气质的人，也拒绝做一个意志薄弱、满怀希望的大傻瓜（尽管他

① Saul Bellow, *Herzog*, Middlesex: Penguin Books, 1965, p. 241.

② Saul Bellow, *Herzog*, Middlesex: Penguin Books, 1965, p. 205.

总以戏谑的口吻如此自居）；他下定决心，要做一个真正的人。赫索格慢慢变得淡定与安静，他可以跑到杂草丛生的花园里去采摘悬钩子，可以随便吃罐头及纸包装的食品，甚至愿意同老鼠还有猫头鹰等动物分享食物。晚上的时候，他睡在屋外的吊床上，睡在长得高高的杂草、刺槐，还有小枫树之间。

> 晚上醒来睁开眼，只见点点星光近似鬼火。当然，那不过是些发光体，是些气体，无机物、热量、原子，但在一个清晨五点和衣躺在吊床上的人看来，确实别有一番滋味……他睁大眼睛放眼望去，什么也看不清，怀疑自己已经半瞎了……他绕着这座空房子走了一圈，在一扇布满蜘蛛网的灰蒙蒙的窗子上，看到了自己的脸影。他看上去显得出奇的安详。一道光线从他的天庭，经过笔直的鼻子，照到他深沉宽厚的嘴唇上。①

在小说末尾，读者又看到赫索格躺在刺槐树下。“刺槐盛开着淡色的、小小的却芬芳的花朵——他为自己以前错过了欣赏的机会而难过。”他注意到自己此刻躺卧的姿态，两手放在脑后，双腿随意伸开，“就像不到一个星期之前躺在纽约那张肮脏的小沙发上时一样。可是这只有一个星期——五天？简直不敢相信！他的感觉是如此不同”。现如今，他感觉“满怀信心，甚至在激动中感到快乐幸福，情绪也很稳定”。赫索格发现，“我也许事实上并不像你，像我自己，像每个人所怀疑的那样，是个糟糕透顶、不可救药的大傻瓜。同时，要摆脱掉某些世俗的痛苦，要去掉这张过分活跃的脸上的过分活跃。但只是从脸上去掉，不让它暴露在阳光下”。最后，他似突获灵感，大声说道：“我要把我心中最钟爱的愿望，遥寄给你，还有别的人。这是我表达出我的愿望的唯一方法，表达给不能理解的地方。我只能向它祈祷。这样……才能得以安宁！”②

---

① Saul Bellow, *Herzog*, Middlesex: Penguin Books, 1965, p. 14.

② Saul Bellow, *Herzog*, Middlesex: Penguin Books, 1965, p. 319.

此时此刻，赫索格感受到一周前他躺在纽约那张肮脏的小沙发上时的感受与他一周后再次躺在那张沙发上的感受有着巨大的不同。虽然沙发还是那张沙发，可是赫索格自身却发生了巨大的改变。

在一周前的纽约，他还深陷女权主义思想的误区，默认自己身上具有不可救药的大男子主义，自认为是个不折不扣的女性主义眼中的敌人，身不由己地陷入男性与女性之间的斗争中，还想当然地认为男性就该有男性气质、女性就该有女性气质，男性和女性之间火药味十足，根本无法和谐共处。可如今，身居乡间庭院，置身于世外桃源，远离城市的混乱与喧嚣的赫索格却选择了一并包容男性气质与女性气质，并将其结合起来，让自身的性格更为健全，憧憬着男性与女性更为和谐的关系。

当赫索格的女性气质战胜男性气质的时候，他获得了内心的平静，并称“人类的灵魂是个两栖动物，我已经接触到它的两个方面……它生存在比我所知的更多的元素之中。我设想，那些遥远的星球上，物质正在形成更为奇怪的东西”①。这种“两栖动物”论在根本上挑战了女性主义者的绝对二元性别观，也瓦解了女性主义者所宣称的男性和女性间的永恒的斗争。

赫索格得出“两栖动物”论后，又发生了与之相关的两个小插曲，这两个小插曲进一步证明了赫索格对于女性主义关于男性气质和女性气质论断的挑战与质疑。

在第一个小插曲中，赫索格在拜访雷蒙娜的路上，遇到了一群匆匆奔走在宽阔的人行道上的人。

> 对住宅区的这些居民，对这儿演戏似的任务，以及这些“演员”，赫索格具有浓厚的兴趣——男扮女装、女扮男装的同性恋者打扮得着实别出心裁，有戴着假发的女人，有看上去真像男人的女同性恋者，你得等她们走过，从后面看去，才能判定她们真正的性别。她们的头发都染成各种不同的颜色。几乎是每一个走过的人脸

① Saul Bellow, *Herzog*, Middlesex: Penguin Books, 1965, p. 333.

上都有进一步阐明他们的命运的线索——那双能说出其中奥秘的眼睛。[①]

赫索格自然会对这些男扮女装、女扮男装的同性恋者产生浓厚的兴趣，因为这些人在某种程度上让他清晰地看到女性主义者所犯的一个错误：性别天生注定，并且非此即彼。而实际上，这些有异装癖的同性恋者很好地回击了女性主义者的这一论断，因为在他（她）们身上既可以看到男性气质也可以看到女性气质，在他们身上体现的不再是男女对立，而是巧妙的两性融合。

在第二个小插曲中，赫索格在法庭上偶遇了阿历克·艾丽斯。从这个奇怪的名字就可以看出，这一人物是同性恋。他（她）被指控犯了抢劫罪。赫索格这样描写他（她）：

> 被告是个年轻人，可他脸上奇怪地已经有了皱纹，有些皱纹是女性的，有些皱纹则相当有男子气。他穿着一件肮脏的绿色衬衣，头发染过色，很长、很硬、很脏。他有一双圆圆的、灰暗的眼睛。他微笑着，露出一种无谓的高兴，不，比无谓要坏得多。在回答问题时，他的声音很尖，冷若冰霜，充满忸怩作态的腔调。[②]

赫索格试着猜测这种让人警惕的“高兴”背后的秘密。他很好奇，“这位阿历克对事物表现出一种什么样的看法呢？他似乎在给人世间一种报复，以喜剧对喜剧，以玩笑对玩笑。他染过的头发就像绵羊身上那经过冬天摧残的羊毛，他圆圆的眼睛四周，还留着描过眼圈的痕迹，他的绷得紧紧的富有挑逗性的裤子，甚至他那种报复性的欢欣，也有着某种温顺的样子。他是一个醉生梦死的人。他以他那种恶劣的梦幻来反抗一个恶劣的现实，他下意识地在向法官断言：‘你的权威和我的堕落是

① Saul Bellow, *Herzog*, Middlesex: Penguin Books, 1965, p. 235.

② Saul Bellow, *Herzog*, Middlesex: Penguin Books, 1965, p. 296.

一码事。’”①

在赫索格看来，很大程度上阿历克·艾丽斯比其他人更能反映真实的世界的模样。作为这个世界的“喜剧”“玩笑”及“恶劣的现实”的接受者，他报以这个世界同样的喜剧、玩笑及恶劣的梦幻，以示他的抗议和蔑视，也表达了他对更好的世界的向往。他下意识地护卫着自己的堕落，因为他知道，与其他事物相比，他的堕落更直接地反映了生活的堕落，甚至于法官的权威也是一种堕落，尽管这种堕落有很好的伪装，而且非常隐蔽。赫索格直言不讳地指出：“这位法官并没有真的把双腿张开过，但是，为了谋得这么一个职位，他一定干过一切在权力机构中必须干的行径。”②

阿历克·艾丽斯的性取向也直接反映了人性中最基本的一个要素，即对男性气质与女性气质的兼容并包。人性之所以美，其包容性占了很重要的一部分。反观女性主义者，他们所理解的两性关系是相互排斥的，他们眼中的男性和女性都是残缺的，这样的男性或女性充满了报复、仇恨、歧视、压迫乃至控制欲。

像阿历克·艾丽斯这样的人被当作流氓来责骂，的确很有讽刺意味。在赫索格看来，“阿历克是那种向生命要求色彩的人，他甚至还要求有一定分量‘精神上的荣誉’……于是，这位饱受人生折磨、头发染了色的阿历克，也就有了自己的人生观。他比任何正派人士都要纯洁，都要高尚，因为他没有撒谎”③。

乔纳森·威尔逊（Jonathan Wilson）在其著作中有言：“很明显，小说一开篇，读者可以自主选择支持不同的世界观，可发展到最后，读者却选择了社会向善论，这一世界观是赫索格智慧的结晶，文中大多数角色都持有此世界观，不过刚提出时情况却恰好相反。”④

在小说开始的时候，读者免不了会落入女性主义设置的陷阱之中，

① Saul Bellow, *Herzog*, Middlesex: Penguin Books, 1965, p. 297.

② Saul Bellow, *Herzog*, Middlesex: Penguin Books, 1965, p. 298.

③ Saul Bellow, *Herzog*, Middlesex: Penguin Books, 1965, p. 298.

④ Jonathan Wilson, *Herzog: The Limits of Ideas*, Boston: Twayne, 1990, p. 37.

不自觉地便将男性和女性置于对立面，并且面临着选择阵营的困惑：要么选择支持女性主义者，要么支持所谓的“男性压迫者”。渐渐地，读者了解了玛德琳、雷蒙娜及园子等角色，这些角色都经过了索尔·贝娄的戏仿“加工”，代表着女性主义不同的要求及怨诉。与此同时，索尔·贝娄精心设计了赫索格的心路历程，原本他是个女性主义视野下具有典型男性气质的角色，可是这种男性气质却差点引诱他走上杀妻弑友的不归路，并且时刻压得他喘不过气来。最终，赫索格在经历了一番磨难后顿悟，他放弃了所谓的男性气质，转而投入更广义的女性气质的怀抱。在小说结尾的时候，读者及小说主人公赫索格会同时发现，其实选择是多余的，根本就不用将两种性别对立起来。不管是男性还是女性，真正的选择只有一个，即真善美，或者所谓的“社会向善论”。

三　两性和谐的美好世界

总而言之，在赫索格以及索尔·贝娄看来，女性主义同男权社会统治一样，具有很强的破坏性，可以同时妖魔化男性与女性，让他们变得好战，丧失人性。男性气质与女性气质相结合，方可造就完善的人类，而女性主义去除了女性的女性气质，让女性男性化，同男性斗争；同时也去除了男性的女性气质，无节制地增强男性的男性气质，反倒使男性落入了女性主义为男性设置的大男子主义式的怪兽套路之中。解决这场男女纷争的关键在于女性气质。赫索格和索尔·贝娄的要求其实很简单：女性不再是具有男性气质的女性，并以男性化女性的姿态去和男性斗争，不再要求她们成为她们本不应该成为的角色，而应该回归本我，重拾女性气质；男性也可以成为具有女性气质的男性，适当放弃一些男性气质，不必像女性主义坚持的那样必须拥有男性气质，因为男性气质并非如女性主义者所想的那样，是男性的必要构成部分。

作为索尔·贝娄的代言人，赫索格在小说开始时还是个以男性气质为主的人，到了小说结尾，他身上的女性气质最后占了上风。相应地，一开始他是个绝望的傻瓜，生活上也处处不如意，可到了最后，他宁静祥和地住在乡间陋室，享受着生活中最精华的部分，再也不受权势或者男女纷争困扰。当男性与女性间的斗争终止，随之终止的还有他们彼此的敌意、歧视及偏见，而暴力和虚伪亦将“寿终正寝”。

赫索格最终胜利了，他的胜利是不战而胜的胜利：他远离了雷蒙娜与园子，拒绝走父权统治这条女性主义眼中男性的必经之路；他从女性主义者为其设下的陷阱中抽身，不被女性主义的理论和执念迷惑。赫索格反思了男性气质与女性气质到底为何物。他给乡里他那架旧钢琴上了漆，虽然并没有省多少钱，但他依旧相信这一举动充满爱意，这一举动带给他的收获比他所渴望的还要多得多，这是男性气质、暴力以及莽撞行为加起来都给不了他的。

有人批评索尔·贝娄是反女性主义者，是厌女者，是一位固执的男性，他们给出的理由是，在索尔·贝娄的小说中，女性角色要么蛇蝎心肠、攻击性十足，要么极度依赖男性、沦为男性的性玩偶。从很大程度上来讲，这种批评之所以有拥护者，是因为这些批评者解读文本的方式并不是索尔·贝娄希望看到的，他们没有意识到戏仿在小说中的运用和戏仿所带来的嘲讽和批判。索尔·贝娄以自己的方式回击了这些人的质疑。他充分利用了戏仿的手法，证明这些批评在本质上完全割裂了性别（性别分裂主义），人为地将男性与女性置于对立面。

回答关于他小说中的女性角色的批评时，索尔·贝娄如是说：“那些说我对女性有偏见的说法只是无稽之谈……我对某些女性的确有最善意的、最亲密的情感。”① 他无奈地承认道：“我只是不幸地在十分糟糕的时候撞上了妇女运动。”② 索尔·贝娄并不像批评者抨击他的那样有厌女倾向，实际上他重新定义了女性气质，认为女性气质是一种超然的境界，是内心的宁静，是人性的容忍。从这个层面来讲，索尔·贝娄并未抛弃女性气质，而是让其获得了新的意义。

---

① Gloria L. Cronin, ed., *Conversations with Saul Bellow*, Jackson: University Press of Mississippi, 1995, p. 159.

② Gloria L. Cronin, ed., *Conversations with Saul Bellow*, Jackson: University Press of Mississippi, 1995, p. 157.

在现代民主社会中，女性主义声势日涨，是潮流与先锋的象征。索尔·贝娄深谙此道，故避其锋芒，以戏仿形式来进行批评，因为戏仿的批评一般是不直接的，是拐弯抹角的，有时甚至是模棱两可的。用戏仿的手法可以让他避免不必要的谴责。索尔·贝娄及赫索格冒着遭人误解的风险，勇敢地走了一条与主流相悖的道路，以期获得男性气质与女性气质的平衡，而这条路，他们走得跌跌撞撞，稍不留神，就会掉入女性主义的陷阱，或者是做出大男子主义似的过激反应，被贴上“厌女者”的标签。这样的尝试使索尔·贝娄笔下的女性角色显得男性化，而经常作为他的代言人的男性角色则显得女性化，这不仅让他笔下的角色，而且让他本人都略显怪诞，甚至有“发疯”的嫌疑。

实际上，赫索格在小说开头说的那句话就暗示了这种“怪诞”：“要是我真的疯了，也没什么，我不在乎。”① 这句话可以很好地展示戏仿这一手法在直入主题、反击他人对索尔·贝娄的批评时的便捷有效：要是别人（尤其是那些女性主义）认为索尔·贝娄真的疯了，也没什么，他不在乎。

---

① Saul Bellow, *Herzog*, Middlesex: Penguin Books, 1965, p. 7.

《奥瑞斯提亚》的公义观点演进和角色分析

宋育芳*

摘　要：古希腊悲剧《奥瑞斯提亚》呈现的公义观点变迁前人多有分析，旧有复仇女神代表一报还一报的公平观念已经不适应时代需求，新神雅典娜建立的公民裁判体系，以及对罪责和罪行轻重大小的智慧辩论受到欢迎。在雅典时代进步中，对普遍性的标准诉求不只反映在雅典娜取代旧标准上，本文亦诠释了宙斯超验公义主宰者的形象树立，以及人类在道德困境中可能达到的对公义标准的求索。宙斯和人类共同构成了施行人间公义时的要素，而人类可能更为重要，因为人类的有限性更加体现了希腊悲剧昂扬的人文精神，即人类不能主宰世界公义与否，却能努力实践公义。

关键词：《奥瑞斯提亚》　公义　道德困境　宙斯　希腊悲剧精神

希腊盛世的文学代表作是戏剧，它高度反映着代表希腊文化精神的人文主义，而人文主义并不是要强调人如何可以无所不能，而是要展现人虽然在道德困境中有所不能，却可以选择高贵。[①] 希腊人透过理应无所不能的神仙故事，使人观照就是神仙也有所不能的无奈、人间无论如何的不能，从而有人文的反省。古老而近似怪力乱神的希腊故事，在希腊高度人文精神的观照下，在戏剧中被赋予人文教育的新意涵，同时也

---

* 宋育芳，北京大学哲学系，研究方向为宗教学。

① 王世宗：《古代文明的开展：文化绝对价值的寻求》，三民书局，2011，第 111 页。

保存了文明发展的轨迹。[①]

希腊悲剧作家埃斯库罗斯（Aeschylus，前525—前456）生活在雅典的黄金盛世，其创作的三连剧《奥瑞斯提亚》记录了当时雅典民主和法律确立的过程[②]，或依文本而言，是神的公义[③]在人间的建立。它们和其他希腊时期的创作一样，神话背景多为人熟知，然而这些故事经过埃氏的编写之后，被赋予了社会的、历史的意义，[④] 因而具有人文教育的价值。

这段传说的内容概述如下：希腊联军领袖之一阿伽门农（Agamemnon）甫从特洛伊胜利归来，即为妻子克鲁泰墨丝特拉（Klytaimestra）所杀。克鲁泰墨丝特拉杀夫是为女儿报仇，因为丈夫为了打仗，不惜牺牲自己的女儿。以古老的观念衡量，阿伽门农被杀是血债血偿的公平主张，然而这种方式往往引起冤冤相报的循环。日后神谕要阿伽门农之子奥瑞斯忒斯（Orestes）手弑其母（克鲁泰墨丝特拉）以维持公义，然而

---

① 在公元前5世纪素为人所知的希腊黄金盛世中，波希战争的胜利（前546—前448）使雅典由城邦迈向联盟领袖，武功方面的成就带给雅典人无穷的自信，使前所进行的民主政治改革得以持续，并在此时开花结果。除了文治武功极盛之外，文化的提升才是希腊永远绽放光辉的主要因素。雅典城区的酒神祭典在此时促成了希腊悲剧的成熟，希腊三大悲剧家（包含接下来要介绍的埃斯库罗斯）群集于公元前5世纪出现。通过他们的书写，希腊神话得以升华，雅典的成就也在剧中被留存至今。参见〔古希腊〕伊斯克勒斯《亚格曼侬：上古希腊的杀夫剧》，吕健忠译，书林出版社，1997，第4~5页。

② 《奥瑞斯提亚》是当今唯一完整流传的三部曲，包含《阿伽门农》（*Agamemnon*）、《奠酒人》（*The Cheophoroe*）和《善好者》（*The Eumenides*）（〔古希腊〕埃斯库罗斯：《埃斯库罗斯悲剧集》，陈中梅译，辽宁教育出版社，1999）。值得注意的是，第三部曲直译为《善好者》，但有译本意译为《报仇神》，如罗念生全集编辑委员会编《埃斯库罗斯悲剧六种》，罗念生译，上海人民出版社，2016。其实，复仇女神在雅典公义裁决制度越发进步的文明时代，已经不再是报仇神，而是“善好的伴者”，所以将剧名直译为《善好者》也符合情节（参见〔古希腊〕埃斯库罗斯《埃斯库罗斯悲剧集》，陈中梅译，辽宁教育出版社，1999，第518页，第1030~1031节）。

③ 希腊文英文转写 Dike，本文翻译为“公义”而非“正义”，是因为希腊人人文精神昂扬而追求普适标准，在剧中充满关于正义的讨论，而其寻获解答的方法是公民投票，所以采用“公”字来强调其文明讨论的特色，呈现多数希腊人在文明的进步中通过追求民主体制的建立和法律的确立来实现其对正义的探索。

④ 埃氏并不是第一个人，早在公元前9世纪，荷马即保留大量麦锡尼文明（前1600—前1100）的神话和英雄传说，并赋予其七情六欲，使凡人得以从自身的立场观照众神、英雄所为，而据以了解人在现世的处境之无可逃避和须勇于负责的人文精神（如在《伊利亚德》中表现的“勇”和在《奥德赛》中表现的“智”），富于伦理教化意义。

此举必违反具有神圣性的亲子关系。这样的进退两难之境，要等到女神雅典娜的法庭，才出现超越私人恩怨的解答。

关于这部著作的公义问题，前人多有讨论。有从复仇女神形象变迁的角度展开的剖析，探讨随着雅典文明进步，一味以牙还牙的报复观点逐渐不再适用。[①] 有从历史背景的角度进行的探讨，分析当时希腊文明的情况如何引致公义观点的进步。[②] 我们将延续他们的讨论，对剧本中从复仇女神到雅典娜的理性裁断作角色分析（第1节），同时，我们注意到讨论公义问题时不可忽视的另外两个角色，一个是代表公义标准的至高主宰者——宙斯（第2节）；另一个是人类在追溯公义时所扮演的角色。人间角色可能是传统解读中较为不受重视的维度，然而可能最为重要。因为人的有限突出了希腊悲剧高度昂扬的人文精神，即人有所不能，却可以尽其所能，而体现高贵的品质（第3节）。

一　从复仇女神过渡到雅典娜：公平到公义

复仇女神公平的形象素为希腊观众熟知，然而希腊人追求普适标准的精神和民主观念的进步，促成其在戏剧中被代表公义的雅典娜取代。[③] 希腊戏剧中作家大量使用由来已久的希腊神话，并提升其内涵；复仇女神的形象在埃斯库罗斯的三联剧中逐渐以不同的意象呈现，从代表旧有的复仇观改造而为“和善女神”，而代表智慧和勇气的雅典娜则接替其成为执行正义者。这样的剧本编写透露了当时雅典民主观念的提升与进步，由个人私下解决演变为大众公认的法律审判，也透露了由城邦之主亟欲迈向联邦盟主的希腊人渴望的不再只是使双方“气消”的个人恩怨处理标准，而是讲求理性的普适标准。

---

① 参见吴佩凌《“复仇女神”在〈奥瑞斯提亚〉三联剧中的转化》，《台艺戏剧学刊》2007年第3期。

② 参见〔古希腊〕埃斯库罗斯《埃斯库罗斯悲剧集》，陈中梅译，辽宁教育出版社，1999，“序言”，第6、7页。

③ 本节关于复仇女神形象转变之观点，参见吴佩凌《“复仇女神”在〈奥瑞斯提亚〉三联剧中的转化》，《台艺戏剧学刊》2007年第3期。

在神话中，复仇是复仇女神生来的工作，她们通过死刑来维护某种程度的公正。宙斯的父亲克罗诺斯（Cronus）阉割了其生父幽瑞纳斯（Uranis），从幽瑞纳斯伤口流出的血中生出了复仇女神，所以她们是代表愤怒和诅咒的复仇者，而不是理性思辨下的正义执行者。她们通过索取人的性命来维持原始、野蛮社会中以眼还眼、以牙还牙的公平。这种不讲理的方法给人野蛮、暴力的感觉，人们描写她们“成群结队，双眼滴血，十分可怕”[①]。有时候她们自己也会在剧本中说出十分血腥的话：“从你鲜活的肢体，我将开怀痛饮，把肚皮填饱，不在乎方式的狠毒，抽干你紫红的血膏。”[②]

然而对申冤者而言，她们的方法虽然残酷，但是十分有效——宙斯也通过死亡来维持人间秩序——所以复仇女神仍然常为人们寻求正义的求告对象。[③] 有时对错的问题比较简单，复仇女神的判决就明显合乎正义。例如，阿伽门农为一己野心发动战争时，诗中描写当时舆论的看法反对阿伽门农的野心：“他们（按：舆论）私下里抱怨，嘀嘀咕咕，愤怒的情绪受悲苦驱怂，偷偷的滋生、蔓卷，对阿特柔斯之子，首领，我们的倡导。”[④] 这时复仇女神让阿伽门农遇上死亡制裁就显得公义，如诗中云：“神明不会视而不见，予以放过。”[⑤]

但有时候复仇女神的诅咒十分矛盾，显示了在人间裁决正义的困境。阿伽门农的叔叔苏厄斯忒斯曾通奸阿伽门农之母，阿伽门农之父（即阿特柔斯）报复了这个罪行。看似一报还一报的闭环中，咒诅却没有停

① 〔古希腊〕埃斯库罗斯：《埃斯库罗斯悲剧集》，陈中梅译，辽宁教育出版社，1999，第453页，第1058节。

② 〔古希腊〕埃斯库罗斯：《埃斯库罗斯悲剧集》，陈中梅译，辽宁教育出版社，1999，第472页，第265~266节。

③ 宙斯出面制止让鬼神返阳的人，以免他通过让人起死回生撼动宙斯的判决。参见“然而人的黑血，一旦洒入脚前的泥土，谁有那个能耐，念唱巫咒，让它回复？难道宙斯不曾警告，把那个人杰放倒，他能起死回生，有那份技术？”（〔古希腊〕埃斯库罗斯：《埃斯库罗斯悲剧集》，陈中梅译，辽宁教育出版社，1999，第344页，第1019~1024节）

④ 〔古希腊〕埃斯库罗斯：《埃斯库罗斯悲剧集》，陈中梅译，辽宁教育出版社，1999，第314页，第445~451节。

⑤ 〔古希腊〕埃斯库罗斯：《埃斯库罗斯悲剧集》，陈中梅译，辽宁教育出版社，1999，第314页，第461节。

歇，因为复仇女神一面诅咒苏厄斯忒斯通奸[①]；一面又因为阿特柔斯的报复，判决了他的儿子（即阿伽门农）死于非命[②]。还有，她们诅咒阿伽门农杀女，所以克鲁泰墨丝特拉杀夫后说“他被利剑击捣，对自个的行为，他已足付偿报”[③]，但是她们也诅咒克鲁泰墨丝特拉杀夫的行为，她们托梦给克鲁泰墨丝特拉，而这个疑梦的解答就是即将施行在克鲁泰墨丝特拉身上的报仇[④]。然而，她们同时也不让执行复仇的奥瑞斯忒斯安歇，因为他是克鲁泰墨丝特拉的儿子，他的报仇行动将使他犯下弑母的大罪。正义的判断是根据真理思辨，复仇女神仅知处罚作恶者，却不能根据真理判断大恶、小恶，一概以死亡作为判决，其结果就是惨剧不断，世间却没有正义可言，正如作者借雅典娜之口向复仇女神传达的想法：应当敬重理性精神，否则复仇女神尽管可将所有的恶意投于天平，使此地沦陷，却绝无公平可言。[⑤]

不辨轻重缓急的公平观点不为希腊人接受，通过辩论，复仇女神终于被雅典娜替代。辩证是古希腊全人教育的一环，对希腊人而言，辩论一方面是一种公民参与，另一方面则代表着希腊人怀疑和批判的精神。希腊人既是如此，他们当然难以忍受复仇女神这种无理又可怕的、幼稚的公平观，于是埃斯库罗斯通过代表智慧的阿波罗和雅典娜，这两位新时代的神明来与复仇女神进行公义之辩。辩论的开始阿波罗评论复仇女神说：“看看这些东西……实在讨厌，一群年迈的小孩，头发苍白。”[⑥]说明复仇女神是时间早期的产物，复仇这种较为幼稚的公平观点已被新

① 参见〔古希腊〕埃斯库罗斯《埃斯库罗斯悲剧集》，陈中梅译，辽宁教育出版社，1999，第354、355页，第1186~1193节。

② 参见〔古希腊〕埃斯库罗斯《埃斯库罗斯悲剧集》，陈中梅译，辽宁教育出版社，1999，第379页，第1580~1583节。

③ 〔古希腊〕埃斯库罗斯：《埃斯库罗斯悲剧集》，陈中梅译，辽宁教育出版社，1999，第376页，第1528~1529节。

④ 参见〔古希腊〕埃斯库罗斯《埃斯库罗斯悲剧集》，陈中梅译，辽宁教育出版社，1999，第421页，第547~550节。

⑤ 参见〔古希腊〕埃斯库罗斯《埃斯库罗斯悲剧集》，陈中梅译，辽宁教育出版社，1999,，第508页，第858~864节。

⑥ 〔古希腊〕埃斯库罗斯：《埃斯库罗斯悲剧集》，陈中梅译，辽宁教育出版社，1999，第460页，第67~69节。

时代的思考憎恶。

这样的批评引起复仇女神关于公义的思考，她们反问阿波罗，保护弑母者难道会是正义的代表，借此带出好不好、善不善的道德思辨问题。[①] 复仇女神并进一步陈言她的威权建立在法律基础上，是“既定的律条”[②]，且“我们（按：指复仇女神）的法规得到命运核准，受神明托付”[③]，为诸神让予的法定权威。其判决不仅具有道理，而且保障着此世公义的执行，虽然可能延迟，但终会下达，所以她们评价自己“从不遗忘恶错”[④]。她们认为自己引起人们的恐惧，使公义的观念深植人心，使胆敢以身试法的人心怀畏惧，她们说：“倘若不培练恐惧，在自己的心窝，无论是个人，还是城邦，如此，谁会崇尚公正，对它尊褒。”[⑤]

辩论双方僵持不已，雅典娜交由公民投票。[⑥] 法庭之中，复仇女神一脱过去血腥野蛮的一面，持有的甚至也不仅只是血债血还那种原始、简单的公平观念，而上达维持公义的诸多价值中轻重缓急的思辨。她们害怕公民团一旦判奥瑞斯忒斯无罪，会不会从此是非不分？会不会复仇女神将不能监视人类，众生的去留将不再有正义标准，而单凭死神屠戮？[⑦]

然而，有效却不辨轻重缓急的公平观点早就不符合文明的要求，雅典娜和阿波罗赢得胜利，代表公民投票、理性判决的雅典娜替代了古老的律法（复仇），成为新时代的正义之神，而旧时的复仇女神则转化为

① 参见〔古希腊〕埃斯库罗斯《埃斯库罗斯悲剧集》，陈中梅译，辽宁教育出版社，1999，第465页，第149~154节。

② 〔古希腊〕埃斯库罗斯：《埃斯库罗斯悲剧集》，陈中梅译，辽宁教育出版社，1999，第485页，第491节。

③ 〔古希腊〕埃斯库罗斯：《埃斯库罗斯悲剧集》，陈中梅译，辽宁教育出版社，1999，第479页，第391~392节。

④ 〔古希腊〕埃斯库罗斯：《埃斯库罗斯悲剧集》，陈中梅译，辽宁教育出版社，1999，第478页，第383节。

⑤ 〔古希腊〕埃斯库罗斯：《埃斯库罗斯悲剧集》，陈中梅译，辽宁教育出版社，1999，第487页，第522~525节。

⑥ 参见〔古希腊〕埃斯库罗斯《埃斯库罗斯悲剧集》，陈中梅译，辽宁教育出版社，1999，第485页，第483~489节。

⑦ 参见〔古希腊〕埃斯库罗斯《埃斯库罗斯悲剧集》，陈中梅译，辽宁教育出版社，1999，第486页，第490~502节。

和善女神，掌管怀孕和婚姻。[①] 正义的判断标准既然来自真理，必然只有智慧（由雅典娜代表）才能决断正义问题。

二 宙斯的角色：代表公义标准的超验主宰者

宙斯的故事由来已久，直至希腊人文精神昂扬才获得新的意义。文明的进步使原先怪力乱神的神话被赋予人文意涵。希腊流传已久的宙斯祖孙三代逆伦残杀的故事，在埃斯库罗斯手中成为影射阿伽门农家族的道德寓言。阿伽门农家族的变故并非无端的人伦惨案，其引发的道德思辨建立了人间法律裁判的系统。类比于阿伽门农家族，宙斯家族神权嬗递的暴力本质也并非毫无意义，而是“导向宙斯建立以纲常为权力基础的必要之恶”[②]。

宙斯是名无能名的独一之神、第一因、真理之上的主宰者、正义最终实行者。宙斯推翻旧时神权而自立为主宰，固然其故事背景带有多神的色彩，然而应注意宙斯代表宇宙脱离原始的混沌而出现秩序的开端，所以宙斯的角色正如一神信仰中的上帝，是整个宇宙的主宰。剧本中以诸多上帝的性质描写宙斯：宙斯是众神之神，具备力量和正义。[③] 宙斯名无能名，人无法妥切地称呼他，“宙斯，不管应该怎么呼叫，倘若此名使他高兴，我就这样祈祷，我愿称他宙斯，冥思苦想，找不出更好的称告”[④]，名无能名之主故称为宙斯。宙斯是宇宙的创建者和主宰者，是万事万物的第一因，没有事情不因他而起，由他而终：“全都出于宙斯的意志，宙斯，一切事物的薮源，所有因果的推动！凡人的经历哪一点

① 参见〔古希腊〕埃斯库罗斯《埃斯库罗斯悲剧集》，陈中梅译，辽宁教育出版社，1999，第507页，第834~836节。

② 〔古希腊〕伊斯克勒斯：《亚格曼侬：上古希腊的杀夫剧》，吕健忠译，书林出版社，1997，第128页。

③ 参见〔古希腊〕埃斯库罗斯《埃斯库罗斯悲剧集》，陈中梅译，辽宁教育出版社，1999，第402页，第244节。

④ 〔古希腊〕埃斯库罗斯：《埃斯库罗斯悲剧集》，陈中梅译，辽宁教育出版社，1999，第299页，第160~164节。

离得开宙斯？我们的所有哪一件不是神的致送？”[①] 宙斯在真理之上，世间虽有罪恶和难断的是非，但天界的正义无可置疑，“正义永随宙斯的宝座，他的意志：谁个做错，谁个付出——此乃律条”[②]，所以倘若宙斯显现，正义必然显现，使“正义声张”[③]，“使信念重回国邦”[④]！甚至他也跟所有上帝信仰中的上帝一样，在流变中逐渐被加上慈爱形象，人们称他为“一位救星”[⑤]“救主”[⑥]，人们仰仗宙斯的威力来主持公道，而赋予宙斯爱的色彩。注意到宙斯在剧本中具有上帝一般的地位，可以开辟权力/性别冲突分析以外的见解，而能发现剧中对公义问题的关注：宙斯是上帝，纵使人因为不认识上帝或神意而常在自己的局限里盲目受苦，但神意的安排在此是建立人间的秩序与公义。

命运、阿耳忒弥丝、复仇女神和公民都不是最终主宰。在希腊神话的传统或本剧当中，命运有时是在宙斯之上的，或不说神意安排仅以命运来解释事故，然而细说下去，命运毕竟不是终极主宰，所有人的运数皆为宙斯主导，而宙斯的安排并非摆荡不明或喜怒无常，如命运一词给人的感受，诚如诗中所言“有人以为，神明不会惩罚”[⑦]，“此人真是大错特错”[⑧]，因为正如诗节前后所言，宙斯将施以重击，对踢翻正义崇高的祭坛的人，没有任何金铸的甲胄能使他免于

---

① 〔古希腊〕埃斯库罗斯：《埃斯库罗斯悲剧集》，陈中梅译，辽宁教育出版社，1999，第374页，第1485~1488节。

② 〔古希腊〕埃斯库罗斯：《埃斯库罗斯悲剧集》，陈中梅译，辽宁教育出版社，1999，第378页，第1563~1564节。

③ 〔古希腊〕埃斯库罗斯：《埃斯库罗斯悲剧集》，陈中梅译，辽宁教育出版社，1999，第450页，第398节。

④ 〔古希腊〕埃斯库罗斯：《埃斯库罗斯悲剧集》，陈中梅译，辽宁教育出版社，1999，第450页，第397节。

⑤ 〔古希腊〕埃斯库罗斯：《埃斯库罗斯悲剧集》，陈中梅译，辽宁教育出版社，1999，第454页，第1073节。

⑥ 〔古希腊〕埃斯库罗斯：《埃斯库罗斯悲剧集》，陈中梅译，辽宁教育出版社，1999，第503页，第760节。

⑦ 〔古希腊〕埃斯库罗斯：《埃斯库罗斯悲剧集》，陈中梅译，辽宁教育出版社，1999，第311页，第370节。

⑧ 〔古希腊〕埃斯库罗斯：《埃斯库罗斯悲剧集》，陈中梅译，辽宁教育出版社，1999，第311页，第372节。

大劫。[1] 这些诗节言明，宙斯的形象与命运不同，他所命合乎对错标准。

命运可视为神意的拟人化，相信上帝的人认为命运是正义、公正的，不信上帝的人短视近利，只觉命运捉弄，例如克鲁泰墨丝特拉和埃吉索斯杀夫、弑君之后，虽然嘴称是执行神意，又是夺权后的得势者，却没半点尊严而悲叹道：我们已“被命运的脚跟”蹬得支离破碎。[2] 相较之下，政变后被威胁的城中长老，因为相信命运的公正，面对克、埃二人的威胁，反能坦然直言，死即将来临，“我们欢迎这个表示命运的辞藻”[3]。

另一些模糊宙斯为全剧主宰的角色有神明阿耳忒弥丝、阿波罗和复仇女神、公民。女神阿耳忒弥丝气恼其父宙斯的神谕而兴风作浪，看似能反映神明之间的对抗或天道无常的观点，但是阿耳忒弥丝之举造成阿伽门农牺牲女儿以平息风浪，这个结果除了构成宙斯安排的必要一环外，完全无损于宙斯的神谕。其后阿波罗要奥瑞斯忒斯（阿伽门农和克鲁泰墨丝特拉之子）杀其母以报父仇，复仇女神则起而与阿波罗的神谕对抗，向奥瑞斯忒斯追讨弑母之罪，表面上又是两个神祇的争执，实际上阿波罗之神谕为宙斯所命，而复仇女神的对抗成为正义之辩的反方说词，仅使道理更加明晰。两方争执最终动用公民投票以裁决，在民意相持不下的时候，女神雅典娜投下关键一票，[4] 使投票的决议最终依旧服从于宙斯的裁决。可见宙斯在剧本中的设定为公义的主宰者，其判决不可动摇，其意向是要辅佐雅典文明停止以暴制暴，而能以智慧辩论是非。

三　人类追求正义的困顿和可能

文明的进步使古老而近似怪力乱神的希腊故事在戏剧中被赋予人文

---

① 参见〔古希腊〕埃斯库罗斯《埃斯库罗斯悲剧集》，陈中梅译，辽宁教育出版社，1999，第311页，第381~385节。

② 〔古希腊〕埃斯库罗斯：《埃斯库罗斯悲剧集》，陈中梅译，辽宁教育出版社，1999，第384页，第1660节。

③ 〔古希腊〕埃斯库罗斯：《埃斯库罗斯悲剧集》，陈中梅译，辽宁教育出版社，1999，第384页，第1653节。

④ 雅典娜投下了支持奥瑞斯忒斯不必受死的关键一票，参见〔古希腊〕埃斯库罗斯《埃斯库罗斯悲剧集》，陈中梅译，辽宁教育出版社，1999，第502页，第735节。

教育的新意涵，希腊悲剧关注人的处境和责任，而其中一个要义就是：人有可能在苦难中学习。在《阿伽门农》的开场白中，唱诗队歌颂宙斯"宙斯引导凡人思考，定下这条规章：智慧来自痛苦的煎熬"[①]，宙斯将人放在人生的危路上，立下必应的律法——人必得从痛苦中学习。作者进一步说明苦难为何使人得益，他说，"正义斜动秤杆，以便让我们知晓，知晓智慧得之于痛苦的煎熬"[②]，原来一切的安排并非无端而起，而是正义、善良的宙斯所为，人必然能从中学习，虽然这个人不一定指当事者。

当事者常常囿于自己的观点，口称神意，却不识神意，白白受苦，而无所学习。例如，阿伽门农号称顺天意而牺牲女儿，以顺遂自己出战的野心，结果是"他的心灵改变了轨导，变得渎圣、亵晦，变得脏浊，把凶戾的意志包裹，放纵狂莽的骁勇，没有住止的时候"[③]。他的性情大变，不再虔诚、不再畏惧，开始习惯于对弱者不公，先是对自己的女儿，后来是屠杀特洛伊人。[④] 在另一个案例中，克鲁泰墨丝特拉也宣称自己代表神明，"以公正的名义，它替我的孩子仇报"[⑤]，以泄丧女之恨。他们各执一词，把一己之见读作神意，使其终于不能超越自己的困境，而在无知之中行动、度日和受苦。

只有智慧的人能从痛苦中（不只是自己的，可能是别人的痛苦中）得智。面对克、阿的是非恩怨，城中长者溯及"正义永随宙斯的宝座"[⑥]，他们的话表白他们相信在这重重疑云之后，至终会显明神意，让正义确立，这样的观点延续到下一部曲《奠酒人》的结尾，长者化身唱

---

① 〔古希腊〕埃斯库罗斯：《埃斯库罗斯悲剧集》，陈中梅译，辽宁教育出版社，1999，第300页，第176~177节。

② 〔古希腊〕埃斯库罗斯：《埃斯库罗斯悲剧集》，陈中梅译，辽宁教育出版社，1999，第303页，第250~251节。

③ 〔古希腊〕埃斯库罗斯：《埃斯库罗斯悲剧集》，陈中梅译，辽宁教育出版社，1999，第302页，第219~221节。

④ 阿伽门农宣称"特洛伊必须消失"。(〔古希腊〕埃斯库罗斯：《埃斯库罗斯悲剧集》，陈中梅译，辽宁教育出版社，1999，第333页，第817节)

⑤ 〔古希腊〕埃斯库罗斯：《埃斯库罗斯悲剧集》，陈中梅译，辽宁教育出版社，1999，第371页，第1432节。

⑥ 〔古希腊〕埃斯库罗斯：《埃斯库罗斯悲剧集》，陈中梅译，辽宁教育出版社，1999，第378页，第1563节。

诗队，回忆三代血仇，仍旧相信神意安排，呼吁神明建立合理的秩序，他们唱道："命运的狂怒，何时进入梦乡?""会在哪里终止、停下?""何时接受抚慰?"[①] 他们期待大劫难的风暴终将绥靖，成为永久和平。他们相信正义在人间施行的过程或许缓慢，让短视的人失望，但智慧的人终将从迂回复杂的历史中学习道理。

人没办法完美裁决正义，诚如奥瑞斯忒斯家族事变中牵扯的太多无奈，但努力思考者必然比麻木者更有所收获。唱诗队一直是智慧的代表，[②] 他们在《奠酒人》一剧中的话尤其反映出天人交战的思考。在他们支持奥瑞斯忒斯弑母的决策中，唱诗队并不是盲目、激情的支持者，而是有许多深思的代表。[③]

唱诗队在两方的立场中自我辩论，一方面，他们认为恶有恶报是当然之理，[④] 采取与复仇女神相去不远的公义观点。他们认为奥瑞斯忒斯的母亲作恶，奥瑞斯忒斯应该杀母。但另一方面，他们也考虑到奥瑞斯忒斯若杀其母，恐怕新的恐怖将爬上血腥的舞台，做出更为不肖的惨事。[⑤]

唱诗队历经辛苦的思辨，他们说："颤抖再次撩拨我的心房。你的话使我心胸乌黑，听后陷入绝望。"[⑥] 然而经过一番天人交战，"希望归还，使我复又获得力量，它驱除悲痛，像闪烁在眼前的明光"[⑦]。唱诗队

---

① 〔古希腊〕埃斯库罗斯：《埃斯库罗斯悲剧集》，陈中梅译，辽宁教育出版社，1999，第454页，第1075~1076节。

② 唱诗队在《阿伽门农》中作为先知先觉、解读神意的城中长老，经常产生扩张剧情深度的效果；他们在《奠酒人》中作为支持奥瑞斯忒斯弑母的歌队，也对此人伦决策有许多辩论；他们在《和善女神》中化身为复仇女神的声音，与阿波罗激荡出一场关于公义的思考。

③ 比起古老刻板、野蛮的法律观点（如复仇女神所代表的），在《奠酒人》中关于正义的思考开始出现天人交战的挣扎，隐约导向最终曲《善好者》中全面的辩论。

④ "对恶毒的话语，用恶毒的话语击还。""对致命的击打，用致命的击打奉还。"（〔古希腊〕埃斯库罗斯：《埃斯库罗斯悲剧集》，陈中梅译，辽宁教育出版社，1999，第406页，第309~312节）

⑤ "谋杀哭喊复仇，后者从先前被杀者的冤魂引出新的毁灭，用灾难回报它所导致的灾亡。"（〔古希腊〕埃斯库罗斯：《埃斯库罗斯悲剧集》，陈中梅译，辽宁教育出版社，1999，第411页，第402~404节）

⑥ 〔古希腊〕埃斯库罗斯：《埃斯库罗斯悲剧集》，陈中梅译，辽宁教育出版社，1999，第411页，第410~414节。

⑦ 〔古希腊〕埃斯库罗斯：《埃斯库罗斯悲剧集》，陈中梅译，辽宁教育出版社，1999，第411页，第415~417节。

最终在难以两全的道德困境中择一而行，从此以后唱诗队能肯定奥瑞斯忒斯弑母，他们说这是应当负责的行为。[①] 他们的行为立场也从前期缺少反省、多要求女神帮助的依靠者升华为主动者，在叙述中强调当事者的责任和义务。

当事者奥瑞斯忒斯，则经过更剧烈的道德冲突，在难以决策时，他认真思索神意，求索正义标准的引导。他恳请神灵见证他的正义，他说，"太阳，无所不见的君王"[②]，"见证我的正当"[③]。他在受到控告时，反复凭借思索神的谕令来帮助自己理解自己作为正义执行者的使命，他说："我要首推洛克希阿斯，普索的先知，他宣称我可当事。"[④] 在他十分动摇的时候，他也仰赖朋友的帮助，来维持对神谕的承诺。[⑤] 这些在受苦中反复思索公义标准的历练使他的精神成长，奥瑞斯忒斯开始出现一种历经磨炼而有的思辨，他说："我遭受痛苦，从中得取教益。"[⑥] 面对公义标准的审判，他已经学习如何洁净自己，寻得良心的平安，所以他说："我知晓众多形式的净洗。"[⑦] 面对别人可能有的非议，他说，我"知晓何时说话，何时不宜，应该保持沉寂"[⑧]。奥瑞斯忒斯的成长，见证了希腊悲剧中的人文关怀，即人会受苦，但人能因为受苦，而得到生命意义。

---

① "尽管有人作孽，侵犯宙斯的权威。正义的砧台稳稳站立，命运已砸出利剑。"（〔古希腊〕埃斯库罗斯：《埃斯库罗斯悲剧集》，陈中梅译，辽宁教育出版社，1999，第 426 页，第 645~647 节）

② 〔古希腊〕埃斯库罗斯：《埃斯库罗斯悲剧集》，陈中梅译，辽宁教育出版社，1999，第 448 页，第 985 节。

③ 〔古希腊〕埃斯库罗斯：《埃斯库罗斯悲剧集》，陈中梅译，辽宁教育出版社，1999，第 449 页，第 988 节。

④ 〔古希腊〕埃斯库罗斯：《埃斯库罗斯悲剧集》，陈中梅译，辽宁教育出版社，1999，第 451 页，第 1030~1031 节。

⑤ 奥瑞斯忒斯之友普拉德斯言："如此，洛克希阿斯的谕言咋办，告示在普索的坛前，还有我们的承诺，信誓旦旦？"（〔古希腊〕埃斯库罗斯：《埃斯库罗斯悲剧集》，陈中梅译，辽宁教育出版社，1999，第 442 页，第 900~901 节）

⑥ 〔古希腊〕埃斯库罗斯：《埃斯库罗斯悲剧集》，陈中梅译，辽宁教育出版社，1999，第 472 页，第 276 节。

⑦ 〔古希腊〕埃斯库罗斯：《埃斯库罗斯悲剧集》，陈中梅译，辽宁教育出版社，1999，第 473 页，第 277 节。

⑧ 〔古希腊〕埃斯库罗斯：《埃斯库罗斯悲剧集》，陈中梅译，辽宁教育出版社，1999，第 473 页，第 277~278 节。

若不直接从剧本的内涵获得启发，实务上，剧本的演出设计也使观众获得特殊的反省。唯一获准得知神意全貌的是站在观赏、超越角度的观众，相较之下，身为演员、投入其中的剧中角色，则永远没有机会窥知神意全貌。观众应能借由理解这连绵数代的事件，从而获得对自己的人生起伏、天道永恒标准和天命安排的反思。

结　语

希腊盛世下，波希战争御敌的胜利使雅典由城邦迈向联盟领袖，政治格局扩大对相关法规的要求和文治武功成就带来的自信使民主政治在此时开花结果。

作为盛世的文学代表作，悲剧内容高度反映当时昂扬的人文精神。《奥瑞斯提亚》剧中，旧的神话题材皆被赋予了新的人文意涵，宙斯神话的三代逆伦残杀故事成为隐射阿伽门农家族的道德寓言，复仇女神的公平观点过渡为具有普适意涵的公民辩论。

公民法庭诉求更具有普遍适用性的公义标准，宙斯的角色形象也进化为名无能名、第一因、正义施行者和拯救者的形象，既正义又仁慈，他确保受害者的祈愿被听闻，又确保正义的裁断能经过公民辩论和智慧的判断，不让其他小神祇自作主张、颠倒正义。

同时，《奥瑞斯提亚》亦强调人角色的重要性，若没有人作为人在道德困境中坚持求索正义，苦难和不公义的情境也不能带给人们意义，但唯有人重视自己的角色，坚定地在明知不可能完善的道德争议中努力探索，困境和不正义就都会成为人们成长的素材，也裨益人们在道德问题上走得更远、将公义更好地在人间推行。

约翰逊的现代意识

——简评《塞缪尔·约翰逊和现代英格兰的形成》*

夏晓敏**

摘　要： 本文从哈德逊在《塞缪尔·约翰逊和现代英格兰的形成》中的解读出发，着重考察约翰逊在18世纪英格兰阶级、女性、政党、公众以及英国等的形成过程中，表达出的引领社会发展的现代意识和前瞻思想，以及约翰逊晚年作为典型英国人①记录和参与英国走向现代社会的过程。约翰逊充分展现出“由英国造就并帮助造就了英国”的前瞻性文学和文化人物的社会影响力。哈德逊则通过跨越两百多年的思想对话，为读者深入理解18世纪英国社会和文坛风貌，以及约翰逊其人其作品提

---

* Nicholas Hudson, *Samuel Johnson and the Making of Modern England*, Cambridge: Cambridge University Press, 2003, p. 226.《塞缪尔·约翰逊和现代英格兰的形成》(*Samuel Johnson and the Making of Modern England*) 是尼古拉斯·哈德逊 (Nicholas Hudson) 教授的一本学术专著，2003年由不列颠哥伦比亚大学出版社出版。这是哈德逊教授在18世纪英国研究与塞缪尔·约翰逊研究方面的重要作品，全书采用历史文化视角，将约翰逊视为有前瞻思想的文学文化名人，且是18世纪英格兰走入现代社会进程中发挥着重要影响的人物，“英国成就了约翰逊，约翰逊也推动了现代英国的形成”。本文引用的英语文本的中文译文皆为作者翻译。

** 夏晓敏，文学博士，中国社会科学院大学外国语学院，讲师，研究方向为英美文学、比较文学和翻译。

① 评论家沃尔特·雷利 (Walter Raleigh) 曾说过，约翰逊“几乎成了英国人的守护天才，他身上体现了我们欣赏的一切。当我们假装嘲笑我们的民族性格时，我们称之为约翰牛(John Bull)；当我们想颂扬时，就叫他塞缪尔·约翰逊”(转引自 Nicholas Hudson, *Samuel Johnson and the Making of Modern England*, Cambridge: Cambridge University Press, 2003, p. 4)。哈德逊教授则认为约翰逊是“一位‘约翰牛’式的人物，帮助界定了中产阶级意识”(转引自 Nicholas Hudson, *Samuel Johnson and the Making of Modern England*, Cambridge: Cambridge University Press, 2003, p. 18)，随后又指出约翰逊生活“在英国崛起的时代，可以称之为‘约翰牛’的适当代表”(转引自 Nicholas Hudson, *Samuel Johnson and the Making of Modern England*, Cambridge: Cambridge University Press, 2003, p. 168)。

供了新的线索，增强了读者对英国的过去、现状和未来的了解。

关键词： 现代意识　约翰逊　“约翰牛”　18世纪英国

引　言

塞缪尔·约翰逊（Samuel Johnson，1709—1784）是18世纪后半期英国的文学巨擘，也是英国历史上最著名的文人之一，他集词典学家、诗人、散文家、小说家、政论家、批评家、清谈家（conversationalist）于一身。从其声名来源来看，约翰逊文坛称雄首先是因为其编撰了英国第一部真正意义上的英文辞典《英语词典》（*A Dictionary of the English Language*），为英语语言的规范化和广泛传播奠定了基础。1984年12月13日，《泰晤士报》发文纪念约翰逊逝世200周年时表明，约翰逊的才学和词典编撰工作是促使英语成为“世界语言”的重要因素之一，英语这门“语言是英国人的主要荣耀”，因此，约翰逊比其他人更有资格做“英国的主保圣人”（Patron Saint）。此外，约翰逊还创作了大量精辟睿智的散文作品，发表过讽刺诗歌和广为流传的寓言小说《拉塞勒斯》（*Rasselas*），并且在传记、游记和莎士比亚评论方面做出了巨大贡献。“流浪汉小说”代表作家托拜厄斯·斯摩莱特（Tobias Smollett）则给了塞缪尔·约翰逊一个大名鼎鼎的称号——“文坛大可汗”（the Great Cham of Literature）。

约翰逊生活的18世纪是英国逐步登上世界舞台核心位置、走向现代社会的重要时期，虽然当时的英国没有经历激烈的革命运动和重大的社会变革，但作为18世纪的重要文人和时代亲历者，约翰逊的言谈和作品记录着当时英国的文学、文化和社会风貌的发展和变化，评说着现代英格兰形成过程中经济、政治制度与文化思想等方面的嬗变。18世纪英国成就了约翰逊，约翰逊也影响了这个时代，并给后人留下了重要的精神财富和解读密码。以此为出发点，尼古拉斯·哈德逊撰写了《塞缪尔·约翰逊和现代英格兰的形成》，通过考察历史名人暨典型英国人约翰逊与当时社会的互动，解读18世纪大文豪和18世纪英国对现代英格兰形成的持续影响。因此，透过约翰逊探查18世纪英国是一个有意义的视角，具有实际价值和研究意义，既能帮助读者和评论者深入了解约翰逊其人、其事及其作品和地位，也有利于人们更好地理解18世纪英国和现代英国的不同、关联和延续。而透过哈德逊考察约翰逊的现代意识，现代读者可以更好地理解历史与现代的互动和影响，以及文坛名宿和文学作品对文化环境和历史叙事的参与和塑造。

一　哈德逊与约翰逊和英国18世纪研究

《塞缪尔·约翰逊和现代英格兰的形成》是尼古拉斯·哈德逊教授的一本学术专著，2003年由不列颠哥伦比亚大学出版社出版。这是哈德逊在约翰逊和18世纪研究方面的重要作品，全书主要采用了历史文化视角，剖析了约翰逊和现代英格兰形成的关系，为读者理解约翰逊的作品和18世纪以来英国社会和文坛风貌提供了新的线索。尼古拉斯·哈德逊在牛津取得了哲学博士的学位，现任不列颠哥伦比亚大学的英语系教授，他主要研究18世纪英国文学、思想和历史，并在这些方面做出了不凡的成绩。1988年哈德逊出版了《约翰逊和18世纪思想》（*Samuel Johnson and Eighteenth-Century Thought*），在书中探讨了约翰逊对18世纪哲学和神学思想中一些热点的看法。1994年哈德逊出版了《写作和欧洲思想，1600—1830》（*Writing and European Thought, 1600—1830*），考证了这个时期的欧洲思想和写作之间的关联，以及语言、写作与思想之间相互影响、相互作用的关系。此后多年来哈德逊还发表了大量关于文学、语言、社会和历史等方面的文章，随着他在18世纪社会、思想文化等方面的深入研究和积累，数十万字的《塞缪尔·约翰逊和现代英格兰的形成》逐渐成稿并付诸出版。

18世纪以来，已有的约翰逊研究大致可以分成两个方面，即对约翰逊作为清谈家的研究，以及将约翰逊作为文学大家和文化巨擘对其作品的研究。由于约翰逊在18世纪中前期名声不显，直至《英语词典》出版和詹姆斯·鲍斯威尔（James Boswell）记录其言谈的《约翰逊传》（*Life of Johnson*）[①] 问世之后，约翰逊才成为家喻户晓的人物，其妙语连珠却相貌不雅的形象深入人心，在很长的一段时间里，约翰逊的言谈是研究者关注的焦点，甚至部分取代了对他作品的研读。然而，约翰逊作品的魅力始终吸引着一些读者的目光，人们对《英国诗人传》（*Lives of English Poets*）、《莎士比亚集序言》（*Preface to Shakespeare*）、诗歌《人生希望多空幻》（*Vanity of Human Wishes*）和众多散文作品的各种阐释和解读不断推陈出新。这些作品展现了约翰逊作为18世纪古典主义者的观点和思想，推动着18世纪的古典主义文风走向高潮，但约翰逊也肯定了"原创性"（originality），在这方面他的"文学气质与浪漫主义和现代主义更为相近"[②]，在一定程度上，约翰逊思想中蕴含着18世纪从新古典主义向浪漫主义的转变的萌芽。关于约翰逊言谈和其作品思想的这两种研究在伯特兰·布朗森（Bertrand H. Bronson）的《约翰逊博士的双重传统》（*The Double Tradition of Dr. Johnson*）一文中有更详细的阐述，布朗森更推崇对约翰逊作品和思想的研究。时至今日，约翰逊在文学史上的地位和影响历久弥新。随着近年来约翰逊研究的深入，人们拓展地运用了一些现代主义和后现代主义视角，比如社会文化批评、解构主义批评和新历史主义批评等方法来解读约翰逊。在《塞缪尔·约翰逊和现代英格兰的形成》一书中，哈德逊教授的研究立足于以往的18世纪英国研究和约翰逊研究，通过考察约翰逊亲身体验的社会转变和发展趋势，尤其是其表达的对阶级、女性、公众和国家变化超越时代的看法，解读了推动18世纪英国走向现代社会的关键改变、这些变化对约翰逊的影响，以及约翰逊作为"从自己时代走向未来时代"[③] 的前瞻思想者对18世纪英国甚至当今英国社会的影响。

---

① 詹姆斯·鲍斯威尔的《约翰逊传》影响深远，堪称英语世界中最优秀的传记之一，既是重要的文学成果，也为世界读者了解英国文学大家塞缪尔·约翰逊起到了至关重要的作用。

② Anthony W. Lee, "Introduction: Modernity Johnson?", in *Samuel Johnson Among the Modernists*, Clemson, SC: Clemson University Press, 2019, p. 3.

③ Nicholas Hudson, *Samuel Johnson and the Making of Modern England*, Cambridge: Cambridge University Press, 2003, p. 110.

二 走在时代前列的思想者约翰逊与18世纪英格兰

为了探讨约翰逊、18世纪英国与现代英格兰形成的关系，哈德逊教授考察了构成现代国家的一些基本要素——中间阶层（middle class，即近代的中产阶级）、性别关系（gender relations）、党派政治（party politics）、公众（public）、国家意识（或国家地位，nationhood）等——在18世纪英国的发展和变化，以及约翰逊思想和作品与这些要素的互动，揭示出约翰逊的现代意识和18世纪英国走向现代社会的自然趋势，其目的是“从约翰逊时代[①]引起变革的特定历史事件中对约翰逊进行重新定位”，考察约翰逊“对这些在关键且动荡的英美历史时期发生的事件做出的反应”，并且“不仅将约翰逊置于特定的社会背景中，而且将他视为英格兰从前现代（pre-modern）社会到现代社会演变进程中的一个部分，最终凸显出约翰逊作为典型英国人的形象，这正是维多利亚时期，甚至当今社会文化中约翰逊的形象”。[②] 与心理分析、解构主义、后现代主义的批评方法有所不同，哈德逊从历史文化批评的角度指出，正是18世纪英国特殊的社会文化塑造了约翰逊的思想和重要地位，而约翰逊则记录并展现了18世纪英国社会走向现代的必然趋势，并且在这一进程中走在前列，确立着其“文坛大可汗”的影响。

将约翰逊置于18世纪英国的社会变革中，哈德逊教授认为“应该重新将约翰逊视为推动社会进步的思想者——即使逆当时时代的潮流，约翰逊仍坚持反对歧视女性，反对种族主义、民族主义、奴隶制度和帝国制度”[③]。当今社会的发展和人民的追求无可辩驳地证明了约翰逊的

---

① 约翰逊时代（Age of Johnson）通常指以诗人、评论家和作家塞缪尔·约翰逊命名的时期，这一时期一般指的是从18世纪中期到1798年，该时期倡导新古典主义和启蒙主义价值观，如理性、平衡、秩序和对人性的关注。

② Nicholas Hudson, *Samuel Johnson and the Making of Modern England*, Cambridge: Cambridge University Press, 2003, p. 2.

③ Nicholas Hudson, *Samuel Johnson and the Making of Modern England*, Cambridge: Cambridge University Press, 2003, p. 2.

这些观念走在了时代前列。从约翰逊意识到“社会经济转型势不可挡”[①]的时候起，他接受并顺应着时代发展，在社会政治机制中的一些要素——阶级、性别关系、公众意识（the sense of a public）、国家意识——的形成过程中，体现出自己的前瞻思想。此外，约翰逊前瞻性的思想也体现在其文学成就中，约翰逊生活在英国新古典主义时期，[②] 倡导模仿古典的新古典主义原则。但是，约翰逊并不是固执保守的新古典主义文人，他的文学批评是依赖自己的智慧、学养和生活经验做出的判断，他陈述的是符合自己经验的宽容古典主义者的态度和观点。比如，众所周知的莎士比亚戏剧批评——尽管一些新古典主义者批评莎士比亚背离三一律，约翰逊仍然充分肯定了莎士比亚的成就，赞美莎士比亚为“自然诗人”，这对后世的莎士比亚批评产生了持久的影响，约翰逊的批评可以视为“智慧文学”[③] 和“学养型批评”[④]，深厚的学识和丰富的生活常识成就了约翰逊的不凡见解。尽管约翰逊通常被视为18世纪英国的保守主义者，但哈德逊指出，约翰逊的保守主义“允许一定的变化，只要这种变化不会带来大的变革，并且不会影响社会和政治稳定”[⑤]，这不只是约翰逊的政治原则，也是他世事洞明的智者态度。约翰逊的学养和见地使他能够适度摆脱陈规陋俗，接受变化并洞见未来，这正是哈德逊教授将约翰逊与现代英格兰的形成关联在一起考察约翰逊的思想观点具有现代意义的原因。

---

① Nicholas Hudson, *Samuel Johnson and the Making of Modern England*, Cambridge: Cambridge University Press, 2003, p. 107.

② 英国新古典主义时期（British Neoclassical Period）通常指欧洲新古典主义运动在英国发展的时期，新古典主义是一场西方的文化运动，崇尚理性至上，尊重传统道德价值观。在英国文学中，新古典主义时期主要指1660—1784年从德莱顿到约翰逊的文学发展阶段，古典主义作家推崇理性，注重形式，作品中常有说教与讽刺。

③ Harold Bloom, *The Western Canon: The Books and School of the Ages*, New York: Harcourt Brace & Company, 1994, p. 184.

④ 参见刘意青《略谈学养型评传——以约翰生〈诗人传〉为例》，《现代传记研究》2017年第1期，第28~47页。

⑤ Steven Scherwatzky, “Johnson, Writing, and Memory: Samuel Johnson and the Making of Modern England (Review) ”, *Eighteenth Century Fiction* (2), Jan. 2005, p. 294.

三 约翰逊眼中的阶级、女性、政党、公众、国家意识和英国

光荣革命之后，随着工业革命和启蒙运动的进行，18 世纪是英国由传统的等级社会转向现代阶层社会的重要阶段，中间阶层（中产阶级）构成了社会的新兴阶层，成为推动英国社会走入现代社会的重要因素之一。在这样的历史背景下，哈德逊教授首先探讨了约翰逊对 18 世纪中产阶级形成过程的熟知，剖析了约翰逊对中产阶级的认可，并且考察了随着社会经济机制和政治机制的改变，男女性别关系的变化，尤其是约翰逊对女性的支持和肯定闪现着启蒙之光和超前思想。与之类似，约翰逊对 18 世纪英国政党、公众、国家意识和英国等都有着超越时代的看法。

哈德逊指出，18 世纪英国的社会结构发生了从“身份等级”（rank）到“阶层（阶级）”（class）的转变，[①] 约翰逊意识到，随着“中等等级（middle ranks）的人们”通过商品经济的发展获得财富和地位的提升，“财富带来的权利和尊严开始优先于出身地位带来的优势”[②]，由出身决定的“等级”不再是体现人们身份差距的决定性因素，取而代之的是“阶层”决定着人们之间的差异，这些变化随之带动着“中产阶级意识”（a middle-class sensibility）的形成、中间阶层与其他阶层的分离，以及中产阶级的出现。此外，为了更明确从“中等等级”到“中间阶层”的嬗变，哈德逊解释说，“‘中产阶级的兴起’是个误导性的说法，实际上，中产阶级是在 18 世纪开始出现的，而并没有兴起”。随后，哈德逊又补充说：“中产阶级的地位不是源自出身或财富，也不是源自上层社会的赐予，而是源自他们接受的博雅教育（liberal education）以及

① Nicholas Hudson, *Samuel Johnson and the Making of Modern England*, Cambridge: Cambridge University Press, 2003, p. 11.

② Nicholas Hudson, *Samuel Johnson and the Making of Modern England*, Cambridge: Cambridge University Press, 2003, p. 13.

日常承担'脑力'劳动而不是体力劳动。"[①] 博雅教育与约翰逊认同并倡导的培养绅士的教育理念一致。早在约翰逊之前，艾迪生和斯蒂尔于1709年和1711年创办的著名期刊《闲谈者》和《旁观者》，就致力于教化中间阶层的人们（即中产阶级），培养具有良好学识教养和美德的绅士，显然，包括约翰逊在内的许多18世纪的文人共同助力了中产阶级意识的形成。约翰逊编撰《英语词典》时也体现了对中间阶层的关爱。他的词典并没有完全采用贵族阶层或者上流社会精英的语言，而是吸收了大众使用的语言，涵盖了艾迪生和斯蒂尔编撰的供中间阶层阅读的期刊文章里面的语言。通过规范语言，约翰逊使词典成为对社会各阶层进行博雅教育的媒介，提升了语言的影响力，助力了英国社会从阶层到阶级的转变。

随着中间阶层的出现，性别关系的调整与女性地位的变化和改善也是传统社会走向现代社会的重要标志。虽然18世纪的英国女性仍然是社会的边缘者和附属者，在家庭中的权利很有限，尤其是婚姻中的女性大多须依附于丈夫，但随着中产阶级的出现，女性越来越多地进入社会，获得了一定的地位和认可。哈德逊在书中阐述了18世纪英国女性生活的改变，以及约翰逊女性走在时代前列的思想，指出他是一位"在当时社会涉及女性的问题[②]上思想开明的人物"。[③] 的确，虽然18世纪的英国女性仍然囿于家庭，但与之前相比有了更多走出家庭的途径，18世纪晚期工业革命的发展更是提供给女性一些新的就业机会。哈德逊指出，在这种社会变革的背景下，约翰逊曾表达诸多有关女性的开明主张。他赞同女性（尤其中产阶级女性）接受教育，进行文学创作，参与到公共活动中。与推动绅士教育一样，约翰逊指出，中产阶级有充分的理由让女性接受教育并从中获益[④]，

① Nicholas Hudson, *Samuel Johnson and the Making of Modern England*, Cambridge: Cambridge University Press, 2003, p. 33.

② 原书中英文为"feminist issues"，但英国18世纪的英语词汇中还没有"feminist"（女权），因此这里译为"女性的问题"。

③ Nicholas Hudson, *Samuel Johnson and the Making of Modern England*, Cambridge: Cambridge University Press, 2003, p. 45.

④ Nicholas Hudson, *Samuel Johnson and the Making of Modern England*, Cambridge: Cambridge University Press, 2003, p. 45.

并且约翰逊对女性教育的重视是因为教育可以让女性生活得更好，更有智慧，发挥自己的作用，推动社会进步，这些观点对现代英国性别价值观的建构影响重大①。此外，约翰逊并不反对女性享受奢华生活，他强调“超越物质需求的冲动是一切进步、艺术和知识的源泉”②。约翰逊的这些想法超越了18世纪，前瞻性地预见到人类对非物质需要的追求终会带来许多社会创新，甚至可以成为现代社会的新质生产力。

当然，这也许是随着18世纪商业的发展，约翰逊感知到商业经济对当时社会的越来越多的影响后的想法，他敏锐地洞察到社会经济机制与社会政治机制的互动影响，以及未来社会中女性地位和影响力的提升趋势。可见，18世纪中期后，随着中产阶级受教育程度的提高，中产女性在社会和家庭中的身份和地位得到了越来越多的关注。然而，哈德逊提醒读者，约翰逊有时对女性的有些看法也颇为保守，他不赞同女性布道，相当严格地要求女性保守贞洁，认为知识并不能带给女性幸福，并且认为女性难以躲开“榜样”（example）和“习俗”（custom）的影响，约翰逊的这些看法也影响了维多利亚时代及以后的人们。③ 整体而言，在涉及18世纪女性的问题上，哈德逊没有简单地认为约翰逊激进或保守，而是从具体情况出发，结合社会关注的女性享受奢华、追求平等教育、寻找公众身份等问题，展现出作为社会参与者和观察者的约翰逊表达的或保守或进步的观点，并且指出，约翰逊“对培养女性的学识、理性和美德的重视可以认为是巩固中产阶级的一种方案”④。哈德逊较为全面地剖析和展现了中产阶级的形成和18世纪中产女性地位上升的相互传导和相互影响，而约翰逊在阶级和女性相关问题上表现出一定的现代意识。

---

① Nicholas Hudson, *Samuel Johnson and the Making of Modern England*, Cambridge: Cambridge University Press, 2003, p. 46.

② Nicholas Hudson, *Samuel Johnson and the Making of Modern England*, Cambridge: Cambridge University Press, 2003, p. 67.

③ Nicholas Hudson, *Samuel Johnson and the Making of Modern England*, Cambridge: Cambridge University Press, 2003, p. 59.

④ Nicholas Hudson, *Samuel Johnson and the Making of Modern England*, Cambridge: Cambridge University Press, 2003, p. 75.

考察了约翰逊在阶级和性别方面的观点之后，哈德逊认为，通过追溯约翰逊的政治思想和支持政党派别的发展变化，“我们可以深入了解英国现代政党政治的早期发展，尽管 18 世纪的党派在 19 世纪得以全面融合，但这种早期党派政治思想直到现在仍然影响着英国政治”[①]。这种解读将约翰逊与 18 世纪英国关键的政治变化——党派的出现和未来的发展关联起来，这也展现了约翰逊在政治上的前瞻性，尽管对此仍有争议。18 世纪英国形成的两个政治派别是托利党和辉格党，一定意义上，英国有组织、有纲领的现代政党自由党和保守党是从托利党和辉格党蜕变而来的。约翰逊属于政治思想保守的托利党人，因此，哈德逊提到约翰逊的《英语字典》中对托利党人的定义是，“坚持国家世代相传的法令，坚持英国国教会使徒等级制度的人”[②]，而其对立党派辉格党则是“一个小集团”，两个单词的定义体现了约翰逊鲜明的党派偏好。但是，在哈德逊的解读中，约翰逊的政治思想并不能简单地等同于保守的托利党思想，约翰逊支持托利党并不是因为他认同托利党的全部观点，更多的是因为约翰逊确信，社会需要有原则的“政治行为”（principled political action），并且“只要支持‘政党’代表着坚持信念，这是必然会发生且值得赞扬的行为”[③]。与以往托利党人的保守形象有所不同，哈德逊用“有原则的政治”（politics of principle）、“新保守主义”、“新托利主义”等短语来说明约翰逊的政治思想，解释了约翰逊面对现代党派政治变化时顺应变化并走向现代的政治思想。当然，正如罗伯特·德马里亚（Robert DeMaria）所言，约翰逊所处的社会处境的变化推动了他的政治思想的变化。

英国公众意识的发展也是哈德逊探讨约翰逊与现代英格兰关系的重点。哈德逊指出，尽管 18 世纪英国还不是现代民主社会，但随着党派政

① Nicholas Hudson, *Samuel Johnson and the Making of Modern England*, Cambridge: Cambridge University Press, 2003, p. 77.

② Nicholas Hudson, *Samuel Johnson and the Making of Modern England*, Cambridge: Cambridge University Press, 2003, p. 86.

③ Nicholas Hudson, *Samuel Johnson and the Making of Modern England*, Cambridge: Cambridge University Press, 2003, p. 79.

治的发展，英国已经开始演变成“政治社会”（a political community），随之而来的是人们的“公共责任”（communal duty）意识和对“公共精神”（public spirit）的热议。[①] 尽管多数人认为社会较好地运转需要公共精神，但在探讨公共精神和“个人利益”（private interest）对社会发展的作用时，约翰逊的态度是有些矛盾的。约翰逊发现在经济社会里公共精神和个人利益经常对立，对“公共精神”既欢迎又怀疑，他“不相信无私地为他人谋福利的公共精神是国家和谐统一的基础，但是他相信，多数个体能够理解并逐渐接受对传统的等级制度和权威的需要”[②]。因此，约翰逊主张对大众进行教育和启蒙，以便让人们理解和接受法令和政府，并且理解社会的有序运转需要个人利益和公共精神的调和，从而慢慢形成公众意识，这正是现代文明社会形成和发展的过程。此外，哈德逊指出，约翰逊对可以代表公众的媒体的自由也是既支持又怀疑，尽管约翰逊支持媒体自由，但他不完全信任公众做出的政治、宗教和文学判断，这种不信任的核心在于“利己主义对人们思考和判断方式的不同影响”[③]。无疑，虽然约翰逊经常发表个人经验性的评判，但他仍然是审慎的社会观察者，非常有前瞻性地洞察到媒体自由可能带来的不良后果，意识到“正义本身会受到舆论（public opinion）的影响”[④]。

哈德逊在谈及现代英国国家意识的构建时指出，18 世纪英国的国家主义（nationalism）和爱国主义（patriotism）意义不同，英格兰与苏格兰等地走向现代文明的进程有先后，以及英国的国家主义是一个逐渐形成的过程，晚年的约翰逊才成为以英格兰文明为傲的典型英国人。18 世

① Nicholas Hudson, *Samuel Johnson and the Making of Modern England*, Cambridge: Cambridge University Press, 2003, p. 110.

② Nicholas Hudson, *Samuel Johnson and the Making of Modern England*, Cambridge: Cambridge University Press, 2003, p. 119.

③ Nicholas Hudson, *Samuel Johnson and the Making of Modern England*, Cambridge: Cambridge University Press, 2003, p. 130.

④ A. F. T. Lucock, "Samuel Johnson and the Making of Modern England (Review)", *Notes and Queries* (1), March 2005, p. 128.

纪的英格兰、苏格兰、威尔士和爱尔兰各自为政，英格兰与苏格兰仍然有争端，在这种情况下各地人们理解的国家主义和爱国主义各不相同。此外，相对于历史传承不断的苏格兰、威尔士和爱尔兰，英格兰经历了多次外族入侵和文化融合，没有可以自傲的持续的文化遗产。然而，相对于苏格兰等地辉煌的过去，英格兰的经济繁荣衬托出苏格兰的蛮荒落后，英格兰为之骄傲的是当时的成就和文明，英格兰对未来更有前瞻性，更关心自己的命运。[①] 此外，哈德逊指出，在约翰逊看来，无论是英格兰还是苏格兰，国家主义是一个从“野蛮”的过去走向“现代文明”的发展过程，甚至在游历苏格兰高地时，他的国家主义构想是英格兰通过吸纳苏格兰带给苏格兰北部现代文明，[②] 这种带有文化殖民倾向的观点也是一些评论者诟病约翰逊的地方。但是随着英格兰的日益繁荣，以英格兰为骄傲的约翰逊难免想要以上面的方式帮助紧邻的苏格兰，“典型英国人”已经从世纪初善良但稍显愚蠢的形象转化为约翰逊这样的形象——“战胜一切困难的胜利者，面对巨大的困难仍能保持顽强和坚定”[③]，不断走向未来。

哈德逊对 18 世纪“帝国”的逐渐形成和约翰逊“帝国”态度的变化进行了有趣的解读。哈德逊提到，后殖民主义研究基本认同“帝国”的形成是英国有意识追求的结果，约翰逊研究者也大多同意这种观点，但是众所周知，约翰逊很多时候是反对殖民行为的，他不信任殖民者，深深同情被殖民者。然而，哈德逊认为，除了同情外，约翰逊并没有“反帝国主义”（anti-imperialism），一方面，“帝国主义”（imperialism）这个词是在 19 世纪进入英语词库的，18 世纪的约翰逊还没有形成这种观念；另一方面，哈德逊指出，18 世纪初英国进行海外活动是为了商业目的，与古罗马的帝国野心不同，英国殖民是为了建成“商品王国”

---

① A. F. T. Lucock, “Samuel Johnson and the Making of Modern England (Review)”, *Notes and Queries* (1), March 2005, p. 128.

② Nicholas Hudson, *Samuel Johnson and the Making of Modern England*, Cambridge: Cambridge University Press, 2003, p. 147.

③ Nicholas Hudson, *Samuel Johnson and the Making of Modern England*, Cambridge: Cambridge University Press, 2003, p. 168.

(Empire of Goods)，目的是保护商品途经港口之间的自由贸易。[1] 并且，随着贸易的扩大，18 世纪“帝国”的概念与实体形成了，[2] 在一定程度上，晚年约翰逊的英国人自豪感透露出他对英国海外商业形式的默认。此外，当约翰逊指出“应该允许被殖民者享有文明人占领带来的好处”[3]时，哈德逊认为，约翰逊对帝国的态度“从经济上为殖民行为辩护，转变为相信英国有‘上天赋予的’（providential）责任，即给殖民地带来光明和救赎”[4]，这与 19 世纪迪斯雷利治下的新帝国主义观念有相近之处。即使哈德逊认为约翰逊并不反对英国殖民的观点颇具争议，但约翰逊正是这样的一位“从一个时代跨越到下一个时代的重要人物”[5]，他的思想走在时代前列。

结　语

在《塞缪尔·约翰逊和现代英格兰的形成》一书中，哈德逊解读了 18 世纪英国走向现代社会时发生的关键变化：从等级到阶层（阶级）、性别关系、现代政党、公众和国家意识，以及英国的形成和作为典型英国人的约翰逊在这些方面如何推动了现代英国的形成。哈德逊在历史文化发展的脉络中考察了约翰逊和 18 世纪英国，重新审视了约翰逊在英国历史文化中的地位，揭示出 18 世纪英国和约翰逊思想表现出的现代特征。哈德逊的视角宏大，提供了更多阐释约翰逊思想和观点的依据，将约翰逊与 18 世纪英国现代性结合起来的解读让更多读者体会到：约翰逊

---

① Nicholas Hudson, *Samuel Johnson and the Making of Modern England*, Cambridge: Cambridge University Press, 2003, p. 171.

② Nicholas Hudson, *Samuel Johnson and the Making of Modern England*, Cambridge: Cambridge University Press, 2003, p. 198.

③ Nicholas Hudson, *Samuel Johnson and the Making of Modern England*, Cambridge: Cambridge University Press, 2003, p. 208.

④ Nicholas Hudson, *Samuel Johnson and the Making of Modern England*, Cambridge: Cambridge University Press, 2003, p. 208.

⑤ Nicholas Hudson, *Samuel Johnson and the Making of Modern England*, Cambridge: Cambridge University Press, 2003, p. 110.

是英国社会发展的记录者和参与者，是英国人的典型，有着骄傲的英国人的心态，也在潜移默化地影响着社会文化的发展。

此外，哈德逊进行了广泛的文献考证和论述，对约翰逊的很多观点和作品进行了具体分析和深度阐释，并且通过对同时代和跨时代作品和观点的比较，论证了约翰逊思想的现代性以及对18世纪英国的影响，同时哈德逊也与一些以往的观点进行了对话，这些研究方法对现代约翰逊研究仍然有启发意义。从研究方法来看，哈德逊侧重于考察英国的社会文化历史，将约翰逊置于18世纪英国的历史背景中进行研究，但并不局限于当时的时代，对以往研究者的一些观点也有颠覆性的解读，比如约翰逊并没有反对英国的殖民扩张。当然，这样的历史文化探究相对减少了对约翰逊作品艺术性和文学性的关注，更多地凸显作品和作家思想的社会性和政治性，致力于从文学作品中找到与无法重现的时代的历史政治关联，却往往会使文本细读失之偏颇和牵强，这可能是该书的薄弱之处。

《塞缪尔·约翰逊和现代英格兰的形成》是一部值得研读的学术作品和文化读本，哈德逊的语言既通俗易懂又详尽透彻，详读略读都可以帮助读者了解约翰逊的作品和思想、国际学术界约翰逊研究的代表性观点，以及18世纪英格兰和现代英国地位的确立和发展、关联与传承。哈德逊的这本书展示了将文化文学名人置于宏大的历史文化范畴中研究的范式，拓展了文学研究相对专业和局限的空间，走向了历史文化和社会政治等交叉研究的宽广领域。对跨文化研究者而言，通过了解异域文本符号或文化现象背后的深层含义和发展规律，以及不同国家的文化心理、民族精神与思想发展趋势，文学作品和文坛人物成了社会文化研究、区域国别研究和跨文化研究的适当对象，并且为不同社会文化制度的文明交流互鉴提供素材，在跨文化对话中实现区域国别研究的创新和突破。

“缺失”与“在场”

——詹姆斯一世时期戏剧性别话语探究

吴琳娜*

摘　要：莎士比亚时代结束后，直到1642年伦敦剧院关闭的三十年间，这一时期的戏剧被统称为詹姆斯一世时期戏剧。在这一时期，英国的许多剧作家继续继承和发展文艺复兴悲剧的传统。然而，与莎士比亚时期不同的是，他们不再专注于国家大事，而是更多地关注个体家庭和普通人的情感纠葛，这使戏剧更加贴近社会现实，也更真实地反映了女性的生活状态。这一时期的悲剧语言出现了性别失衡，女性话语权遭到剥夺，话语出现严重“缺失”，取而代之的是身体器官的象征性和“在场”，两者相互消解又二元对立。伴随身体器官“在场”的是血腥的复仇悲剧大行其道，背后既有詹姆斯一世时代的政治原因，也体现了社会正义体系的严重匮乏。

关键词：性别语言　复仇与杀戮　“缺失”与“在场”

1603年，伊丽莎白女王去世，詹姆斯一世继位。同年，莎士比亚的经典悲剧《哈姆雷特》在伦敦公演。在接下来的两年内，莎士比亚相继创作了《奥赛罗》、《李尔王》和《麦克白》，这四部作品标志着英国文艺复兴悲剧创作的巅峰。莎士比亚在1610年前后退休，结束了他的戏剧生涯。从那时起到1642年伦敦剧院关闭的三十年间，即詹姆斯一世和查理一世时期，许多剧作家继承和发展文艺复兴悲剧的传统，继续活跃在

---

* 吴琳娜，中国社会科学院大学外国学院，讲师，研究方向为英国7世纪戏剧与美国当代诗歌。

戏剧舞台上。他们的作品既受到了莎士比亚和马洛的影响，又反映了詹姆斯一世和查理一世时期独特的社会风貌，这一时期的戏剧被统称为詹姆斯一世时期戏剧（Jacobean Drama）。

詹姆斯一世时期戏剧多充满暴力和血腥，舞台上经常尸横遍野。有莎翁戏剧珠玉在前，评论界对詹姆斯一世时期戏剧的关注有限，评论多褒贬不一。T. S. 艾略特（T. S. Eliot）在 19 世纪 20 年代撰写了一系列文章，专门分析约翰·韦伯斯特（John Webster，1578—1632），在《不朽之私语》一诗中，艾略特以“韦伯斯特拥抱死亡”开篇。[①] 法国戏剧理论家安东尼·阿托德也被詹姆斯一世时期戏剧的血腥舞台吸引，他在《戏剧及其重影》一书中专门援引约翰·福特（John Ford，1586—1639）的《可惜她是一个娼妓》作为例证，解释“残酷戏剧”的概念，认为戏剧的功用就是打破秩序和局限，使人摆脱文明的压抑，戏剧应该展示渎神的暴行，挑战观众的认知和情感，探索人类经验和情感的深度。[②]

詹姆斯一世时期戏剧，尤其是悲剧，与莎士比亚悲剧相比有了显著变化。由于戏剧创作和表演与王室贵族的联系更加密切，一些剧作家受宫廷雇用进行创作，表演重心逐渐转向私人剧场和詹姆斯一世的宫廷；剧作家受到当时盛行的巴洛克风格的影响，展现出更多的颓废和腐朽气质。伊丽莎白一世统治末期，继承问题悬而未决，宗教改革尚未彻底，社会矛盾加剧。随着政治动荡、宗教冲突和剧场环境的变化，詹姆斯一世时期的剧作家为了回避敏感话题，逐渐抛弃了严肃的历史剧。悲剧创作也从国家层面转向家庭层面，更多关注个体家庭中的爱恨情仇，而较少涉及国家大事。为了在激烈的剧院竞争中吸引观众，剧作家纷纷采用吸引眼球的刺激性剧情，剧中死亡人数之多达到了前所未有的程度，不断挑战舞台暴力的底线。

詹姆斯一世时期戏剧出现了大量以女性角色命名的悲剧，这些剧目均剧情离奇血腥，剧目名称中的女性主角人物被认为是悲剧的导火索，

---

① T. S. Eliot, “John Ford”, *Selected Essays*, London: Faber & Faber Ltd., 1951, pp. 196-198.

② Antonin Artaud, *The Theater and Its Double*, London: Grove Press Evergreen Original, 1958, p. 38.

也沦为悲剧的牺牲品，无一例外死状凄惨。约翰·韦伯斯特是继莎士比亚之后英国最杰出的悲剧作家，代表作有《马尔菲公爵夫人》和《白魔》。除韦伯斯特之外，还有众多以女性为主角的悲剧。弗朗西斯·鲍蒙特（Francis Beaumont，1584—1616）和约翰·弗莱彻（John Fletcher，1579—1625）共同创作了《少女的悲剧》，托马斯·米德尔顿（Thomas Middleton，1580—1627）创作了《女人互相提防》，约翰·马斯顿（John Marston，1575—1634）创作了《安东尼奥和梅丽达》，菲利普·马辛杰（Phillip Massinger，1583—1640）创作了《宫女》，还有约翰·福特最有争议的作品《可惜她是一个娼妓》。这些以女性角色命名的悲剧成为詹姆斯一世时期戏剧的鲜明元素：剧情始于女性的美貌，却终于复仇、鬼魂、杀戮、血腥和尸横遍野；以女性角色命名却吝于给予女性话语权；女性被男性话语描绘成悲剧的源头和男性价值观的载体。

凯特·米利特在《性的政治》一书中写道："在人类制度化了的不平等中，性关系受到了最无可挽回的毒化，并是这一不平等的原型。……将人分为两大营垒，并按照与生俱来的权力由一个营垒统治另一个营垒，社会秩序中建立和认可了一种压迫制度，并让该制度成为所有其他关系、思想和经验的基础，并毒化它们。"[①] 17世纪初期的英格兰，女性作为男性的附庸，无疑是这种不平等两性关系的牺牲品。詹姆斯一世时期的社会秩序由男性主导，女性被剥夺了话语权，失去话语权即失去权力，戏剧语言正映射了这种由权力引导的性别语言，悲剧因果的逻辑解释也被男性话语主导。

一　置于男性话语之下的女性角色

1633年，《可惜她是一个娼妓》在伦敦首演，引起了极大的争议。故事发生在意大利帕尔马城，一对兄妹吉奥瓦尼和安娜贝拉珠胎暗结，为了掩饰怀孕，妹妹匆匆嫁给索兰佐，一位倾慕安娜贝拉的绅士。可是

① 〔美〕凯特·米利特：《性的政治》，钟良明译，社会科学文献出版社，1999，第31页。

丑闻终究败露，索兰佐怒火中烧誓要报仇，而哥哥吉奥瓦尼却怀疑妹妹移情别恋，持刀杀死妹妹并挖其心脏，随后引起一连串的杀戮，舞台上再现了詹姆斯一世时期典型的尸横遍野的景象。这部悲剧涉及多个禁忌敏感话题，单看剧目的题目就有耸人听闻的效果。福特自己也清楚地意识到这一点，他曾解释道："轻佻的题目中和了戏剧话题的沉重性，否则无法减轻自己的罪过。"① 轻佻的题目用遗憾的口吻为一切杀戮和暴行找到了原因——可惜她是一个娼妓，短短一句话将悲剧因果盖棺论定。

也就是说，福特认为将剧中一切罪恶——道德败坏、谎言、谋杀——归结为"她是一个娼妓"就可以给观众一个充分合理的解释，既可以吸引猎奇的观众又免除了被道德家诟病的危险。不仅题目如此，戏剧的最后一幕，罪行曝光和血腥杀戮之后，主教站出来做评判，极其自然地将一切责任推给完全没有参与杀戮的安娜贝拉："我们得把所有的事情/好好谈一谈。乱伦和谋杀/从未如此离奇地交织在一起。/她如此年轻，又如此受到自然之神的偏爱，/有谁不会扼腕慨叹惜：可惜她是一个娼妓呢？"（V. ⅵ.）② 将责任全部推给女性之后，渎神的罪行和题材的罪恶都自动消失了。

《马尔菲公爵夫人》也有着相似的男性话语逻辑。《马尔菲公爵夫人》由约翰·韦伯斯特创作，被后世认为是悲剧色彩最浓厚、伦敦剧场关闭前最重要的一部悲剧。剧作仍然定位在意大利，孀居的马尔菲公爵夫人与管家秘密结婚并育有三子，此举激怒了公爵夫人的两个兄弟，他们残忍地杀害了公爵夫人和两个孩子。女主角马尔菲公爵夫人无疑是剧中的主要悲剧人物，其悲剧性背后是被亲情掩盖的占有欲，更加阴暗隐晦，引发敬畏同情之余更令观众心生不安。

公爵夫人本来有权利追求爱情享受家庭的天伦之乐，却在腐朽邪恶的兄弟的监视与控制之下不得不将一切隐藏起来，对幸福的自然追求被

① Mark Stavig, *John Ford and the Traditional Moral Order*, Madison, Milwaukee, and London: The University of Wisconsin Press, 1968, p. 120.

② 〔英〕约翰·福特等：《情欲与复仇：英国詹姆斯一世时期悲剧》，吴琳娜译编，北方文艺出版社，2015，第116页。

虚伪的宫廷法则扼杀。公爵夫人的孪生兄长费迪南德对妹妹异乎寻常的控制与执迷带给观众极大的心理冲击。他试图控制妹妹的一切行动，不遗余力破坏妹妹的爱情，甚至费尽心机制造出妹妹丈夫和孩子的蜡像伪造他们的死亡，企图在精神上彻底摧毁妹妹。这种不正常的占有欲不仅毁掉了公爵夫人，同时也夺去了费迪南德的理智，令他陷入疯狂。从某种意义上说，费迪南德所做的一切都是企图抹去孪生妹妹存在的意义与价值，从而治愈自己扭曲的占有欲。然而，当他杀死公爵夫人除掉自己的执迷之源后，自己的人性也随之丧失，陷入癫狂，在幻觉中认为自己是一头狼。在观众看来这种幻觉再恰当不过了，因为他的人性早已不在，他早已沦落为可怜可悲的动物。这种扭曲的占有欲也揭示了当时特殊的社会性。16 世纪随着新兴资产阶级的兴起，贵族阶层逐渐走向没落，以马尔菲为代表的传统城邦为了保证不被其他家族蚕食，偏执地恪守家族血统的纯正，对通婚要求极其严格。费迪南德对妹妹的占有欲不完全是疯狂之举，也是潜意识中希望通过控制妹妹而保证血统高贵。

17 世纪英格兰的男性拥有无上权力，不仅是暴力的实施者，还是秩序的维持人，更是道德解读者。而这种权力在詹姆斯一世时期戏剧中体现为话语权力，它披着虚伪的外衣——中世纪欧洲流行的宫廷爱情语言。17 世纪的英国上至詹姆斯一世下至新兴的富裕阶层，受过教育的男性都深谙宫廷爱情的技巧。求爱的男性通常有着忧郁的气质，喜欢独处，饱读诗书，擅长使用华丽动人的辞藻赞颂爱人表达爱意。当时卖座的戏剧中总会有情诗出口成章的男性，如《少女的悲剧》中的阿米托、《安东尼奥和梅丽达》中的安东尼奥、《是国王，又不是国王》中的阿巴塞斯、《白魔》中的布拉凯诺公爵、《变节者》中的奥西门洛。然而，正是这些美妙的爱情赞美诗构成了男性话语体系，形成了女性的生存框架。威廉姆·哈兹莱特认为詹姆斯一世时期戏剧之所以闪耀正是因为其宣扬的是"赤裸裸的爱情表达"[①]。阿尔杰农·查尔斯·斯温伯恩在对这一时期悲

① William Hazlitt, *Lectures on the Dramatic Literature of the Age of Elizabeth*, Vol. Ⅲ, *The Miscellaneous Works of William Hazlitt*, New York: Derby and Jackson, 119 Nassau St., 1859, p. 109.

剧的评论中数次使用“含蓄”“爱情”“美”等词语，认为男性角色的“优雅”和“温柔的光辉”有效地“调和了主题的恐怖效果”。[①] 凯特·米利特对此有一针见血的评论：“罗曼蒂克的爱情观念提供了一个可由男性自由运用的控制情感的手段……对男女双方都很方便，因为这常常也是女人能够打破她长期以来已经适应的性禁忌的唯一条件。”[②]

詹姆斯一世时期戏剧中男性角色林林总总轮番登场，道貌岸然的神职人员、选择性忽视女儿的父亲、伪装身份的医生、冷血无情的刽子手，每个人都可以对女性角色指手画脚，哪怕是罪恶的始作俑者。在《可惜她是一个娼妓》第一幕中，观众从修道士波纳万吐拉口中得知了吉奥瓦尼在学业上成绩斐然，被赞为“智慧奇迹、年轻神童”，“整个大学城都在称赞［他］的行为举止优雅，/学识谈吐不俗，/乃至拥有一个人所能具有的一切优点”（I. i. ）[③]。先入为主的描绘令观众对吉奥瓦尼产生好感，也因此更容易进入他的话语体系，即使后面吉奥瓦尼勾引妹妹，又因为嫉妒成性而大开杀戒，观众仍然对其充满同情。难怪19世纪评论家威廉姆·吉福德尽管认为整部剧“低俗不堪”，却仍然将吉奥瓦尼的情诗形容为“精致”“美妙”。[④] 哈维洛克·艾利斯也对该剧赞赏有加，他认为“福特在该剧达到了创作顶峰，剧中兄妹形象单纯丰满而忠于爱情，完全没有低俗感……因此开创了超越语言的悲剧效果”[⑤]。这些溢美之词或对真挚的爱情表达叹息之情，或对哀伤的求爱辞藻表示赞赏，但是对安娜贝拉在这场宫廷爱情中所表现出来的苍白失语却视而不见。不论是在开头的爱情表白还是在后来的血腥复仇中，安娜贝拉的语言都少

---

① Algernon Charles Swinburne, “*John Ford*”, in E. Gosse and T. J. Wise, ed., *Complete Works of Swinburne*, London and New York: William Heinemann and Gabriel Wells, 1925-1927, pp. XII, 372-376.

② 〔美〕凯特·米利特：《性的政治》，钟良明译，社会科学文献出版社，1999，第31页。

③ 〔英〕约翰·福特等：《情欲与复仇：英国詹姆斯一世时期悲剧》，吴琳娜译编，北方文艺出版社，2015，第36页。

④ William Gifford, “Quarterly Review, VI, 1811”, in Derek Roper, ed., ‘*Tis Pity She's a Whore*, London: Methuen & Co. Ltd., 1975, p. 134.

⑤ Havelock Ellis, *The Best of John Ford*, Mermaid Series, London: T. Fisher Unwin, 1888, Introduction, pp. X-XVII.

得可怜，她的形象都是通过男性追求者之口呈现的，而且都集中在惊人的美貌上。"在那张小小的圆脸上/您会看到整个世界；/双唇红润；吐气如兰；/眼睛如熠熠珠宝；头发如缕缕金丝；/双颊如奇花异草；/那张脸的每一部分都是一处奇迹。——/听她的声音您就会相信/那是来自天体运行的仙乐。"（Ⅱ.v.）① 这样美丽而失语的安娜贝拉很像一个空洞的假人，很方便地成为"宫廷爱情"的对象，成为造成一切罪过的根源，剧中女性承担的责任和分配的话语呈现出严重失衡，形成了一个巨大的讽刺。

除此之外，男性话语的真实合法性也值得探讨。詹姆斯一世时期众多女性悲剧中各种男性话语汇集互指，柏拉图式爱情语言层出不穷，阶级和宗教语言相互勾结，而本应作为话语中心的女性角色却被剥夺了语言能力，陷入话语的中心缺失，取而代之的是女性身体的膜拜。换句话说，女性角色的身体不断置于强势的男性话语——宗教话语和宫廷爱情话语——之下，而最终一切悲剧被归结为一句世俗语言——她是罪恶的根源。

二 女性语言"缺失"与身体"在场"背后的历史原因

詹姆斯一世时期戏剧中的女性角色虽然在男性话语体系夹缝中挣扎，却仍然熠熠生辉。《变节者》中男权制度下的比尔翠斯为了争取自己的幸福，偷偷摸摸地用自己的方式去与命运赌博。《马尔菲公爵夫人》中马尔菲公爵夫人即使面对死亡也没有屈服，在男权社会的压迫下仍旧展现出惊人的勇气，在精神和肉体饱受折磨之后喊出"我仍旧是马尔菲公爵夫人"②。

詹姆斯一世时期戏剧中普遍出现女性角色的语言缺失，取而代之呈

① 〔英〕约翰·福特等：《情欲与复仇：英国詹姆斯一世时期悲剧》，吴琳娜译编，北方文艺出版社，2015，第63页。

② 〔英〕约翰·福特等：《情欲与复仇：英国詹姆斯一世时期悲剧》，吴琳娜译编，北方文艺出版社，2015，第192页。

现在观众面前的是支离破碎的身体器官。德里达认为“在场”（presence）和“缺失”（absence）始终是相互替代又相互消解且二元对立的。[①] 替代女性“在场”的通常是“眼睛”和“心脏”，它们无法拼凑出完整的女性角色，而只是好像画作背景中被遮挡了若隐若现的一个人物。

女性角色被三种男性话语模式挤压，丧失了自己的表现空间。第一种话语是上文提到的恋人惯用的宫廷爱情语言，优雅语言的控制禁锢。第二种话语是以父权为代表的阶级语言。《马尔菲公爵夫人》中的兄弟要求妹妹守寡以保证血统纯洁，《可惜她是一个娼妓》中的父亲虽然口口声声说她有选择婚姻对象的权力，却为了家族利益早已选好了“名声不佳”的索兰佐，并“下令/让她结婚”。马克·斯塔维格在《约翰·福特和道德规范》一书中将父亲择婿的标准评价为“忽视道德人品”“操纵婚姻”（这在17世纪的英国社会并不罕见）。[②] 第三种话语是以修道士和红衣主教为代表的宗教话语，警告恐吓女性角色不许越雷池一步。在宗教语言中，女性形象是平面单调的，只需要也只能保持一个面孔——贞节的圣母玛利亚，否则就是大逆不道。《可惜她是一个娼妓》中修道士波纳万吐拉告诉悲剧的始作俑者吉奥瓦尼仅仅去“忏悔”就够了，却用地狱的可怕景象恐吓安娜贝拉：“那里没有太阳，/只有恐怖的熊熊火焰，/闷烧着的硫黄在无尽的黑暗里/冒出浓烟；在那里/有成千上万各种各样的不死之灵；/遭诅咒的灵魂在那里/尖叫而无人怜悯；/……淫乱之人/躺在烙铁架子上，/内心却受着情欲的折磨。”[③] 宗教话语体系对男性和女性有双重道德规范和行为准则，社会结构中女性的地位和权利受到基督教义限制，为了满足宗教的要求和社会的期望，女性在世俗生活中只能模糊个性，成为男性的附属品。在三种话语的撕扯下，詹姆斯一世

---

① Jacques Derrida, "Structure, Sign and Play", in Alan Bass, trans., *Writing & Difference*, London: Routledge, 1978, p. 280.

② Mark Stavig, *John Ford and the Traditional Moral Order*, Madison, Milwaukee, and London: The University of Wisconsin Press, 1968, p. 107.

③ 〔英〕约翰·福特等：《情欲与复仇：英国詹姆斯一世时期悲剧》，吴琳娜译编，北方文艺出版社，2015，第79页。

时期戏剧中女性角色处于话语和权力“缺失”状态，人物形象被撕裂、被解构，身体器官填补语言的缺失，随之而来的是血腥与杀戮。

“眼睛”这一意象出现在多部剧中。《变节者》中比尔翠斯将爱情认作“眼睛做出的判断”而不是理智的思考，因此做出一系列愚蠢的决定，步入深渊。《可惜她是一个娼妓》中安娜贝拉的眼睛被比喻成“天上的星辰”和“普罗米修斯的火种”，既代表着美好的愿望，也有殉道者自我牺牲的意味，暗示出安娜贝拉悲剧的结局。最后一幕事情败露，安娜贝拉的保姆普塔娜成为丑闻的殉葬品，眼睛被挖出，理由是“这个女人是所有不幸的根源”（V. ⅵ. ）。看到这里，17 世纪文艺复兴时期的观众一定会联想到著名悲剧《李尔王》中双目失明的年迈国王在暴风雨肆虐的荒野中陷入疯狂，失去眼睛象征着老国王对父权和王权的错误认知，以及伦理价值观的坍塌。在更早的希腊悲剧《俄狄浦斯王》中，挖去眼睛也是观众熟悉的意象，俄狄浦斯王知道自己的身世之后选择自我惩罚的方式就是刺瞎双眼，自我放逐以求洗脱罪责，因此剜目与违背伦理成为不可分割的典故隐喻，给女性角色蒙上违背伦理的阴霾。带着希望的普罗米修斯的火种与眼睛割裂开之后（女性角色的死亡），变成了愤怒与惩罚之火，也就是“无尽煎熬”的地狱之火。

心脏作为另一个显著的“在场”符号，承担着双重含义，女性角色口中的“心脏”指代爱情，而在男性话语中却是毁灭的武器。在《马尔菲公爵夫人》中公爵夫人声称自己的心因为爱情而流血，邪恶的兄弟费迪南德却将之称作“一颗填满了不灭的野火的空炮弹”，癫狂却无用。[①]《可惜她是一个娼妓》中爱情就是“我们不可分开的两颗心啊”，可是当吉奥瓦尼认为安娜贝拉背叛爱情变了心时，他决定用“我的这双手从她的胸膛中挖出……这颗心”[②]。对于吉奥瓦尼来说，安娜贝拉的心是自己爱情的战利品，挖出爱人的心脏在众人面前炫耀是一种仪式，宣告自己

① 〔英〕约翰·福特等：《情欲与复仇：英国詹姆斯一世时期悲剧》，吴琳娜译编，北方文艺出版社，2015，第 166 页。

② 〔英〕约翰·福特等：《情欲与复仇：英国詹姆斯一世时期悲剧》，吴琳娜译编，北方文艺出版社，2015，第 103~113 页。

对安娜贝拉的所有权，不容他人染指，极度的控制欲与偏执令他陷入疯狂状态。詹姆斯一世时期戏剧通常爱情与杀戮并存，前半场是甜蜜的爱情，后半场是血腥的复仇。熟悉文艺复兴时期戏剧的观众会敏锐地发现，如果说这一时期戏剧的前半部分描绘了类似罗密欧与朱丽叶的真挚爱情的话，那么最后一幕则变成了奥赛罗与苔丝狄梦娜因嫉妒而谋杀的悲剧。男性角色从宫廷爱情的骑士变成了疯狂的谋杀者，用T.S.艾略特的话来说就是“自私自利唯我论的恶魔”[①]。这些剧中的男性角色塑造无疑是成功的，以动人的情话追求佳人时是罗密欧，能言善辩为自己开解时是哈姆雷特，无情杀戮时是奥赛罗，甚至身上还有泰特斯和《西班牙悲剧》中希埃罗尼莫的影子。

詹姆斯一世时期戏剧舞台上模糊化女性角色，却以更加恐怖的形式把暴力与血腥展现在舞台上。几乎每部悲剧都有恐怖情节和血腥场面的堆积，而其中很大一部分并不是情节必要的，只是为了达到耸人听闻的效果而设计的。《复仇者的悲剧》中死去的未婚妻的尸体被利用成为复仇的武器，穿上衣服，在黑夜中假扮勾引公爵的女人。《马尔菲公爵夫人》黑暗中一只被砍下的血淋淋的戴着定情戒指的手，用来恐吓公爵夫人。《可惜她是一个娼妓》最后一幕吉奥瓦尼手持匕首，上面插着妹妹/恋人鲜活的心脏，走上舞台出现在观众眼前。《变节者》中美貌如天使的比尔翠斯和丑陋如恶魔的德·弗罗斯合谋在城堡不为人知的角落里残忍杀害了未婚夫，并将其手指砍下。血腥似乎成为剧情的必需品，而剧中人物的集体死亡也成为这一时期悲剧的必然结局。

这种血腥暴力在很大程度上映射了当时的政治背景。伊丽莎白一世于1603年逝世，她的孙辈表亲苏格兰的詹姆斯六世即位，成为英格兰国王（1603—1625），改为詹姆斯一世。詹姆斯一世和前任伊丽莎白一世相比，政治手腕和领导智慧都相去甚远。

伊丽莎白一世统治时被称作英国历史上的黄金时代。在这个时代，英格兰在经济、航海、军事等多个领域都取得了巨大的成就。伊丽莎白

---

① T. S. Eliot，“John Ford”，in *Selected Essays*，London：Faber & Faber Ltd.，1951，p. 204.

一世时期，英格兰涌现出了大量伟大的历史剧，不仅数量众多，而且具有鲜明的英国创新特色。著名的剧作家莎士比亚、马洛等陆续创作了《爱德华二世》《理查二世》《亨利五世》《亨利四世》等历史剧，以爱国主义为主要基调，受到了英格兰观众的普遍喜爱，充分体现了伊丽莎白一世时代英格兰民众的民族自豪感。戏剧舞台上也出现了众多个性鲜明的女性角色，麦克白夫人、鲍西亚、罗瑟琳，不胜枚举，她们构成了戏剧舞台上有血有肉的女性角色，向深谙政治智慧的伊丽莎白一世致敬。

而到了詹姆斯一世时期，英国不但不敌西班牙的商贸势力，海上力量更被新兴的荷兰共和国超越。戏剧舞台上，历史剧几乎绝迹，悲剧大行其道，题材开始集中于意大利、西班牙和法国的城邦家庭中的复仇悲剧。查普曼的《布西·德·昂布阿》描写的是法国的一段历史，而意大利在当时就是腐朽、荒淫和暴力的同义词，与詹姆斯一世后期的戏剧题材十分吻合，更加为当时的剧作家所热爱。托马斯·米德尔顿的《复仇者的悲剧》、马斯顿的《安东尼奥的复仇》、韦伯斯特的《白魔》《马尔菲公爵夫人》、约翰·福特的《可惜她是一个娼妓》都将目光转向意大利。这些悲剧的演出虽然仍旧获得成功，其悲剧元素也依然震撼人心，但是与伊丽莎白时期的民族情绪不沾一点关系了，其中的女性角色也逐渐模糊化、脸谱化。伊丽莎白一世的政治智慧已经被詹姆斯一世的"君权神授"取代，只留下一幅幅裹在华服珠宝中的女王画像供人瞻仰；观众往往只看到镶嵌宝石的巨大裙摆，却忽视了冷峻面孔后面的丰满人性。

更糟的是，随着圈地运动的兴起，人口和经济压力增加，阶级矛盾日益深化。詹姆斯一世即位以后，这种情况不但没有减轻，反而更加恶化。物价暴涨，人民失业，赋税加重。代表贵族阶级的国王与代表新兴资产阶级的议会矛盾加剧；宗教改革并不彻底，各教派冲突不断；王权高于法律，正义难以伸张。在这种社会条件下，复仇悲剧给了当时处于社会变革期、欲探求社会公正的英国民众一个情感的输出口，弱势群体得到了"有仇必报"的心理满足，受害者得到了"害人者必受惩"的心理暗示，情况愈演愈烈，暴力血腥不可收拾。

米德尔顿的《复仇者的悲剧》中，复仇者文迪西的未婚妻因为拒绝委身于有权有势的公爵而被毒死，而公爵并没有受到任何惩罚，文迪西决心靠自己的力量完成复仇，伸张正义。他不仅杀死了公爵，还以伸张正义的英雄姿态惩罚了作恶多端的公爵一家。但在最初的复仇目的达到以后，文迪西并没有罢手，而是实施了更多的谋杀，从英雄式的复仇者变为嗜血成性的刽子手。詹姆斯一世时期戏剧中，复仇没有界限，复仇者蔑视法律，自封执法者，必将受到惩罚。这样的复仇血腥戏剧层出不穷，表现的正是这个时代所缺乏的正义的履行，同时让复仇者不得善终，满足了观众的心理需求。正是这些世俗化的复仇悲剧和越来越多的带有暴力暗示的低俗情节出现在这一时期的戏剧舞台上，进一步加剧了以清教徒为代表的议会势力的不满。1642 年，随着内战爆发和以清教徒为主的克伦威尔派掌权，伦敦剧院被彻底关闭，持续了近二十年，这标志着文艺复兴时期戏剧的终结。

结　语

詹姆斯一世时期戏剧出现在英国戏剧黄金时代的末期，其影响力虽然远不及莎士比亚和马洛等伟大剧作家的巅峰舞台，但是仍然拥有规模庞大的观众，展示出独具特色的舞台创作。为了吸引观众，制造噱头，这一时期戏剧很乐意将女性角色作为剧目名称，但是却吝于给予她们充分的话语权和完整的形象，女性身体的“在场”代替了她们话语的“缺失”，身体器官承载着暴力与血腥的剧情需要。女性角色可以是悲剧的始作俑者，也可以是复仇的受害者，但只能置身于男性话语体系框架中，女性角色置身于夫权、父权和宗教权力之下，话语空间被无限挤压。这一时期戏剧剧情离奇诡异，情节惊悚，场景充斥血腥和暴力，充分体现了詹姆斯一世社会的动荡不安。英国国教、天主教和新教的宗教争端悬而未决；新兴资产阶级代表的议会派和贵族代表的保皇派在政治和经济等多个领域针锋相对。可以说詹姆斯一世时期戏剧既是文艺复兴戏剧的尾声，也是资产阶级革命的序曲。

澳大利亚土著文学的开端

——第一部土著诗集的诞生

武　竞*

摘　要： 澳大利亚土著文学（书面文学）的发轫是澳大利亚文学发展中的重要文学事件。澳大利亚土著文学产生的意义与澳大利亚土著人的语言、文化根源，经历的种族困境以及澳大利亚社会对土著事务不断地反思自省密不可分。本文从澳大利亚文学的根源、土著语言和土著文化对本民族文学形成和发展的意义等方面分析土著文学的独特性；从作者—读者的角度，以文本分析的方式对作为土著文学开端标志的土著诗集《我们要走了》作了介绍，包括作者身份及其文学创作的独特性，使国内读者从社会文化的角度了解澳大利亚土著文学开端的缘起和意义。

关键词： 土著文学　乌哲如·努纳可　土著诗歌

在文学研究的学科领域里，澳大利亚文学衍生于澳洲大陆这片古老的土地，迄今不过200多年历史，属于新兴文学。澳大利亚土著文学则通常被看作不久前才出现的文学现象。在欧洲人登陆之前，当地的土著民族仅有口头文学。土著文学（书面文学）的发展始兴于20世纪50—60年代，80年代进入创作的繁荣期，呈现出生机勃勃的创作局面。诗歌、传记、小说、戏剧等各种体裁全面发展，极大地丰富了当代澳大利亚文学。澳大利亚土著文学的发轫和发展并不能被简单地视为是某种纯文学类型的产生，而是顺应了当时土著人要求归还被掠夺的土地、要求

* 武竞，文学博士，中国社会科学院大学外国语学院，副教授，研究方向为英语国家文学与文化。

享受与白人同等权利的政治运动需要。有评论家认为土著文学的成功崛起“直接地启动了当代澳大利亚文学认识自我并重塑自身形象的历史进程”①。作为澳大利亚文学中独具特色的重要组成部分，澳大利亚土著文学的开端和发展与澳大利亚民族主义的发展、原住民土著权利运动息息相关。探讨澳大利亚土著文学需要从澳大利亚文学的起源、澳大利亚原住民曾经面临的种族困境和土著权利运动对土著人的文化提升等几个方面全面观察土著文学的政治和文化维度，同时特别关注作为澳大利亚土著文学旗手的作家乌哲如·努纳可（Oodgeroo Noonuccal，1920—1993），她将文学创作作为一种为本民族发声的交流途径和手段，为此做出了巨大努力和突出贡献。同时，本文对澳大利亚第一部土著诗集《我们要走了》中的部分代表性诗歌进行了介绍，使读者直观地从诗中了解到土著人民的生存困境及他们为争取权利而发出的抗议的呐喊。

一 澳洲大陆上最早的土地守护者

土著人是澳大利亚最早的居民。考古学家和人类学家至今对澳大利亚土著居民的起源尚无定论。据推测可以追溯到至少4万年前，澳洲土著人就已经成为澳洲大陆最早的主人。土著人没有固定的居住地，分散在澳洲大陆各地。随季节迁徙，以游猎、采集为主要谋生手段。一个部落就是一个社群，拥有自己的语言或方言、风俗、习惯、宗教、传说等。土著部落虽然物质生活简单，精神生活却丰富多彩，他们的生活方式和技能与其生活环境完美和谐。他们有着自己严格的法律和宗教仪式，口头文学、歌舞艺术等艺术形式都与宗教密切联系，主要表现神灵和祖先的神话和图腾信仰。在土著人的口头文学、歌舞艺术和社会关系中都反映着宗教信仰，土著民族以这样的形式将知识代代相传。

土著民族对于土地有着强烈的依恋、真诚的崇拜。他们的神话、传

① 王腊宝：《从“被描写”走向自我表现——当代澳大利亚土著短篇小说述评》，《外国文学评论》2002年第2期，第134页。

说、宗教、信仰和图腾崇拜都源自与他们生息繁衍密切相连的自然界，山川、河流、丛林和沙漠都为他们的艺术创作提供了灵感。与主流社会的认知不同，土著人相信土地拥有人类，而不是人类拥有土地。他们生存其中并将祖先、神灵安息于此。土著人心灵上对土地有着真诚的崇拜。因此土著人相信对于土地他们肩负着守护和保卫的职责和使命。

“人们通常认为在 18 世纪后期澳大利亚存在几百个独特的土著部落，每个部落都拥有丰富多彩的文化、商业和日常语言及表达方式，几万年来保存完整。”① 当时，“澳洲大陆上有 350 种到 750 种不同的土著社会群体和相似数量的语言或方言”②。1788 年欧洲人登上澳洲大陆时有记载的土著语言至少 250 种。“现代文明”并没有推进土著人的现代化进程，反而给土著文化带来了致命打击。土著人被驱逐、掠夺，遭受压榨甚至屠杀。“到 21 世纪初仅有不到 150 种土著语言仍在日常使用，除了其中大约 20 种土著语言，其他土著语言都已濒临灭绝。”③ “仅仅经过了几代人，几乎 2/3 的土著语言灭绝了。”④

二　澳大利亚土著文学的发轫

（一）澳大利亚土著文学的界定

文学评论界对于如何界定澳大利亚土著文学的范围一直存在争议。绝大多数的土著文学使用英语进行文学创作，这是不可否认的现实。其中的一个重要原因在于英语写作可以获得更为广泛的读者。随着近几十年来对土著语言的认可，出现了更多用土著语言创作的作品。土著作家使用他们自己的本族语言进行创作也是在维护他们的语言，那是他们民

① Anita Heiss, Peter Minter and Nicholas Jose, eds., *Macquarie Pen Anthology of Aboriginal Literature*, Sydney: Macquarie University, 2008, p. 2.

② Muchael Walsh, Suzane Romaine, ed., "Overview of Indigenous Languages of Australia", in *Language in Australia*, Cambridge University Press, 1991.

③ Andrew Dalby, *Dictionary of Languages*, Bloomsbury Publishing PLC, 1998, p. 43.

④ Andrew Dalby, *Dictionary of Languages*, Bloomsbury Publishing PLC, 1998, p. 1.

族文化和文学的表述。但是如果只将那些使用土著语言创作的文学作品定义为土著文学的话，土著文学的范畴将会被大大地缩小。

在澳大利亚，澳大利亚文学通常被定义为澳大利亚人创作的文学作品，或者是关于澳大利亚的文学作品。笔者认为，对于澳大利亚土著文学的界定宜采取兼收并蓄的宽容态度给予澳大利亚土著文学更宽广的存在空间。土著文学作为澳大利亚文学的一部分，不妨采用同样的方式来定义澳大利亚土著文学，即土著文学包括有土著血统或认定具有土著身份的作家创作的文学作品，同时也包括关于土著经历的所有文学作品。

（二）澳大利亚土著文学的萌芽和早期发展

澳洲原住民作为少数族裔在澳大利亚人口组成中占比很小，却始终是澳大利亚民族身份建构及民族文学发展过程中无法翻过的一页。澳大利亚土著文学属于非主流文学。土著文学的边缘地位在各时期出版的澳大利亚文学史的编写中可见一斑。在较权威的文学史中，H. M. 格林于1961年编写的《澳大利亚文学史：纯文学和实用文学》[①] 和列奥尼·克拉默主编出版的《牛津澳大利亚文学史》[②] 中没有涉及土著文学的内容，编纂者强调的是白人精英文学。在1986年由肯·戈德温（Ken Goodwin）编写的《澳大利亚文学史》[③] 中，才首次对土著作家进行了介绍。罗瑞·赫根翰主编的《企鹅新澳大利亚文学史》[④] 中出现了“土著文学”章节；布鲁斯·班尼特和詹妮弗·斯图斯主编的《牛津澳大利亚文学史》[⑤] 的主要创新体现在更多地强调了土著写作；伊丽莎白·威比于

---

① Henry M. Green, *A History of Australian Literature Pure and Applied*, Angus and Robertson, 1961.

② Leonie Kramer, ed., *The Oxford History of Australian Literature*, Melbourne: Oxford University Press, 1981.

③ Ken Goodwin, *A History of Australian Literature*, Macmillan Education Ltd., 1986.

④ Laurie Hergenhan, ed., *The Penguin New Literary History of Australia*, Melbourne: Penguin, 1988.

⑤ Bruce Bennett and Jennifer Strauss, eds., *The Oxford Literary History of Australia*, Melbourne: Oxford University Press, 1998.

2000年主编并出版的《剑桥澳大利亚文学指南》[1] 则是把土著文学放在第一章进行详细介绍。

欧洲人定居之前，土著人没有书写文字。欧洲人登陆定居后，英语一直是统治语言，只有个别人类学家对土著语言感兴趣并将土著语言收集记录下来。最早的土著故事集都使用英语。土著[2]人的形象在澳大利亚文学作品中一直存在，但是澳大利亚早期的文学作品对土著人的描述大多是野蛮人的刻板形象。

《麦夸里笔会原住民文学选集》[3] 中指出土著写作可以说是始于1796年，最早的有关土著人的文字记载是1796年土著人班纳隆（Bannelong）[4]写给时任总督亚瑟·飞利浦（Arthur Phillip）的信中的问候语："先生，我很好。我希望你很好。"在其后的几十年中，土著澳大利亚人中受到良好教育的人很少，并且殖民地的经历也没有为土著写作提供一个能引起共鸣的土壤。

20世纪早期，由于土著人在社会和政治方面地位低下，土著文学发展异常缓慢。澳大利亚联邦政府制定的政策有计划地剥夺了土著人的土地、权利和语言。土著民族在澳大利亚社会生活中被有意识地视为一个无形无声的群体。土著人这种被忽视的社会地位也映照了土著文学在澳大利亚文学领域中一直被忽略的状态，甚至可以说是空白状态。在很长时期内，土著文学的作用在很大程度上只是便于让澳大利亚白人更易了解土著神话和传说。

---

① Elizabeth Webby, ed., *The Cambridge Companion to Australian Literature*, Cambridge University Press, 2000.

② 目前从前任澳大利亚总理陆克文（Kevin Rudd）在2008年2月13日于联邦议会上发表的向澳大利亚土著居民公开致歉时使用的称呼"Indigenous Australians"和"Aboriginal and Torres Strait Islander"来看，英语中这两种表述都可以被看作对澳大利亚原住民的官方称谓。笔者在本文中使用"土著"一词作为对澳大利亚原住民的称谓。

③ Anita Heiss, Peter Minter and Nicholas Jose, eds., *Macquarie Pen Anthology of Aboriginal Literature*, Sydney: Macquarie University, 2008, p. 9.

④ 据《麦夸里笔会原住民文学选集》介绍，班纳隆是旺格尔人的长者，于1789年在悉尼附近被抓获。班纳隆成为土著人中第一个被引导接触英语文化的土著人。他学习英语，行为方式和衣着服饰都是欧洲式的，并帮助时任总督亚瑟·飞利浦学习地方语言和传统。

土著人生存环境恶劣，生活贫困，受教育机会很少，他们没有选举权，没有获得同等报酬的权利，甚至不被计入澳大利亚人口普查中。他们大都缺乏自我意识，安于现状，现代文明对他们的影响不大。这种生存状况导致土著文学发展缓慢，特别是在作品出版方面鲜有成绩。直至20世纪60—70年代随着澳大利亚社会给予土著族群越来越多的关注，主流社会对土著族群恶劣的生存状况感到震惊。澳大利亚主流社会的不断自我反思，以及更加文明和宽松的社会环境也为土著人表达自己的声音提供了土壤。1967年澳大利亚立法规定现有土著人为完全合法公民，一些与土著事务相关的机构相继成立。社会经济的发展、教育水平的提高、人们生活条件的改善都为土著民族意识的觉醒创造了条件。越来越多的土著人进入城市，接受较好的教育，这使他们开始关注本民族在这个国家的存在现状。民族意识的觉醒使一批土著有识之士为本民族发出呐喊，抒发积郁在心中压抑已久的情感。

（三）澳大利亚土著文学的开端

在土著人逐步走上国家政治舞台的同时，土著文学的出现也就成了水到渠成的事情。土著人中的有识之士也认识到语言是文化的关键因素，决心使用和复兴土著语言使土著语言拥有社会地位，为本民族发出呐喊，抒发积郁在心中的情感，这对土著文学的发展有着极为重要的影响。土著社区的学校中开始教授土著语言，那些仍在继续沿用土著语言的作家也受到鼓励使用他们的本族语言进行创作。遗憾的是很多人已经丧失了使用自己本族语言的能力。在这样的社会背景下，澳大利亚土著文学异军突起，开始萌芽、成长、壮大起来，一批土著作家在澳大利亚文坛上涌现出来并取得一席之地，逐步发展成为澳大利亚多元写作格局的一个重要组成部分，白人对土著人的了解也通过土著文学逐步深化。

乌哲如·努纳可、凯文·吉尔伯特（Kevin Gilbert，1933—1993）、杰克·戴维斯（Jack Davis，1917—2000）等土著作家被视为当代澳大利亚土著文学的奠基人。他们要求公平和土地权利，挑战种族主义，修正被粉饰的殖民地历史。他们作为第一代土著诗人为后人留下了经久不衰的文化遗产，为之后土著文学的发展奠定了基础。土著写作逐渐发展成为在文学和政治生活方面都不可忽视的力量。

三　第一部澳大利亚土著诗集《我们要走了》

（一）乌哲如·努纳可：一个为争取土著权利而写作的诗人

乌哲如·努纳可的诗集《我们要走了》① 被称为土著文学的开山之作。《我们要走了》出版于 1964 年，既是乌哲如·努纳可的第一部诗集，也是第一部澳大利亚土著诗集，更是第一部以书面形式出现的澳大利亚土著作品。诗集一经出版，10 周之内连续再版 7 次并全部销售一空。销量超过所有在世的澳大利亚诗人。诗集的出版标志着土著文学的发端。诗集的巨大销量让她置身于澳大利亚历史上最畅销诗人行列，使她站在了澳大利亚文学史上令人仰慕的位置，为其他的土著诗人树立了成功的典范。“没有人再怀疑诗歌已经完成了将土著人的故事带入澳大利亚白人家庭的任务。”② 同时，土著诗歌作为澳大利亚文学的一个流派，不仅对澳大利亚土著文学意义重大，对澳大利亚文学的发展同样起着重要作用。

作者不仅被誉为“澳大利亚最好的诗人之一”③，作品也被翻译成多种语言介绍到世界各国，为作者赢得了世界声誉。诗集不仅是土著民族以“书面的声音”发出的第一声抗议的呐喊，同时也“拥有澳大利亚主流读者群并被收入文集和学校教科书”④。“努纳可的诗歌创作与她的政治活动密不可分，不管是对土著事务感兴趣还是对文学感兴趣的人来说，

---

① Kath Walker, *We Are Going*, The Jacaranda Press, Brisbane, 1964.

② Cliff Watego, "Backgrounds to Aboriginal Literature", in Emmanuel S. Nelson, ed., *Connections: Essays on Black Literatures*, Canberra: Aboriginal Studies Press, 1988, p. 11.

③ A. Bennie, "Crying in the Wilderness of White Publishing; Aboriginal Writing Sydney Writers' Festival 1998", *Sydney Morning Herald* (Australia), May 9, 1998, p. 9.

④ A. Bennie, "Crying in the Wilderness of White Publishing; Aboriginal Writing Sydney Writers' Festival 1998", *Sydney Morning Herald* (Australia), May 9, 1998, p. 9.

她都一样赫赫有名。”[①] 有评论家认为《我们要走了》并不是“打破了土著人的沉默”，而是“给澳大利亚国内外大量主流听众带来强有力的土著声音，从而结束了白人对土著声音充耳不闻的时代”[②]。第一部澳大利亚土著诗集传达的政治主张和承担的社会责任是它的诞生具有的最重要的意义。这也是它受到如此广泛关注的原因。有评论称这本诗集的出版是“一件真正的武器被锻造出来了”[③]。从此在澳大利亚一个崭新的文化交流局面发展开来。

乌哲如·努纳可被视为土著权利运动的领军人物和土著文学旗手，在土著文学的兴起和发展中发挥了极其重要的作用。她在土著权利运动中的成就与她在土著文学方面的成就相辅相成、密不可分。乌哲如参与政治活动开始于20世纪40年代她与丈夫加入澳大利亚共产党，从此将一生中的大部分时间投入土著民权运动中。她身为土著权利运动领导人之一，热情投身争取土著权利的斗争，到处游说和活动，进行了大量政治活动、社会活动和教育活动，这些使她成为20世纪60—70年代极具影响力的传奇式人物。乌哲如在全民公投运动中发挥了关键作用，与她的战友在1967年成功地迫使澳大利亚政府删除了宪法中有关歧视土著的条例，使土著人获得了选举权。70年代她在多个机构中工作，致力于为土著人谋求利益。为了表彰她在文学和社会公共事业方面的成就，英国女王曾于1970年授予她荣誉爵位及勋章（M. B. E），但后来为抗议白人入侵澳洲大陆，她于1987年底在澳大利亚举国庆祝欧洲人登上澳洲大陆二百年之际放弃了这一荣誉并退回了勋章。她的另一个抗议举动就是在该庆祝前夕将她的英文名字凯斯·沃克改为土著名字乌哲如·努纳可。努纳可是她所在部落的名称，乌哲如取纸皮树（paperbark tree）之意。

---

① Karen Fox, “Oodgeroo Noonuccal: Media Snapshots of a Controversial Life”, in Peter Read, Frances P. Little and Anna Haebich, eds., *Indigenous Biography and Autobiography*, The Australian National University, 2008, p. 57.

② Jennifer Jones, “Why Aren't We Listening?”, *Overland*, 171, 2003, p. 45.

③ John Collins, “A Mate in Publishing”, *Australian Literary Studies*, 1994, Vol. 16, Issue 4, p. 12.

名字取努纳可部落的乌哲如，明杰利巴土地的守护者之意。土著人有将纸皮树的树皮剥下来当作纸张在上面作画的传统，土著作家将纸皮树的含义引申为土著书面写作，以此指称土著作家特有的文学传统。

乌哲如一生集教育者、诗人、作家、政治活动家、演说家、讲故事者、画家、演员等众多身份于一身，人们依然认为写作是她的主要天赋之一。她在写作和文化交流方面的成就让她获得了麦夸莱大学（Macquarie University）、格里菲斯大学（Griffith University）及昆士兰技术大学（Queensland University of Technology）三所大学授予的荣誉博士学位。

（二）《我们要走了》：发出抗议的呐喊，承担教育的责任

乌哲如·努纳可作为争取土著权利运动的先锋并未将诗歌创作作为一项单一职业，而是将诗歌当作斗争的武器。乌哲如利用多种方式传达出更多人民的声音，她因此被授予了“人民诗人”的称号。乌哲如认为“诗歌对土著人来说会是一种突破，他们讲故事，创作歌曲，诗歌会比任何其他事物都更能吸引他们”①。继第一部诗集《我们要走了》于1964年创下销售纪录，两年后乌哲如出版的第二部诗集《黎明在前》（*The Dawn is at Hand*，1966）同样取得了极好的销售成绩。“乌哲如……从未将自己描述为诗人。她常常说……她是一个教育者，她的工作是教育白人和黑人。”② 乌哲如坚持将她作为教育者的职责放在第一位。她始终坚持教育在澳大利亚土著人的权力斗争中具有根本重要性。“事实上，远在政府认真考虑‘和解’的概念和方式之前，乌哲如就已经启动了和解进程。”③ 以诗歌为武器、以教育为目的、以融合为终极目标成为努纳可诗歌创作的原动力，也因此诗人采取了令一些批评家不悦的诗歌创作模式，而这些批评家通常习惯于在美学理论概念框架下从她的作品中寻找

① Jim Davidson, “Interview: Kath Walker”, *Meanjin*, 36.4, 1977, p.428.

② Mudrooroo, “The Poetemics of Oodgeroo of the Tribe Noonuccal”, *Australian Literary Studies*, 1994, Vol.16, Issue 4, pp.57-62.

③ Rhonda Craven, “Oodgeroo— An Educator Who Proved One Person Could Make a Difference”, *Australian Literary Studies*, 1994, Vol.16, Issue 4, p.123.

预期的美感。在这些诗歌中诗人可能故意制造了一种陌生化效果，因为“真正的陌生化效果具有好战的特性”①。诗集的销售情况就是一个很好的证明（诗集3天之内销售一空，10周之内再版7次，销售10200多册）。也有人说诗集的成功是出于大多数人的好奇心，而这正是努纳可希望的。因为要让“七代澳大利亚白人”聆听需要“惊骇的战术”，因为她“宁愿用言词打击他们而不是拿起枪射击他们”②。她的“宣传”大获全胜。她用诗歌在黑白两个世界中搭建了一座桥梁。

> 我希望向黑人和白人孩子们解释“无人的大陆”的含义。……土著人曾经被欧洲入侵者如此恶劣地对待，一些人因为他们的所作所为而憎恨他们，而我在试图说“不要憎恨他们而是教育他们”。教育他们——教他们了解真相，这样他们就能成为我们的同盟。……他们将会理解我们，而我们将赢得很多朋友的帮助，获得我们需要的东西，使我们在这个国家里做个自由人。③

有评论家指出，如果脱离乌哲如的生活和她承担的职责而讨论她的诗歌，无疑是抛开土题而空谈结构。④ 诗歌为诗人提供了向更多的人传递土著思想的渠道。“乌哲如是一个废除了界限的女性，她的人生和事业蔑视简单的传记式的罗列。”⑤ “只要她被简单地认作‘澳大利亚黑人诗人’……乌哲如的多面性就会一直不被人们看到。而这对于一个一生为公众做出如此众多贡献的人来说将是一个可怕的讽刺。”⑥ 乌哲如作为

① John Willett, trans. & ed., *Brecht on Theatre*, London: Methuen, 1964, p. 277.

② Elizabeth Smith, "Are you Going to Come Back Tomorrow?", *The Queensland Writer*, July-August 1990, p. 14.

③ Oodgeroo Noonuccal, Film Interview at the Second Annual Aboriginal Studies Association Conference, University of New South Wales, Kensington Campus, 1992.

④ Oodgeroo Noonuccal, Film Interview at the Second Annual Aboriginal Studies Association Conference, University of New South Wales, Kensington Campus, 1992.

⑤ Adam Shoemaker, ed., "Oodgeroo: A Tribute", in *Australian Literary Studies*, University of Queensland Press, 1994.

⑥ Adam Shoemaker, ed., "Oodgeroo: A Tribute", in *Australian Literary Studies*, University of Queensland Press, 1994.

诗人和土著权利活动家的身份是无法分离开来的。

她的书成功地表达出土著人的声音。乌哲如诗歌创作展现的独特魅力有力地冲击了主流诗歌标准，开启了土著文学的发展时代。她的诗被有些评论家称为“抗议诗”，内涵她并非真正意义上的诗人，因为她的诗歌作品大多采用辛辣、直白的语言抗议白人殖民者登上澳洲大陆后对澳大利亚土著人犯下的令人发指的罪行。殖民者将澳洲大陆看作“无人的大陆”，澳大利亚土著人作为最早的居民被刻意地视而不见甚至被企图抹杀掉存在的痕迹，土著族群因此受到残酷的压迫和迫害。这些历史和现实都成了诗人创作的背景和源泉。

诗集中收录的代表作品如《我们要走了》《黑肤色的未婚母亲们》《上帝的一个错误》《他的部族的末日》《土著权利宪章》等都是很有影响力的著名诗篇。在这些诗歌中，努纳可用直白如话的语言阐述了自己的政治立场和主张，公开申明土著人的种族要求。其在作品中用辛辣犀利的笔触控诉白人到来后土著人民遭受的不幸，追忆逝去的土著传统生活。通过土著神话、传说、风俗、图腾等带有显著土著特色的描述扩大土著文化的影响，提升了土著民族的自豪感。土著诗歌从产生之日起就带有鲜明的土著特色，显示出独特的政治性和斗争性。

《我们要走了》诗集的开篇诗是《土著权利宪章》（*Aboriginal Charter of Rights*），诗名援引了 1948 年 12 月 10 日联合国大会通过的《世界人权宣言》的第二条规定：“人人有资格享有本宣言所载的一切权利和自由，不因种族、肤色、性别、语言、宗教、政治或其他见解、国籍或社会出身、财产、出生或其他身份等有任何区别。”[①] 诗人在诗中为土著同胞大声疾呼，恳求尊重土著人的人权和尊严。20 世纪 60 年代以前，许多澳大利亚白人固执地认为澳大利亚是白种人的国家，土著人不应拥有公民资格，许多土著活动家认为白人的这种成见是土著人获得合法权利的障碍。面对这种状况，努纳可创作了《土著权利宪章》。努纳可曾回忆创作这首诗的情况：

---

① 《世界人权宣言》，http://news.xinhuanet.com/ziliao/2003-01/20/content_698168.htm。

> 写这首诗是因为那时我们正在为取消昆士兰州土著与托雷斯海峡岛民法案而斗争。我们宣称在人权宪章下所有人生而平等，我们应被授予相同的权利。当我们把提案交给像帕特·克罗让（Pat Killoran，昆士兰州政府官员）这样的人时，他们的回答是国内事务法案是远在联合国人权宪章之前写下的，因此被作为宪章的前例。因此土著和岛民没有权利宪章。[①]

《土著权利宪章》的面世一石激起千层浪。所有在场聆听宣读这首诗的土著人都目瞪口呆地沉默了好一阵，而后争相索要一份副本。而努纳可的住所也因此被人破门而入，所有衣物被毁坏殆尽。"这是他们（白人们）第一次意识到我真的在写我自己的诗歌。在那之前他们都愿意认为我的诗是由人代笔写成的。"[②]

在诗集代表作《我们要走了》中，诗人采用独特的挽歌形式为正在消失的土著文化发出哀叹：

> 《我们要走了》
> ——致库维尔奶奶
>
> 他们来到小镇
> 驯服沉默
> 这半裸的人群都是部落的遗民。
> 他们来到这旧日举行仪式的圣地，
> 如今白人们在这里像蚂蚁一样奔忙不息。
> 地产经纪的通告上写着"垃圾倾倒之地"。
> 垃圾掩埋了半个昔时仪式场的旧址。

---

① Cliff Watego, "Backgrounds to Aboriginal Literature", in Emmanuel S. Nelson, ed., *Connections: Essays on Black Literatures*, Canberra: Aboriginal Studies Press, 1988, p. 18.

② Cliff Watego, "Backgrounds to Aboriginal Literature", in Emmanuel S. Nelson, ed., *Connections: Essays on Black Literatures*, Canberra: Aboriginal Studies Press, 1988, p. 11.

他们坐在那里困惑不解，心中的思虑无法诉说：
“我们现在像是这里的陌生人，其实白人才是外来者。
我们属于这里，我们按古老方式生活
我们是狂欢，我们是祭祀，
我们是古老神圣的仪式，我们是长老的法则。
……
我们是自然，是往昔，所有的古老方式
已成过往，消散而去
丛林消失，狩猎难成，笑声隐没。
雄鹰飞离，鸸鹋和袋鼠也从此远去
祭祀场毁了，狂欢会散了，
我们要走了。”①

全诗分为两个部分，第一部分描述了土著人悲惨的现状，第二部分向读者展现了土著人昔日与自然和谐共处的生活。诗的标题看似是部落族群向老奶奶库维尔道别，然而这道别却是无声的，土著群体处于“失声”状态，诗行中充满了无声的沉默。“驯服沉默”的衣衫褴褛（“半裸”）的土著部落遗民身处祭祀场旧址，那里已经被白人丢弃的垃圾堆掩埋大半，“他们坐在那里困惑不解，心中的思虑无法诉说”。他们困顿穷苦却无法诉说心中的愁苦困惑。一幅土著部族流浪图跃然纸上。“他们来到小镇”——这群不知来处的部落遗民是来告别的，向部落的长者告别，向他们曾经熟悉的家园告别，这里已面目全非，不再有他们的立足之地。诗人在这里描述土著人的现状好似向读者放映一部默声影片，看似无奈不解却在无声地控诉着澳大利亚殖民者给土著民族带来的厄运。诗人下面的诗行，像给默片配上了画外音，充满感情地表达了土著遗民的心声，述说了土著人对往昔的怀念，替他们说出了心中的想法——作为土著民族的一员，她清楚在这片土地上到处都留有土著人和他们的祖先

① Kath Walker, *We Are Going*, The Jacaranda Press, Brisbane, 1964, p. 25.

的足迹。土著人是自然之子，有着纯朴天然的古老部落文化。他们相信万物有灵，人与自然和睦相处。诗人反复使用短语“我们是……”在结尾处用“我们要走了”将情绪推向高潮。诗人向读者传达着土著天人合一的朴素的哲学思想，大声宣告“我们是……仪式，我们是……法则。我们是……奇妙故事，是部落的传说；我们是往昔，是狩猎，是……竞技，是……营火”，因为“我们是自然，是往昔”，但当所有这一切都被白人毁灭，“所有的古老方式已成过往，消散而去”，飞禽走兽都已离去，土著人也要走了。结尾诗句“我们要走了”具有多重的开放含义，在令人遐想联翩的同时又不断追问思考：这片土地曾经的主人已成如今的过客，他们来向故土亲人告别却不知道要去向哪里？要去做什么？哪里将是他们新的栖身之所？丛林消失了，家园被毁了，他们还会有新的家园吗？还是在现代生活中成为永远的游民，自生自灭？离开了这片土生土长的土地，土著人就像无根的浮萍，没有漂泊的方向。那么土著人未来的希望又在哪里？在这首诗里诗人没有给出答案，这应该也是诗人在这个阶段的政治思考。在这里我们看到了诗人早期诗歌作品中对土著人与土地关系的描述与思考，对土地的关注也成为20世纪70年代后乌哲如收集部落传说过程中的主要关注点，同时也是她一生的创作中的重要思考。土地不仅是土著人采集、狩猎、生存之处，更是他们的信念之所，与他们的生命、文化、历史融为一体。在《我们要走了》一诗中，虽然土著人被剥夺了土地，“但是他们仍然出现在这片土地上，他们与土地的疏离感被显露为丢失和消逝的错觉”[①]。因为他们只是“像是这里的陌生人，其实白人才是外来者。我们属于这里，我们按古老方式生活”。“一个世纪以来，澳大利亚种族主义者一直相信解决土著问题的最终方法是所有土著人的灭亡。乌哲如不相信这个虚伪的谎言。”[②] 她知道尽管土著人经历了并且仍在经历着苦难，但他们会变得更强大，而且他

---

① Anne Brewster, “Oodgeroo: Orator, Poet, Storyteller”, *Australian Literary Studies*, 1994, Vol. 16, Issue 4, p. 98.

② Bob Hodge, “Poetry and Politics in Oodgeroo: Transcending the Difference”, *Australian Literary Studies*, 1994, Vol. 16, Issue 4, p. 73.

们不会安静地从澳大利亚土地上消失。诗人看似在哀叹往昔和正在消亡的土著文化，字里行间却流露着不屈和抗争。这首诗并不仅仅是表面看上去的一首哀歌，是求助的叹息，同时也发出了战斗的呐喊。

结 语

土著文学的发轫依靠的是澳大利亚主流社会的自我反思、土著权利运动的蓬勃发展、土著民族有识之士的奋力抗争、土著人民自我意识觉醒的共同努力，各方努力缺一不可。土著文学的发轫彰显了一个民族语言文化的重要性，它是一个民族发声表达为自己争取权利的重要工具，同时也是自我表达、与外界沟通的重要渠道。土著民族的文学形式从来不是一种纯文学的欣赏，而是有着更多的使命。

《我们要走了》的出版打破了土著人被观察、被描述、被评价的模式。不仅是诗集的内容，单就这部诗集本身，它的重要性在于第一次真正有效地由一位具有资格的人创造性地评价她自己的民族，讲述这个民族的渴望和恐惧。努纳可的诗集将土著文学引领进一个土著人自我思考的文学检验时代。

诗集《我们要走了》之所以获得如此巨大的轰动和成功，是因为第一次有土著人以书面的文学形式传达出土著人的心声，它像一声巨雷，炸醒了装聋的人。诗歌中饱含诗人对土著人民真挚的情感、对土著文化坚定的信念、对土著未来热情的憧憬、对黑白世界融合真诚的期待、对社会不公正坚决的抗争。诗人通过文学创作表达了她对土著事务的关注，对土著人在当代澳大利亚社会中遭受的诸多不公正提出抗议。诗中传达出的对土著过去、现在、未来的思考也再不能被黑白两个世界的人民回避。土著文学创作努力让读者接近土著视角，强调本民族生活方式的价值，努力增强土著人的文化自豪感。

土著文学（书面文学）经过几十年的发展逐渐走向繁荣。土著作家群体已经成为澳大利亚文学领域里一支不可忽视的力量，被称为文学创作中的“第四世界”。他们改变了长期失语的客体状态，不再充当“被观察者”，而是作为主体成为“观察者”，用土著人的视角重新讲述历史、审视现实。土著写作从来就不是一种供作者和读者享受的休闲活动，土著写作中的政治性和文学性一直是相伴而行的。土著人写作被用作强有力的政治工具，它可以给土著人以自信和骄傲，在沉默中发出声响。土著文学在努力为土著人民发出他们的声音，同时为这“声音”寻找听众，土著人民将是土著作家终生的聆听者。以土著文学奠基人乌哲如·努纳可等作家为榜样的土著作家群体充分意识到土著文学创作的非纯文学特性，他们不仅是在创作有鲜明特色的澳大利亚土著文学，同时也是在传播土著民族的文化，为本民族与主流社会提供沟通的桥梁，传递双方的声音，达成更好的理解和融合。

古代中西海岛历险叙事比较研究*

张文茹**

摘　要：本文通过对比中西方文学海岛历险叙事，揭示了两种文化在处理异文化冲突时的显著差异。研究发现，中国叙事通常通过和平共存来应对如土著食人族和海岛妇人等安全危机，这反映了儒家文化的包容性和多元性。而西方叙事则倾向于通过征服或支配来解决冲突，体现了基督教文化的排他性和唯一性。通过分析这些差异，本文展示了中西方文学如何反映各自的文化价值观和历史背景，并强调在全球化背景下理解文化差异对增进跨文化交流的重要性。

关键词：海岛历险叙事　文化冲突　文化共存

海岛历险叙事是中西方文学中常见的叙事类型。西方的海岛历险叙事可追溯至古希腊荷马史诗《奥德赛》，讲述奥德修斯十年返乡途中经历的种种海岛历险。到了大航海时代，由于西方海外探险游记的流行，以《鲁滨孙漂流记》为代表的海岛历险叙事类型成为广受欢迎的文学主题。① 海岛历险叙事也嵌入了其他叙事之中，例如《简·爱》中的男主

* 基金项目：国家社会科学基金冷门绝学项目（19VJX105）。

** 张文茹，中国石油大学（北京）外语学院副教授，研究方向为比较文学、传记文学。

① 《鲁滨孙漂流记》由丹尼尔·笛福创作，在1719年首次出版后，很快就获得了巨大的流行和成功。在首次出版的那一年内，这部小说就经历了四次重印。而如果根据印第安纳大学布卢明顿分校的资料，这本书在出版的第一年就被重印了至少九次，并且从未停止过印刷。这表明《鲁滨孙漂流记》在当时受到了极大的欢迎，它的流行程度可见一斑，后来更是成为现实主义文学的开端，并被认为是英语小说的一个重要里程碑。

人公有一段海岛历险的经历。[①] 中国的海岛历险叙事成熟较晚，多受到外来印度佛教故事的影响。特别是玄奘《大唐西域记》中记录的一段僧伽罗王子海外遇险的故事，[②] 推动了中国古代海岛历险叙事的发展，后世的南宋《夷坚志》和清代《聊斋志异》等中也出现了类似的故事。

海岛历险叙事的核心魅力在于主人公如何在异域文化中求生，通常从主人公遭遇安全危机开始，悬念来自读者期待主人公如何从险境中脱身。因此，海岛历险叙事因激发读者的冒险猎奇心理而深受欢迎。然而，中西方海岛历险叙事在面对安全危机时却采取了不同的解决方式。本文以中西方海岛历险叙事为研究对象，梳理各自叙事中的安全危机和不同的化解方式，以探讨中西方文化在应对异域文化冲突时的不同逻辑和成因。

一　土著食人族与海岛妇人

海岛历险叙事中的安全危机主要来源于两类威胁：土著食人族与海岛妇人。

在西方叙事中，土著食人族被刻意妖魔化，经常被描绘为海客的最大威胁。在《鲁滨孙漂流记》中，笛福通过对围绕篝火狂欢的土著的描

---

① 在《简·爱》中，男主人公爱德华·罗切斯特的海岛历险主要涉及他在牙买加的经历。罗切斯特年轻时被父亲和哥哥送往西印度群岛的牙买加，主要是为了与一个富有的继承人结婚，以解决家庭的财务问题。在牙买加，他遇到了贝莎·梅森，她出身于当地的富裕家族。通过她的家族，罗切斯特得以接触到巨额财富。按照罗切斯特自己的说法，他与贝莎的婚姻是经过策划的，他本人并不了解贝莎的全部背景，特别是她家族中精神疾病的历史。婚后不久，罗切斯特就发现贝莎患有严重的精神疾病。这段婚姻给罗切斯特带来了极大的痛苦和挫败感，因为他觉得自己被欺骗并困于一段没有爱情的关系中。最终，他将贝莎带回英格兰，安置在桑菲尔德庄园的阁楼中，由此引发了《简·爱》中的一系列复杂情节。

② 《大唐西域记》中的僧伽罗王子故事是一段经典的海岛历险叙事。王子僧伽罗在前往印度取经的途中，因船难漂流至一座孤岛。在这座孤岛上，僧伽罗遇到了一群美丽的女子，她们诱惑僧伽罗和他的同伴留下结婚生子，看似平静幸福的生活背后隐藏着不为人知的秘密。随着时间的推移，僧伽罗发现岛上隐藏着一个惊人的真相：这些女子实际上是罗刹女（恶魔），她们的美貌和诱惑只是为了诱使男人留下，最终将他们吞噬。僧伽罗通过机智的决断，揭露了这个秘密，并与同伴一起逃离了那个充满危险的地方。这个故事不仅令人震惊，也充满了佛教的教义和象征意义，反映了人世间的诱惑和罪恶，以及智慧与信仰的力量。

写，展示了他们肆意撕食人肉的恐怖场景。散落四周的断肢和鲜血淋漓的尸体让鲁滨孙长期生活在被食人族吃掉的恐惧中。这种恐惧最终驱使他先发制人，主动击杀登岛的土著，以求自保。赫尔曼·梅尔维尔的《泰比》（*Typee*）进一步展示了这种恐惧。主人公托莫在南太平洋的马克萨斯群岛遇到泰比人，虽然他们对汤姆进行款待，但他始终担心成为泰比人食人习俗的牺牲品。梅尔维尔的描写强化了西方叙事中对土著食人族的妖魔化。而在约瑟夫·康拉德的《黑暗的心》（*Heart of Darkness*）中，尽管没有直接描绘食人族的场景，但通过主人公马洛的视角含蓄地暗示了这种威胁。在非洲丛林深处，神秘和野蛮带来了巨大的恐惧与偏见。

相比之下，中国叙事展现了不同的食人族遭遇。在蒲松龄的《夜叉国》中，徐姓商人漂流到一个荒岛上，最初看到夜叉时面临被吃掉的威胁。夜叉满嘴尖牙，眼如灯球，正在生吃鹿肉。然而，徐商人凭借自己携带的牛肉脯和粮糒暂时打消了夜叉的敌意，并用一锅熟肉汤赢得了他们的喜爱。通过善意的沟通和行动，徐最终赢得了夜叉的信任，与他们和平共处。随着时间的推移，夜叉族的首领甚至将珍贵的珠串作为礼物赠予徐，以示尊重。这种善意互动和坦诚交流的方式让中国叙事在处理安全危机时展现出与西方叙事截然不同的面貌，反映了中国叙事中的包容与共存精神。

在西方叙事中，海岛妇人常被描绘为妖女的形象。她们利用美色和魔法引诱海客，使其无法逃脱，最终意在杀死或奴役海客。例如，《奥德赛》中的海妖塞壬用美妙的歌声诱使海客留下变成累累白骨葬身海中，而魔女基尔克则用魔力药草将海客变成动物，使他们永远留在岛上，甚至沦为女王款待客人的佳肴。

然而，在中国叙事中，海岛妇人往往展现出更多的同情心和包容性。在《夜叉国》中，夜叉妇人虽然是非人类，但她真心实意地照顾徐商人，与他组成家庭，并生育三名子女。虽然最初徐商人被限制不能离开，但随着感情加深，夜叉妇人逐渐信任他，不再用石头封闭洞口，而是让徐商人自由活动。即使最终徐选择离开，夜叉妇人依然忠诚地守护家庭，并给予徐充分的尊重。此外，《夷坚志》中的《猩猩八郎》《岛上妇人》也都描述了海客与海岛妇人通婚的故事。海岛妇人的真情实意使海客流连忘返，形成了独特的文化共存与交流模式。

二 共存与征服

在中西方海岛历险叙事中，中国和西方对异文化安全危机的应对方式分别是共存与征服。中国海客认为异文化带来的安全威胁较弱，可以通过和平手段来化解，并且能够择善从之，与土著文化和谐共处，达到互相尊重、共融共生的状态。而西方游客则将异文化视为严重威胁，认为无法通过和平手段轻易解决，唯一的对策是通过武力消灭或文化征服，完全否定土著文化的价值，认为它们除了被灭绝或服从别无选择。

中国海客对异文化的安全威胁反应较为温和。绝大多数中国海岛历险叙事不夸大血腥恐怖的场面，也少有提及土著食人。在许多叙事中，异域岛民不仅不食人，反而热情接待落难的海客。比如在《猩猩八郎》中，岛国土著人看到海客时喜悦地迎接他们，并且当地不吃人肉，每日只吃生果。中国叙事中罕见的食人族描写通常也相对含蓄，蒲松龄笔下的徐姓商人登岛后看到土著生吃鹿肉，土著也发现了偷窥的徐某，立刻上前撕扯他的衣服，似乎要把他生吞活剥。但蒲松龄并没有明确描写土著食人的行为，仅提及他们“似欲啖啖”，即好像想要生吃他。中国叙事并未极力渲染食人场面的恐怖，甚至也不确定土著是否真的吃人。

中国叙事中罕见的食人族通常被塑造成纸老虎，因为即使土著有食人的倾向，也可以通过和平方式化解。蒲松龄在《夜叉国》中描绘了落难的徐姓商人仅用一顿水煮肉就成功化解了危机。徐某发现食人族可能要吃自己，立刻拿出牛肉干分给他们，土著非常喜欢牛肉干的味道，吃完后还想要更多。徐某见状表示他可以做出这种食物，便用剩下的鹿肉煮了一锅肉汤。土著第一次尝到如此美味的熟肉，从此不再想吃徐某。徐某用一碗肉汤彻底扭转了食人族在读者心中的形象，从恐怖的食人族变成不会生火做饭、只能生吃食物的可怜人。徐某凭借做饭的技能成功化解了危机，并在岛上获得了一席之地，实现了与土著的和平共存。这样的描绘展现了中国文化包容共存的魅力，以及叙事者意图中自然的文化力量。

不同于西方叙事中恐怖的海上女妖，中国叙事中的海岛妇人故事通常会出现意外的结局反转。海岛妇人最初因陌生而让人感到恐惧，但在与海客共存一段时间后，她们往往被描绘成贤惠的妻子，而中国海客反而成了抛妻弃子的负心汉。这种曲折的叙事方式体现了中国文化的舒缓、坦然和幽默。在中国叙事中，海客流落荒岛后，大多与当地妇女组建家庭。尽管最初与海岛妇人的异族通婚是被迫的，但这些妇人对她们的异族丈夫给予了极大的照顾和关怀，经过长时间相处，双方产生了感情，土著逐渐信任海客，不再用石头堵住洞口防止他们逃跑，而是将他们视为自己人。《夜叉国》里的“夜叉”甚至赠送珍贵的“骨秃子”给徐某，这表明经过相处，他们已将徐某视作亲人和朋友。在这类叙事中，最令人伤感的一幕是海客最终抛弃了异族妻子，回到自己的家乡。海客离开时，异族妻子得知消息赶来，望着已登船的丈夫，苦苦哀求但无果，只能伤心欲绝。《夷坚志》中的《海王三》就描写了这样一幕：“女继来，度不可及，呼王姓名而骂之，极口悲啼，扑地气几绝。王从蓬底举手谢之，亦为掩泣。”[①] 这类中国叙事中的海岛妇人不仅没有对海客构成威胁，反而一心一意与落难的中国海客结为夫妻，但最终却被他们抛弃。这种对海客不知感恩、无情弃妻的反转叙事，透射出中国叙事对被背叛的海岛妇人的怜悯，以及对负心汉的批判，反映了儒家文化在叙事者笔下的自然流露。

相比中国叙事，西方叙事中的土著形象通常更恐怖邪恶。与中国叙事中对土著食人的轻描淡写不同，西方叙事更喜欢详尽甚至夸张地描写土著食人的恐怖场面。笛福在《鲁滨孙漂流记》中多次描绘土著食人后的狼藉场景：“整个地面上都是死人骨头，鲜血淋淋，把土地都染红了；

① （宋）洪迈：《夷坚志》，重庆出版社，1996，第353页。

大片大片的人肉，有的是砍烂的，有的是烧焦的。”[①] 在荷马史诗中，海妖塞壬的周围也堆满了白骨，这些都成为西方文学中经典的恐怖场景。

在西方叙事中，土著妇女也被刻画成具有致命威胁的邪恶形象。年轻貌美的土著妇女采用色诱手段将旅人困在荒岛，她们的目的并不是像中国叙事中的海岛妇人那样与海客结为夫妻，而是满足肉欲，厌倦后将其杀死吃掉，或者以非人道的方式虐待奴役他们。比如在《奥德赛》中，塞壬和基尔克通过色诱手段威胁旅人生命。这种妖女形象不仅存在于古希腊时代，即使到了19世纪，它依然存在。《简·爱》中的加勒比海岛妇人贝莎作为男主人公的妻子，却被描绘成对丈夫构成致命威胁的邪恶角色。她多次企图杀死丈夫，最终放火烧毁了自己的庄园，险些将男主人公一起烧死。

在西方叙事中，海客化解安全危机的方式不是和平共处，而是通过屠杀或奴役来征服土著。英雄奥德赛在神使赫耳墨斯的指点下，为制服海上女妖基尔克，拔剑威胁要杀死她，逼迫她立誓不再伤害他们。《简·爱》中的疯女人贝莎被幽禁在阁楼，最终被烧死。鲁滨孙选择用屠杀的方式摆脱土著威胁，在岛上自建堡垒防御敌人，蓄积武器弹药，甚至梦中都在预演各种杀戮土著的战斗场面。最终，他付诸实践，实施了谋划已久的屠杀行动，一次性杀死十多名土著。

在西方叙事中，殖民者不仅通过屠杀手段征服异文化，而且采用文化同化和身份重塑的方式来消除土著威胁，彻底完成对土著的殖民。以《鲁滨孙漂流记》中的星期五为例，他因接近西方人的外貌而被鲁滨孙留下。星期五的外貌特征——头发不卷、肤色不深、脸型不扁平、嘴唇薄——使他看起来更符合西方的审美标准，从而被认为更易接受西方文化。此外，鲁滨孙给星期五上的第一课是教会他两个词语，“主人”和“是的”，明确了主从关系，表明文化同化同时伴随着身份与地位的重新定位。鲁滨孙留下愿意为奴的星期五，表明西方通过“文明”的外貌标准和服从性选择土著，这不仅是文化同化，而且是一种身份的重塑。星期

① 〔英〕笛福：《鲁滨孙漂流记》，徐霞村译，人民文学出版社，2020，第197页。

五的行为——在鲁滨孙救下他后，将鲁滨孙的脚放在头上宣誓效忠——进一步强化了他作为仆从的形象，完全顺服于西方文明。

这种征服和支配的策略不仅存在于虚构的叙事中。历史上，如 Roger Casement① 的报告所示，欧洲殖民者在刚果使用暴力和文化支配的手段强迫土著居民采集橡胶并满足不合理的配额。不达标者会遭受鞭打或更严重的暴力，殖民者甚至通过焚毁村庄和绑架家人来实施控制。同时，通过教育和宗教传播，殖民者灌输欧洲价值观，逐渐替代土著的传统文化，实现文化同化和身份重塑。

三　食人族是恶魔吗?

在中西方关于海岛历险的叙事中，面对安全危机时的应对方式体现了文化上的巨大差异。中国海客在危机中首先考虑的是通过尊重和友好的态度来化解与土著的冲突，实现共存。这种固有的文化意识让他们在危机中保持较高的安全感，通常能够以和平手段将危险转化为机遇，化敌为友。相比之下，西方海客在面对同样的安全威胁时，往往由于深刻的安全危机感，将土著视为不可调和的敌人，这导致他们常常采取极端措施，如杀戮或征服。

食人族真的是恶魔吗？这一问题引发了对中西方海客对危机感知的不同解读：是中国海客对潜在风险的低估，还是西方海客对危机的过度反应？

历史证据表明，食人的传说自大航海时代起便在西方世界广泛流传。在那个探险的时代，西方的航海家在他们的航海日记中频繁记录了与食人土著的遭遇。库克船长就详细描述了他首次遇见毛利人时的情景：毛利人通过比画，向他展示如何清理骨头上的肉。同样，鲁滨孙在其冒险故事中也提到了食人族，虽然他之前只是听闻过这类族群的存在，但这

① Helen Carr, "Roger Casement in the Amazon, the Congo, and Ireland", in Peter Hulme and Russell McDougall, eds., *Writing, Travel, and Empire: Colonial Narratives*, London: I. B. Tauris, 2007, p. 169.

次是他第一次亲眼见到。这些记录表明，食人的现象在当时的西方社会中已经是众所周知的。

关于土著的食人行为，存在两种截然对立的解释。一种观点将土著视为邪恶与堕落的象征，认为他们的食人习俗反映了一种野蛮与非人的本性；这种看法常常伴随着对土著的妖魔化描述，将他们描绘为对正常人类文化的威胁。另一种观点则试图从文化和社会心理的角度合理化土著的食人行为，认为这种习俗源于特定的社会和宗教背景，如通过食用敌人来复仇或是吸取敌人的力量等。

这两种解释不仅体现了对食人行为的不同看法，而且反映了对土著文化的深层态度和理解。第一种观点倾向于从负面和歧视的角度来看待土著，认为食人行为是人性的堕落，而将土著归类为远离文明的魔鬼。而第二种观点则尝试脱离成见，不将食人行为视为堕落，而将其视为一种具有内在逻辑和文化意义的社会行为，这种观点努力理解并尊重土著文化的多样性和复杂性。

科学研究对土著部落的食人习俗有着更深入的洞见，支持了更加合理化的解释。这些研究揭示，一些拥有食人传统的部落实际上是在进行一种象征性的仪式，通常涉及食用已故亲人的肉体。这种行为在部落中被视为对逝者的一种尊重和纪念，而非简单的野蛮或残忍行为。①

从部落成员的视角来看，这种习俗具有深刻的文化和精神意义。他们认为，将逝者的肉体转化为生者的一部分，可以防止逝者被自然界的蛇虫鼠蚁侵蚀，同时也象征着生命的延续和亲情的永存。相反，他们可能会认为其他文化中常见的处理死亡的方式，如焚烧或埋葬，是一种对身体的不尊重，甚至认为这些做法是真正的野蛮行为。

这种观点挑战了西方常见的对食人行为的误解和偏见，强调文化的相对性和每种文化中都存在的价值多样性。通过这样的研究，我们能更全面地理解不同文化中关于生与死、尊严与尊重的复杂观念，从而对这

---

① 〔英〕菲利普·费尔南多-阿梅斯托：《吃：食物如何改变我们人类和全球历史》，韩良忆译，中信出版社，2020。

些看似异乎寻常的传统持更开放和理解的态度。

法国思想家蒙田在其著作《蒙田随笔》[①] 中提出了对食人行为的深刻反思，尤其是在比较西方战场的暴力与土著的食人习俗时。蒙田指出，在西方战场上，敌对双方的相互杀戮，本质上与吃人的行为无异，而且更为残忍，因为这种杀戮往往涉及活人。相比之下，许多土著的食人习惯实际上是消费已经死亡的人，这在某种程度上比西方战场上的行为显得更为人道。

蒙田进一步论述了土著食人行为的文化背景，尤其是在阿兹特克文化中，战俘被认为是力量的源泉，他们的肉被视为可以转移力量和勇气的媒介。从阿兹特克人的视角来看，这种食人行为并非表现为文化的堕落，而是一种精神上的提升和对力量的追求。他们认为，通过这种方式，被吃掉的人的精神和力量得以在族群中继续存在，从而让被吃的人在另一种形式上“变得更好”。

这种观点挑战了传统西方对食人行为的看法，揭示了文化相对性的重要性，并强调了理解不同文化习俗背后的意义和逻辑的必要性。蒙田的这些思考不仅批评了西方对其他文化的偏见和误解，同时也强调了在评价不同文化行为时应持有更加开放和包容的态度。

在对比西方文明与所谓的“野蛮”文化时，我们发现两者在思维方式上并没有本质的差异。事实上，西方社会中一些行为可能比传统意义上的“野蛮”更为堕落。以鲁滨孙为例，他在故事中选择杀死土著，这种行为如果用蒙田的观点来解读，可被视为一种残忍至极的“活人食肉”行为。这种暴力行为恰好印证了列维-斯特劳斯在《我们都是食人族》[②] 一书中提出的观点。

列维-斯特劳斯引用卢梭的观点强调，社会生活的起源部分源于我们与他人的感受产生共鸣，而在极端情况下，“吃掉”对方是实现这种共鸣的一种原始而直接的方式。这种观点挑战了我们对食人行为的传统

① 〔法〕蒙田：《蒙田随笔全集》，潘丽珍等译，译林出版社，2022。

② 〔法〕克劳德·列维-斯特劳斯：《我们都是食人族》，廖惠瑛译，上海人民出版社，2016。

看法，表明这种行为在某种程度上是所有社会中存在的一种现象，无论是直接的还是隐喻的。

因此，称食人为魔鬼之举是对这一复杂现象的简化。在不同文化和社会中，这种行为可能有不同的意义和功能，而理解这些差异对全面认识人类文化的多样性是至关重要的。蒙田和列维-斯特劳斯的分析提醒我们，即使是那些被标记为“文明”的社会，其行为中也可能展现出“野蛮”的一面，只是形式和表达方式不同而已。

在西方叙事中，土著的食人行为常被描绘为野蛮和邪恶的象征，这种描述倾向于将土著妖魔化。相反，中国叙事中不仅未将土著妖魔化，而且还努力去除了这种妖魔化的标签，展现了一种更为中性或理解性的态度。

在中国叙事中，特别是从东汉时期传入的佛教叙事和游记叙事，我们可以看到一种不同的叙事风格。例如，在《大唐西域记》中，玄奘记载的王子僧伽罗的海岛历险故事便是一个典型例子。故事中，僧伽罗在寻宝过程中遭遇风浪，漂流至一个孤岛。岛上住着众多美艳的女子，她们引诱僧伽罗和其他落难的海商，与之结为夫妻并生儿育女。然而，随着故事的发展，僧伽罗发现这些美艳女子实际上是罗刹，她们专门引诱海商，最初满足色欲，随后将其囚禁在岛上的一座铁城中，逐渐将他们当作食物消耗掉。

这种叙事虽然包含了食人元素，但方式和西方叙事中直接的暴力和残忍有所不同。中国叙事通过加入色诱、婚姻和转变的元素，为故事增添了复杂性和象征意义，从而提供了对人性多面性的深刻洞察。这不仅反映了一种文化上的差异，而且显示了对土著或他者的不同理解和表现方式。通过这种叙事，中国故事既表达了对异族文化的警惕，也探讨了欲望、欺骗和真实性的主题。

佛教叙事在描述海岛历险时常融入食人和色诱这两个元素，这反映了对人性复杂面的探讨以及对异域文化的神秘化处理。然而，当这些故事被中国作者改编后，其表达的内容和形式往往发生显著变化，显示了文化再创造的过程。

在经典佛教叙事的改编中，原本的食人和色诱元素被大幅淡化或重新解释。例如，在某些改编故事中，原本可能导致暴力或性引诱的场景被转化为更为和谐或寓教于乐的情节。在罗刹国的食人危机中，传统的暴力冲突通过一碗温热的肉汤象征性地解决，这种改编不仅去除了原故事中的残酷场面，而且增添了一种象征性的和解意味。

此外，改编后的叙事中土著妇女的形象也经历了重大转变。她们不再被描绘为诱惑人的美艳妖女，而是忠诚且照顾家庭的伴侣。这种形象的转变反映了对女性角色的重新评价和对家庭价值的强调。相反，海客则被描绘为负心的人物形象，这一改变可能旨在批评或反思个人道德和责任。

这些改编不仅展示了中国叙事与西方叙事在处理同类主题时的不同方法，而且反映了各自文化立场的差异。中国叙事倾向于强调道德教化和文化价值，而不是单纯的冒险或恐怖元素。这种叙事方式的选择揭示了文化自我认同的构建和文化价值的传递，同时也表明文化叙事是如何在不断适应和回应社会价值和期望的过程中发展变化的。

四　多元融合与一元排他

比较中西方海岛历险故事，我们可以看到两种不同的文化反应。中国作者倾向于理解并尊重异文化，采取融合和共存的策略。相反，西方作者对异文化表现出高度警觉和敌意，常通过征服的方式来处理文化差异，展现一种排他性。这种差异揭示了两种文化在处理外界挑战时的不同方法。为何中西方叙事在对待异文化时表现出显著差异？这一问题的根源可以追溯到各自深厚的文化历史。

西方文化深受基督教的影响，其文化核心强调一元独尊。在这种文化观念中，上帝被视为唯一的真神，其他所有信仰都被认为是错误甚至邪恶的。这种观点认为真理是绝对的，与之相悖的一切都是错误的，因此对异域文化和未知事物的第一反应通常是判定其为对或错。

此外，启蒙时代的哲学也对西方的文化态度产生了深远的影响。尽管启蒙思想倡导理性和科学，推动了个人权利和自由的观念，但其对殖民主义的哲学支持也不容忽视。许多启蒙思想家，如约翰·洛克[①]，虽然强调政府的合理性源自人民的同意，却也为殖民行为提供了理论基础，认为未被有效利用的土地可以被“文明国家”开发。这种思想为西方国家提供了道德和理性的“授权”，去征服那些被视为未开化的民族和文化。

这种文化的狭隘视角，在全球化的大背景下，有时会增加跨文化理解的难度，影响国际关系的和谐。通过理解这一文化根源，我们或许能更好地认识到文化多元性的重要性，并寻求更加包容和平衡的全球视角。

中国文化的主脉络深植于儒家思想，这是一种始终在融合与发展中不断完善自身的文化体系。自春秋时期孔子提出儒家思想开始，其核心便是“仁”，这一理念主张以爱人之心来调节人际关系，其根本没有侵略和暴力的基因。继孔子之后，战国时期的孟子进一步提出了仁政的理念，强调民众的重要性和对抗专制的政治态度，推崇不分贵贱的平等观念，这些都为后世留下了积极的文化遗产。

此外，即使是被归类为法家的学者荀子，也对儒家理论做出了重要贡献，显示了儒学思想的广泛吸纳性。到了西汉时期的董仲舒，以及宋代的朱熹、明代的王阳明，这些学者不仅继承了儒家的基本教义，而且吸收了诸如道家、理学、心学等多种学派的理论，对儒家思想进行了丰富和发展。

尤其是在后期，儒释道三家理论并存的情况下，儒家文化展现出了极强的包容性和适应性。这种文化的开放性和包容性不仅体现在理论上

---

① 约翰·洛克的这些思想主要体现在他的两部重要作品中，即《政府论》（*Two Treatises of Government*）和《人类理解论》（*An Essay Concerning Human Understanding*）。特别是在《政府论》的第二篇中，洛克详细讨论了政府权力的来源以及私有财产的理念。他强调政府的合法性源自人民的同意，这是现代民主思想的基础之一。关于土地的使用和殖民问题，洛克在《政府论》中提到，只有那些被有效利用、耕种的土地才算真正被拥有。他认为，土地的价值来自人的劳动，如果土地没有被有效利用，则有权被他人开发。这一观点被一些后来的西方思想家和政策制定者用来为殖民行为提供理论支持，认为欧洲列强有权开发那些“未被文明利用”的土地。洛克这些观点遭到了多方面的批评，特别是从现代反殖民和后殖民的视角。批评者认为洛克的土地理论忽略了土著人民对土地的传统和精神上的权利，以及他们自身的利用方式。洛克的土地观念被指责为促进了欧洲对非欧洲土地和人民的剥削，为帝国主义的扩张提供了道德正当性。

的多元融合，而且体现在对不同文化和思想的实际接纳与尊重上，使儒家文化能够在漫长的历史长河中持续发展，不断自我完善和革新。这种文化特质为中国在面对外来文化时采取更为开放和融合的态度提供了深厚的哲学基础和文化支持。

儒家文化以尊重多元文化为核心，其对待异文化的态度表现为尊重而非强制干预，倡导“和而不同”，强调共存而不是强制改造他人。儒家不赞成使用暴力解决冲突，总是寻求在对立中找到双方都能接受的解决方案。孔子及其学派的代表性教导就是不自视为绝对真理的拥有者，而是通过道德和智慧来引导他人，从不以傲慢或者强制的态度对待不同观点。

儒家思想构成了中国文化的核心纽带，其深远的影响力渗透到叙事者的思维方式和文化表达中，形成了古代中国海岛历史叙事的基本逻辑。

结　语

综上所述，中国文化的博大精深与大格局，为海岛历险叙事者提供了坚定的自信和平和的心态。在面对异域风险时，中国的首选方案往往是寻求化解和共存，而非采用屠杀和征服。因此，中国的叙事往往不血腥、不恐怖，充满惊喜转折，即使在逆境中，也能展现出希望的曙光；相反，西方的叙事更多基于价值判断，其行动方案往往倾向于征服以及伴随的血腥、恐怖和杀戮，通常会留给世界另一幅影像。

这种差异反映了中西方文化看待世界的不同视角和指导原则，也揭示了两种文化在全球叙事中指明的不同方向。通过这样的比较，我们不仅能更深刻地理解文化差异，而且能洞见文化对人类行为和世界观的深远影响。

情艺交织，感悟成长

——阿里·本杰明《水母物语》叙事艺术与成长主题探讨

杨 春*

摘 要： 美国作家阿里·本杰明在青少年小说《水母物语》中巧妙地将情感与叙事艺术交织在一起，深刻地描绘了主人公苏茜面对成长挑战和困难的内心世界。本杰明采用了三重叙事结构并置的手法，通过不同时间和视角的交织，生动展现了苏茜的成长历程，为读者提供了多维度的理解空间。此外，小说还运用了“陌生化”的叙事语言，体现了苏茜对自然科学的深刻兴趣和执着探索，使读者能更深入地感受到主人公内心的变化和科学探索的魅力。这种独特的叙事技巧赋予了小说以深度，使其成为一部令人难忘的青少年成长小说。

关键词：《水母物语》 叙事艺术 并置 陌生化 成长主题

美国作家阿里·本杰明（Ali Benjamin）的青少年小说《水母物语》（*The Thing about Jellyfish*，2015）以主人公苏茜（Suzy）的成长经历为背景展开。苏茜是一个热爱自然科学的少女，她对水母和海洋生物充满好奇和热情。然而，当她的挚友弗兰妮（Franny）在一次溺水事故中不幸身亡后，苏茜陷入了巨大的悲痛和自责。她坚信弗兰妮的死是由一种罕见的水母所致，并决心证明这一点。为了追寻真相，苏茜开始收集大量有关水母的资料，咨询专家，并制订了独特的计划，希望通过独自周游世界来揭开水母的秘密。小说巧妙地将科学探索、现实生活与主人公的

* 杨春，中国社会科学院大学外国语学院，副教授，研究方向为英美文学与文学翻译。

情感纠葛有机融合在一起。苏茜的心路历程展现了她从童年到青春期的成长痛苦和困惑，以及这一过程面临的友谊、迷茫、死亡和希望。通过这个故事，读者能够从一个12岁少女的视角深入思考成长的意义，并对亲情、友情和自我认知进行探索。本杰明在小说中通过细腻的叙事手法营造了一个充满真情实感的故事世界，使读者在苏茜的所思所感中产生共鸣。这部小说不仅探讨了科学与人性的关系，更是一部关于勇敢、坚强和成长的动人之作。小说一经出版，便入围美国国家图书奖决选，获E. B. 怀特朗读奖、绿色地球图书奖和马萨诸塞州图书奖。

通过三重叙事结构并置和叙事语言的“陌生化”处理，阿里·本杰明成功地将情感与叙事艺术巧妙地交织在一起，营造出新颖而具有艺术感的阅读体验。这种叙事艺术不仅为小说增添了深度和维度，同时也深刻展现了主人公苏茜的成长历程。通过错综复杂的叙事结构，读者能够跟随苏茜的内心变化，体验她从童年到青春期的成长痛苦和困惑。叙事语言的“陌生化”处理则让读者在感知故事时产生新奇和奇异的感觉，延展了审美距离，使读者在情感和故事中获得持久的艺术享受。通过叙事结构和语言的精心设计，小说将成长主题与艺术体验有机融合，为读者呈现了一部令人难忘的青少年成长小说。

一　三重叙事结构并置

小说文本中的叙事结构“决定着素材的选取编排，统摄叙事的程序”[①]，是小说叙事方式的构成主体。并置就语言本身的词语意义而言，指的是不同事物的并列放置和共同展示时的相互映照。并置本是立体主义绘画常用的构图技巧，如今这一艺术手法在文学创作中也被广泛运用。文学创作中并置是“指在文本中平列地置放那些游离于叙述过程之外的各种意向和暗示、象征和联系，使它们在文本中取得连续的参照与前后参照，从而结成一个整体；换言之，并置就是‘词的组合’，就是‘对

① 杨义：《中国叙事学》，人民文学出版社，1997，第34页。

意象和短语的空间编织'"[①]。除了意象和短语的并置外，文学中的并置也包括"结构并置，如不同叙事者的讲述的并置、多重故事的并置"[②]。通过并置的手法，文学作品可以呈现出丰富的内涵和深刻的意义。它使作品中的各种元素相互关联、相互映照，形成了丰富的意义网络，增强了作品的艺术感染力和表现力。因此，并置作为一种重要的文学构成手法，在文学创作中具有重要的地位和作用。

《水母物语》呈现出三重叙事结构并置的特点。小说第一叙事层围绕女主人公苏茜升入7年级后生活的点点滴滴展开，这些生活经历由一个个带有小标题的独立故事组成。比如小说开篇小标题为"触摸"（Touch）的故事讲述了苏茜升入尤金·菲尔德纪念中学（Eugene Field Memorial Middle School）3个星期后学校组织的一次水族馆参观活动。在水族馆里，同学们簇拥在水族馆水箱前兴致勃勃地观看里面的各种鱼类。大家有说有笑，欢快无比。而苏茜却一点都高兴不起来。同学之间嬉闹的场面让她想起了一个月前刚刚离世的好友弗兰妮：

> 这让我想到了弗兰妮。因为如果她在那里，她也会傻笑的。汗涔涔的感觉涌上心头，每次想到弗兰妮的感觉都是这样。我紧紧地闭上了眼睛。闭了几秒钟的时间。此时黑暗是一种解脱。但随后，我的脑海里突然出现了一幅画面，一幅不祥的画面。画面里水箱破裂，鳐鱼和小鲨鱼洒了一地。我不禁心生疑惑，这些动物在露天里能坚持多久呢？一切都会让他们觉得冷冰、刺眼和明亮。随后动物们会永远停止呼吸。[③]

而在小标题为"事情就是这样发生的"（Sometimes Things Just Happen）故事里，小说以第一人称叙事视角叙述了苏茜从母亲那里获知好友

---

① 〔美〕约瑟夫·弗兰克等：《现代小说中的空间形式》，秦林芳编译，北京大学出版社，1991，第3页。

② 吴晓东：《从卡夫卡到昆德拉》，生活·读书·新知三联书店，2003，第185页。

③ Ali Benjamin, *The Thing about Jellyfish*, New York: Little, Brown and Company, 2015, p. 11.

弗兰妮溺水而亡以及当时她的情感反应。死亡对 12 岁的苏茜而言是那么的神秘和遥远。对死亡的恐惧和疑惑让苏茜一次又一次地拒绝相信弗兰妮已死的事实：

> “弗兰妮会游泳，”我说道：“她是一名游泳能手，你不记得了吗？”
>
> 母亲沉默不语，我又说道：“妈妈，你不记得了？她是一名游泳能手。”
>
> 妈妈只是闭上眼睛，将额头埋在手心。
>
> “这不可能”，我坚持说道。为什么妈妈看不到这一点呢？
>
> 当妈妈抬起头来时，她说得很慢，努力地想让我听到每一个字：“即使是游泳能手也会淹死，苏。”
>
> “但这不合情理。她怎么会？”
>
> “不是所有的事情都符合情理，有时事情就是这样发生的。”妈妈摇了摇头，深吸了一口气说道：“这事根本不像是真的。对我来说也不像是真的。”①

《水母物语》第一叙事层中有 38 个带有小标题的独立故事，这些故事围绕苏茜试图证明弗兰妮受到水母攻击而溺亡这一主线展开。其中包括苏茜寻求水母专家的帮助、她在课堂上通过做科学报告向同学和老师展示有关水母的知识，以及她在教堂参加弗兰妮的葬礼等。此外，故事还描述了苏茜计划去澳大利亚等地实地探寻水母的秘密，以及她最终在家长、同学、老师和心理医生的帮助下成功走出心理阴影，融入新生活的过程。这些小故事相互之间或串联或并联，共同围绕着苏茜探寻好友弗兰妮死亡的真相展开，成为小说的核心所在。通过这些独立故事，小说展现了人物的成长和内心世界的变化。这种叙事结构的多样性和复杂性使《水母物语》成为一个富有深度和张力的作品，吸引着读者去探寻

---

① Ali Benjamin, *The Thing about Jellyfish*, New York: Little, Brown and Company, 2015, p. 21.

其中蕴含的丰富内涵。

《水母物语》第二叙事层则是主人公苏茜对过往与好友弗兰妮之间友谊的回忆。这一叙事层由“怎样交友”“如何交朋友”“如何拥有朋友”“如何许下承诺”“如何渐行渐远”“如何知道事情已经改变”“如何失去朋友”“如何铭记不忘”“两天的沉默”“还剩下什么”等 16 个小标题故事构成。故事选取苏茜和弗兰妮在一起的某一个生活片段进行描写，通过女主人公苏茜的感知展示了友谊带来的甜蜜与苦涩，以及成长过程中的少年之愁。故事与故事之间没有呈现出传统小说常见的时间上的线性联系，每个故事依赖小标题独立成立。在叙事者苏茜的引导下，读者能身临其境、感同身受地体会到苏茜的所见、所闻和所感。在“怎样交友”这个小故事里，苏茜回忆了 5 岁时和弗兰妮第一次相遇时的情景：

> 我第一次见到你时，你穿着一件浅蓝色的泳衣，它的颜色就像夏日的天空，上面点缀着闪烁的星星图案，黑夜看起来如同白天一样。那年我五岁，即将上幼儿园。我们站在室内的大游泳池旁，那里很吵，到处都是回声。妈妈们坐在我们后面的看台上。她们带我们来这里上所谓的“孔雀鱼”（Guppies）课，这样我们就能学会把头放进水里，扑通扑通地游起来。[①]

第一次和弗兰妮相遇，苏茜就喜欢上了这位新朋友。天生对水恐惧的苏茜也在弗兰妮的影响下大胆地下水学起游泳来：

> 我跟着你，把自己放进水里，不是因为游泳老师要我这么做，而是因为我想像你一样游起来。我喜欢你的雀斑和你金灿灿的头发，还有你对我露出的笑容。此时此刻，交一个朋友，拥有一个朋友，

① Ali Benjamin, *The Thing about Jellyfish*, New York: Little, Brown and Company, 2015, p. 27.

似乎是世界上最容易的事情。[①]

在青春期，同龄人通常会成为少男少女的知己和行为塑造者，取代家庭成员的地位。这种关系看似会永远持续下去，但青春期也是一个重要的成长和变化时期，友谊会面临许多挑战。校园生活、同龄人之间的竞争以及日益强烈的独立意识将青少年带入新的、刺激的、富有挑战的环境中。在这个阶段，对稳定友谊的渴望与对新体验的渴望交织在一起。有些友谊会在挑战中存活下来，有些则不会。

在小说中，苏茜和弗兰妮之间的友谊也陷入了同样的困境。苏茜明显感受到了弗兰妮的变化：弗兰妮开始更加关注自身的着装和打扮，也开始更多地与其他同学交往。她俩周末不再一起玩耍，而弗兰妮也开始以各种借口回避苏茜的联系，让苏茜倍感友谊的脆弱。为了挽救可能失去的友谊，苏茜做了一件让她懊悔不已的事情：将用尿液冻成的冰块放进了弗兰妮在学校的储物柜里。这一事件导致弗兰妮痛哭抽泣，这也成为苏茜心中永远挥之不去的痛和失落。

小说第二叙事层通过细致精妙的心理描写，让读者体会到了女主人公苏茜在青春生活和成长路上经历的苦闷、不安、孤独、伤感和无奈。这种描写使读者能够深刻感受到苏茜的内心世界，以及青春期带来的挑战和痛苦。这种情感上的共鸣让读者更加投入故事中，体验苏茜的成长与磨砺，以及友谊的变迁和挑战。这样的叙事手法使小说更加贴近读者的内心世界，让人产生共鸣和思考。

小说第三叙事层则包括尤金·菲尔德中学生命科学老师特顿女士（Mrs. Turton）布置的科学实验报告以及苏茜收集的大量有关水母的科学知识。特顿女士布置的科学实验报告由五部分组成：实验目的、实验背景、实验变量、实验步骤、实验结果。苏茜收集的大量有关水母的科学知识则向读者展示了一个鲜为人知的世界，很容易让青年读者产生好奇心和求知欲，这也正是小说作者在开篇致辞中的愿望：献给好奇心强的

---

① Ali Benjamin, *The Thing about Jellyfish*, New York: Little, Brown and Company, 2015, p. 27.

孩子们（for curious kids everywhere）。

《水母物语》三重叙事结构的并置有效地打破了传统线性叙事结构的直线性和呆板性，增加了作品的维度和感人性。这种叙事结构充分展示了人物复杂的心理活动以及由此产生的行为变化，使作品更加生动而富有层次。读者能够从不同叙事层面感知故事的发展，增加了故事的层次感和张力。通过这种叙事结构，读者能够更加全面地了解人物的内心世界和行为动机，同时也能够感知故事中科学知识的魅力和奇妙。这样的叙事手法使小说更加贴近青少年读者好奇的内心世界，能够引发读者对知识和情感的共鸣，让读者在阅读过程中获得美的享受。同时，在成长主题的铺陈下，这种叙事结构也更好地展现了主人公的成长历程。通过多重叙事的交织，读者得以深入感知苏茜在成长过程中的挣扎、成就和变化，从而更加深刻地体会到青少年成长的复杂性和多样性。这种叙事手法巧妙地将情感和知识融合在一起，为读者呈现了一幅生动而富有启发性的成长画卷。

二　叙事语言的“陌生化”

“陌生化”这一概念是俄国形式主义对文学理论的一个重要贡献。在其论著《作为技巧的艺术》（*Art as Technique*）中，俄国文学评论家和小说家维克多·什克洛夫斯基指出：“艺术之所以存在，就是要恢复人们对生活的感觉，使人们感受事物，让石头凸显出其石头般的质感。艺术之目的在于人们感知到事物，而不是仅仅知道事物。艺术的技巧是要使对象‘陌生化’（defamiliarization），使形式变得难以理解，增加感悟的难度、增加感悟的时间，感知过程本身就是审美的目的，必须延长感悟的时间。”[①] 由此可以看出，文学创作中的陌生化就是通过对作品进行艺术加工，打破接受主体的自动化感受定势，独辟蹊径地营造新颖奇异

① Hazard Adams, ed., *Critical Theory Since Plato*, New York: Harcourt Brace Jovanovich College Publishers, 1992, p. 754.

之感，使人们对熟知的事物陌生起来，产生审美距离和感受的难度，从而获得持续的艺术享受。《水母物语》对叙事语言进行了“陌生化”处理。作者运用了富有想象力和隐喻的语言，通过对水母和自然的描绘，营造出一种独特的审美氛围。这种“陌生化”的叙事语言使读者在感知故事时产生一种新奇和奇异的感觉，从而增加了审美的距离和感受的难度。

小说《水母物语》采用了3种迥然不同的叙事语言，分别是直白的叙事语言、内心独白回溯性语言和学术科学语言。

女主人公苏茜升入7年级后生活的点点滴滴，散落在直白的叙事语言之中，同时第一人称叙述方式透出12岁少女苏茜的稚拙和朴实。语言节奏徐缓，娓娓道来，符合女主人公面对生活的巨变产生的疑惑，以及渴望认知自我和社会的成长心境。好友弗兰妮的意外溺亡让苏茜这样一个活泼、爱说话的小女孩深深地体会到了痛苦的滋味。小说稚拙平淡的直白叙述蕴含着与她年龄极不相符的沧桑感和失落感：

> 距离发生“最糟糕的事情”已经整整一个月了，距离我开始不说话也差不多一个月了。不说话并不像大家认为的那样拒绝说话，而只是决定在没有必要说话的情况下不言语。不说话与不断说话相反，而我以前则是个话痨。不说话比闲聊要好，但大伙却希望我能闲聊点什么。如果我闲聊的话，也许父母就不会坚持让我去看“那种你愿意可以和他说话的医生”（the kind of doctor you can talk to），而这正是我今天下午要做的事情。坦白地说，父母的推断是没有道理的。我的意思是，如果一个人不说话——如果只是不想说话——那么也许“那种你可以和他说话的医生”是你最不应该见的人。①

内心独白回溯性语言则通过回忆的方式，采用“以我观物”的推断

① Ali Benjamin, *The Thing about Jellyfish*, New York: Little, Brown and Company, 2015, pp. 8-9.

性语言，让读者不直接成为故事发展的评判者，从而感受意外情节带来的痛苦。这种叙述方式使读者更加投入故事情节，深刻感受到主人公的内心挣扎和痛苦，增强了小说的神秘感和吸引力。

苏茜矢口否认弗兰妮是意外溺死，想通过调查证实水母是可怕的杀手。偏偏她的调查报告迟迟得不到众人的首肯。于是在第五章“想象的生物”一节中，她通过内心独白的方式，向另一个世界的弗兰妮倾诉内心：

> 但愿我能见到你，姐妹，我真想见到你，让你亲口告诉我你明白了我的推断。因为没有人能理解我。
>
> 我尽力啦，但是他们看不懂我看到的一切。①

接着，她叙述想象中的弗兰妮亲近水母而甘愿被水母蜇伤的情景，继续发出内心独白式的感叹：

> 你甚至不把这些生物看成你的异类。
>
> 你在好奇地观看，你聚精会神，似乎要彻底分辨出它们。似乎这些家伙要告诉我们什么事情，你在认真聆听。
>
> 它和你有什么关系？当别人都在厌恶它们的时候，你为什么竟然如此关注这些家伙？我知道，我看见你躺在医院的床上时，几乎被蜇伤致死，为什么你一点也没有生气呢？
>
> 为什么你竟然如此热爱生物而别人却办不到呢？②

虽然苏茜期待的回应是万不可能得到的，但读者能强烈地感受到苏茜和弗兰妮的友谊是多么的难能可贵。

在《水母物语》中，大量的直白叙述和内心独白让读者逐渐感受到

① Ali Benjamin, *The Thing about Jellyfish*, New York: Little, Brown and Company, 2015, p. 35.

② Ali Benjamin, *The Thing about Jellyfish*, New York: Little, Brown and Company, 2015, p. 36.

苏茜对弗兰妮之死的悲伤。苏茜坚持对水母进行科学考察，使弗兰妮的死因不再简单而突兀，情节发展变得具有悬念和感染力。她的坚持和探索不仅展现了她顽强的一面，也让读者深刻体会到她内心的挣扎和痛苦。小说最后，在化装舞会上，苏茜看到了象征和谐的背景光亮，这一幕诗意化的描写，展现了她内心的转变和故事情感的深刻内涵，为整个故事画上了美丽的句号：

> 我想象着漂浮在体育馆的上空。鸟瞰下面不同舞伴的旋舞。我神奇地看到，他们在同一时刻按同一节奏旋转，他们的胳膊和双腿准确地展示舞步。似乎每一个舞伴就是一个跳动的心脏。[①]

当然，这些近乎浪漫的情调和苏茜的科学调查报告上的冰冷数字营造出的残酷事实形成了截然相反的对比。正是科学调查报告中的数字让读者震惊地感知了水母的杀伤力。这些数字使陌生的概念变得常识化，同时也让貌似熟悉的事物变得陌生，从而让读者深刻体会到水母对人类生活的潜在威胁。小说通过数字来突出水母的危险性，使读者不仅能够体会到苏茜对水母的科学探索，也能够体会到水母对人类的巨大威胁，增加了故事的紧张感和吸引力。

小说一开始便以“极妙的猜想”为小标题，排列出一大串苏茜特意记录的惊人数字：

> ——我们星球上存在 70 亿人口。
>
> ——每年有 1.5 亿人被水母蜇伤。
>
> ——70 亿人口除以 1.5 亿，就是 46.6。
>
> ——这就意味着一个水母每年会杀伤 46.6 个人。
>
> ——当然不会存在所谓的 0.6 个人，所以，我们只能说一个水母能杀伤 46 个或 47 个人。

---

① Ali Benjamin, *The Thing about Jellyfish*, New York: Little, Brown and Company, 2015, p. 73.

——我知道，生活中会有更多的人。

——然而，有一个确切的判断，我知道至少有一个人已经被水母蜇伤。

——却没有任何人亲自告诉我曾经被水母蜇伤过。

——这就有可能，我认识的人中虽然被水母蜇伤过，但并没有告诉过我。

——也许她没有告诉我是因为她不能。

——也许她没有告诉我是因为她死啦。

——也许她没有告诉我是因为她恰恰死于水母蜇伤。[①]

故事就这样用数字引入了一系列科研报告的叙述。这种数字的运用不仅简单而新颖，而且绝非常人熟知，能够引发读者的深思。尤其是最后三句，暗示了即使被蜇伤致死，也可能会有人由于某种原因而无法坦率地表达。这种现象可能是社会的思维阻力、保守观念或盲目自信所致。这些数字通俗易懂，引人深思，但似乎难以直接联系到弗兰妮的死因。因此，更深入的叙述需要更细腻和明晰的语言表达，以产生难以捉摸的神秘感。

三 感悟成长

《水母物语》深刻地探讨了青少年成长中的情感缺失，尤其是主人公苏茜在离异单亲家庭中的成长困境。苏茜生长在一个离异家庭，与母亲相依为命。母亲为了生计而忙碌，无暇顾及苏茜内心的渴望和情感需求。这种单亲家庭的背景使苏茜缺乏父亲的陪伴和指导，更强化了她内心的孤独感和自我封闭。

在学校里，苏茜常常面对同学们的讥讽和嘲笑，他们甚至给她取了个绰号——“水母”（Medusa）。[②] 她努力隐藏自己的脆弱和情感缺失，

① Ali Benjamin, *The Thing about Jellyfish*, New York: Little, Brown and Company, 2015, p. 92.

② Ali Benjamin, *The Thing about Jellyfish*, New York: Little, Brown and Company, 2015, p. 179.

但这种努力却使她变得更加封闭和难以理解。直到她遇见了弗兰妮，一个同样有着独特经历的女孩，她的生活中才有了一缕阳光。弗兰妮不仅理解苏茜的孤独和内心的痛苦，还敢于挑战苏茜的自我封闭。尽管她们偶尔因为意见不合而争吵，但弗兰妮的存在让苏茜逐渐学会了敞开心扉，与他人建立起真正的情感联系。她们的友谊不仅是生活中的支持和慰藉，更是苏茜成长过程中重要的一部分。

因此，当苏茜获悉弗兰妮意外离世时，她内心的痛苦可想而知。弗兰妮不仅是苏茜生活中的朋友，更是她的精神支柱和情感依托。她的突然离去让苏茜感到前所未有的失落和孤独，仿佛再次被情感的黑暗笼罩。她不想接受这个现实，不愿意弗兰妮就这样离开，没有任何交代。这种无法接受的情绪驱使着她去探索弗兰妮生前的秘密，尤其是水母之谜。或许，在这个谜题的解开中，她可以找到一些关于弗兰妮的线索，一些能够让她重新连接到弗兰妮的方式。

苏茜开始研究水母，试图从中找到启示。水母象征着生命的脆弱和坚韧，它们在海洋中静静漂浮，充满神秘而美丽的力量。或许，弗兰妮也如同水母般，在苏茜的生命中留下了深远的影响，虽然她不再存在于现实中，但她的精神和记忆却如此清晰和真实。弗兰妮虽然离开了，但她在苏茜心中却是永恒的。她的故事不仅是苏茜个人成长的一部分，也是关于友谊、理解和接受的普遍探索，这些元素共同构成了这部小说深邃而感人的内涵。

> 这是关于水母的最后、最重要的事情。我打赌你一百万年也猜不到这个。它们是不朽的。……一切都会好起来。一切都会变得容易，就像以前一样。你依然会在这里。弗兰尼，你会再次爱我。就像你以前一样。①

苏茜的探索并非只是为了解开一个谜团，更是为了重新审视自己和

① Ali Benjamin, *The Thing about Jellyfish*, New York: Little, Brown and Company, 2015, p. 184.

弗兰妮之间的情感连接。在这个过程中，她逐渐明白，弗兰妮留给她的不仅是友谊，还有勇敢和接纳自己内心的力量。这种成长和领悟是苏茜在面对失去时需要的，它让她学会了如何继续前行，如何在记忆中找到前进的力量。同时，研究水母让苏茜逐渐成长蜕变，对世界和生命充满了敬畏，感知到世界的复杂性和未知性，也更加珍惜自己拥有的独特性和对世界的理解，以更加勇敢和坚定的心态面对生活中的挑战和恐惧。

> 这个世界有太多令人恐惧的事情：水母的群聚、第六次物种大灭绝、中学舞会。但或许我们可以停止感到如此害怕。也许我们可以不再觉得自己像一粒尘埃，而是记得地球上的所有生物都是由星尘构成的。而我们是唯一能够知晓这一点的生物。这就是水母的特点。它们永远无法理解这一点。它们只能漂浮，毫无意识。人类可能是这个星球的新来者。我们可能非常脆弱。但我们也是唯一能够决定改变的生物。①

《水母物语》通过苏茜的成长故事，深刻反映了单亲家庭青少年面对的情感困境及其成长路上的探索与挑战。弗兰妮的角色象征着希望与勇气，她和苏茜之间的友谊填补了苏茜情感上的空虚，为她未来的成长奠定了坚实的基础。这部小说不仅是关于个体成长的故事，更是关于友谊、理解和接纳的普遍主题，让读者深刻思考人与人之间的情感联系和成长之路。愿每个人在面对挑战和失去时，都能像苏茜一样，勇敢地面对，从中获得成长和启示。

结　语

《水母物语》采用了三重叙事文本并置的结构，打破了传统叙事的自然顺序，创造出了曲径幽深的横向情节发展。这种结构使故事呈现出

---

① Ali Benjamin, *The Thing about Jellyfish*, New York: Little, Brown and Company, 2015, p. 312.

了非线性的特点，让读者在阅读过程中感受到一种超越时间和空间的体验。同时，小说通过直白的叙事语言、内心独白回溯性语言和学术科学语言的交替使用，深化了情节的悲剧性，使故事更加引人入胜。主人公苏茜对亡友弗兰妮的痛苦怀念，并不是小说的主题走向，读者感受到的是苏茜追求事物真相的强烈愿望和珍视纯真友谊的高尚情操，这从特定的角度验证了席勒的名言："悲剧引起的同情是一种积极的情感，因为同情心是以感动力为前提的，感动提供给人以快乐。"①

陌生化并不是一种单一的语言技巧，而是可以调动多种技巧的综合性创作思维。它不仅适应于悲剧情调的小说，而且富有诗化的语言风格。《水母物语》中的语句多为铺陈排比和正反映衬的形式。苏茜的独白与科学报告中含蓄的诗意和絮叨的陈情，延续了读者对水母与人的独特认识和情感协调。这种语言风格为整个故事增添了一种神秘感和内涵，使读者在阅读过程中不断产生共鸣和思考。通过这种独特的结构和语言风格，小说情艺交织，使读者能够深入感知和思考主人公的内心世界和情感变化，感悟到成长的复杂性和多样性。这种全面的成长体验不仅让读者在文学作品中获得审美享受，更重要的是启迪他们在现实生活中勇敢面对困难、接纳变化、与他人建立更深层次的联系。通过文学作品带来的感悟和思考，读者在成长的道路上能够更加坚定地前行，不断完善自己，同时也为世界带来更多理解与温暖。

---

① 伍蠡甫、胡经之主编《西方文艺理论名著选编》（上），北京大学出版社，1985，第 462 页。

维多利亚时代“进步崇拜”下小人物的命运[*]

——论工业小说《南与北》中两个工人的死

王春霞[**]

摘　要：伊丽莎白·盖斯凯尔的《玛丽·巴顿》和《南与北》被认为是19世纪英国工业小说的杰作。以雷蒙·威廉斯为代表的评论家认为，盖斯凯尔在作品中对工人代表形象的塑造是受中产阶层的“恐暴症”影响。但是，这种看法弱化了她对工人个体生命体验的描写所具有的历史意义。本文结合19世纪英国社会史，对《南与北》中两个次要人物贝西·希金斯和约翰·鲍彻的生存状态进行细致分析，认为盖斯凯尔凸显了她对卑微个体生命的同情和尊重，质疑了“进步崇拜”话语。正是通过她对维多利亚时代“进步”浪潮中小人物命运的书写，现代读者才能以一种微观史的方式重新审视这段历史。

关键词：《南与北》　工厂制度　劳资冲突　英国工业小说

19世纪初中期，随着工业化和城镇化的发展，英国社会产生了一系列社会问题。这些社会问题具体表现为城市贫困人口迅速增加、生存环境愈加恶劣、传染病频发、犯罪问题严重、贫富差距加大、劳资冲突加剧等。作为对这些社会问题的反映和回应，有一类小说被雷蒙·威廉斯（Raymond Williams）称为“工业小说”，它们主要指本杰明·迪斯累利（Benjamin Disraeli）的《西比尔，或者两个国度》（*Sybil, or The Two Nations*, 1845）、伊丽莎白·盖斯凯尔的（Elizabeth Gaskell）《玛丽·巴顿》

* 基金项目：“19世纪英国小说的能源书写”，项目编号：2462023YXZZ003。

** 王春霞，文学博士，中国石油大学（北京）外国语学院，讲师，研究方向为英国文学。

(*Mary Barton*, 1848) 和《南与北》(*North and South*, 1855)、查尔斯·金斯利 (Charles Kingsley) 的《阿尔顿·洛克》(*Alton Locke*, 1850)、查尔斯·狄更斯 (Charles Dickens) 的《艰难时世》(*Hard Times*, 1854) 和乔治·爱略特 (George Eloit) 的《激进派费立克斯·霍尔特》(*Felix Holt: The Radical*, 1866) 等。它们反映了工业主义对社会的影响，阐明了“新社会的一些实际状况和情感结构”[①]。

路易斯·詹姆斯 (Louis James) 认为，盖斯凯尔的《玛丽·巴顿》和《南与北》是最好的工业小说。[②] 凯瑟琳·蒂洛森 (Kathleen Tillotson) 指出，《玛丽·巴顿》从关注“个体”开始，这使它在众多“有目的的小说”中脱颖而出。[③] 蒂洛森提到的“个体”主要是指约翰·巴顿 (John Barton)，但是，威廉斯却认为，盖斯凯尔将工人约翰·巴顿塑造成一个谋杀者的形象，似乎将这个问题普遍化了，因为英国工人阶级很少采取人身攻击的暴力行动。在威廉斯看来，这是“当时中上层阶级弥漫的‘恐暴症’的一种戏剧性表现形式。这种恐惧心理甚至渗透到了盖斯凯尔夫人的想象力和深刻的同情心当中，成为一种显著的和决定性的要素”[④]。的确，盖斯凯尔的中产阶层身份决定了她的叙述传达了该阶层所惧怕的东西。对中上层阶级而言，大量聚集在工厂的工人好像是一种新的生物，一种未知的和不受控制的品种。在《玛丽·巴顿》中，她将失业工人比作“弗兰肯斯坦式”的怪物，约翰·巴顿谋杀事件是中产阶层这种恐惧心理的外化。[⑤] 在《南与北》中，约翰·鲍彻 (John Boucher) 等人将和平罢工演变成骚乱也是这种恐惧心理的外在表现。甚至，

---

① 〔英〕雷蒙·威廉斯：《文化与社会 1780—1950》，高晓玲译，吉林出版集团，2011，第 97 页。

② Louis James, *The Victorian Novel*, Oxford: Blackwell Publishing, 2006, p. 218. 约翰·卢卡斯认为盖斯凯尔是英国 19 世纪最好的社会问题小说家，详见 John Lucas, “Mrs. Gaskell and Brotherhood”, in David Howard et al., ed., *Tradition and Tolerance in Nineteenth-Century Fiction*, New York: Routledge & K. Paul, 1966, p. 141。

③ Kathleen Tillotson, *Novels of the Eighteen-Forties*, Oxford: Clarendon, 1983, p. 202.

④ 〔英〕雷蒙·威廉斯：《文化与社会 1780—1950》，高晓玲译，吉林出版集团，2011，第 97~101 页。

⑤ 〔英〕雷蒙·威廉斯：《文化与社会 1780—1950》，高晓玲译，吉林出版集团，2011，第 100 页。

两个病弱的工人本·戴文保（Ben Davenport）和贝西·希金斯（Bessy Higgins）在生病时的痛苦表现也被看作具有某种令人不安的力量，令中产阶级感到害怕。[①]

但是，不可否认的是，在《玛丽·巴顿》和《南与北》中，盖斯凯尔对工人生存境遇的强烈关怀也是极其真诚的，她对工人生存状态的描写具有社会纪录片的意义。在 19 世纪的英国，社会问题小说和社会调查、报告等之间没有明显的界线。[②] 正是通过她对维多利亚时代“进步”浪潮中小人物命运的书写，现代读者才能以一种微观史的方式更细致、深入地解读维多利亚时代的历史。

威廉斯认为，小说《南与北》的重点“几乎全部是‘对于’工人阶级的态度，而非努力通过想象力体会他们对生活的感受”[③]。例如，工人贝西·希金斯和约翰·鲍彻被历史教科书看作工厂制度和劳资冲突的牺牲品，他们更多的是一种标签式的存在。但是，本文认为，细读盖斯凯尔对工人贝西和鲍彻的描写，就会发现她十分真切地写出了工人对生活的感受。

首先，她笔下的贝西和鲍彻是有血有肉的个体。他们处在不同的社会关系中，有着多种社会角色，也有过个体鲜活的喜怒哀乐，而非仅仅作为工厂制度牺牲品的刻板印象而存在。

其次，这两个工人的死在作品中具有不同意义。由于工作环境恶劣，贝西得了棉纤维吸入性肺炎（byssinosis），她的死是对维多利亚时代“进步”话语的直接质问。但是，鲍彻的死却是复杂的，他是劳资冲突的受害者：他既是工厂主奉行的“自由主义经济”供需法则的牺牲品，又是工会

---

① 威廉斯提出中产阶层的“恐暴症”有一定的代表性，一些评论家持类似观点，如 Nancy Henry, “Elizabeth Gaskell and Social Transformation”, in Jill L. Matus, ed., *The Cambridge Companion to Elizabeth Gaskell*, Cambridge: Cambridge University Press, 2007, p. 157; David Lodge, “The French Revolution and the Condition of England”, in Ceri Crossley & Ian Small, ed., *The French Revolution and British Culture*, Oxford, New York: Oxford University, 1991, pp. 129-138。

② Asa Briggs, *Victorian Cities*, Harmondsworth: Penguin Books, 1968, p. 5.

③ 〔英〕雷蒙·威廉斯：《文化与社会 1780—1950》，高晓玲译，吉林出版集团，2011，第 101 页。

“专制”的受害者。盖斯凯尔借玛格丽特·黑尔（Margaret Hale）之口对工厂主和工会的双重质疑表达了她对转型期的社会问题进行的多重思考。通过了解他们的一生，人们可以窥见当时无数工人的生存状态，进而反思“进步”的代价，关注那些被淹没在“进步”浪潮中的个体。

一　“进步崇拜”

维多利亚社会弥漫着“进步崇拜”（the cult of progress）的气息。阿萨·勃里格斯（Asa Briggs）指出，对当时的英国人而言，“进步”的同义词是“改善”（improvement），“进步”更多指的是英国工业革命取得的可以用统计数据体现出来的物质进步。[①]

1851 年，象征着英国成为“世界工厂”的万国工业博览会（the Great Exhibition of the Works of Industry of all Nations）在伦敦的水晶宫举办。在某种程度上，这个展览会让工业革命给英国带来的巨大物质进步成为显而易见的事实。在展览会上，最受欢迎的是机械馆，它有着“标志性的低沉、粗重的声音仿佛远方急流的咆哮”。许多人围观 700 马力的发动机、蒸汽锤、水压机、打桩机、克兰普顿机车（最高时速可达 72 英里）和其他的时代奇观。[②] 机械馆里的这些机器被制造商安置在工厂里，它们“提高了人类的生产效率，而且改变了生产流程本身的性质：机器开始规范人类劳动的步调。由于机器依赖集中能源，需要宽敞空间，生产环节由家庭转移到工厂。工人以史无前例的规模和机器一起集中在中心地带”。[③]

工厂制度就这样逐渐形成，它创造出一种新的社会形态。这种社会形态的“新”表现在多个方面，并对整个社会产生许多影响。有些影响

---

① 勃里格斯在书中使用“进步崇拜”作为该书第 8 章的一个小标题，详见 Asa Briggs, *The Age of Improvement 1783—1867*, London: Longmans, 1964, p. 394。

② 〔英〕本·威尔逊：《黄金时代：英国与现代世界的诞生》，聂永光译，社会科学文献出版社，2018，第 7 页。

③ 〔美〕斯文·贝克特：《棉花帝国：一部资本主义全球史》，徐轶杰、杨燕译，民主与建设出版社，2019，第 62、67 页。

是显性的、即时的，如工厂建筑设计的“新”、工人衣着的改变，例如，在《南与北》中，当黑尔一家初次来到离米尔顿20英里的海滨浴场赫斯顿时，玛格丽特注意到它与南方有很多差异，其中一个是衣着的差异：“就连乡下人当中，也没有穿宽罩衫的，因为它们行动缓慢，很容易挂住机器，因此穿它们干活的习惯便逐渐消失了。”有些影响是隐性的，但持久，例如，工厂时间对工人的“规训”，它让人们时刻有种紧迫感，这也是玛格丽特在街道上看到的北方人留给她的第一印象，他们在思想上和动作上都很“忙碌”。[①]

从19世纪20年代到40年代，许多新兴的北方工业城市如伯明翰、曼彻斯特和谢菲尔德等从一个个小村庄变成了冒烟的工业城市。今天的读者可以从狄更斯在《艰难时世》中对焦煤炭镇（Coketown）的描写想象得出当时这些工业城市的大概模样。[②] 1835年，托克维尔（Alexis de Tocqueville）访问曼彻斯特时，他看到“城市被黑烟覆盖，透过它看到的太阳是一个没有光线的圆盘。在这样的半日半夜的环境里，30万人不停地工作。上千种噪声在这个潮湿、黑暗的迷宫中扩散，这些噪声绝不是一个人在大城市中听到的普通声音”。他补充说，正是“从这些肮脏的沟渠里，人类工业劳动成果滋养着整个世界。从这条肮脏的下水道里流出的是纯金。人性在这里实现了最全面的发展，也显露出最野蛮的一面；在这里文明缔造了奇迹，但在这里文明人几乎沦为野蛮人”[③]。

托克维尔在这里提到的“人类”是一个集体概念，“文明人”和“野蛮人”是一个抽象概念，而“人类工业劳动”是由一个个具体的工人拼命适应机器生产节奏的劳动组合，正是无数卑微个体的辛苦劳作促进了英国19世纪的巨大物质进步。当时，以历史学家麦考莱（Thomas Babington Macaulay）为代表的人大肆宣扬“进步”话语，他们相信“人

① 〔英〕伊丽莎白·盖斯凯尔：《南与北》，主万译，人民文学出版社，1994，第89页。以后引用，在正文中随文标注页码。

② 〔英〕查尔斯·狄更斯：《艰难时世》，陈才宇译，上海三联书店，2014，第23页。

③ 〔美〕斯文·贝克特：《棉花帝国：一部资本主义全球史》，徐轶杰、杨燕译，民主与建设出版社，2019，第78页。

类社会因财富的无限增长而无止境地朝着幸福状态前进”[①]。但是，在他们关于“进步”的宏大叙事中，很难听到那些被淹没在“进步”浪潮中的个体微弱的声音。

还有一些英国人对新兴工业城市的态度很矛盾，例如，托马斯·卡莱尔（Thomas Carlyle）对这些新兴工业城市也早有类似描写，但他的描写跟狄更斯对焦煤炭镇的描写又有所不同。在他的眼里，伯明翰是一个既让人着迷又让人厌恶的城市；“烟尘的曼彻斯特”（Sooty Manchester）是一个既精彩又让人恐惧的、难以想象的城市，像最古老的塞勒姆市或先知之城。[②] 这些城市让人着迷是因为它们展现出的进步力量，让人厌恶是因为它们的恶劣环境及其对工人身心健康和道德状况的影响。

这种对新兴城市的复杂态度在《南与北》中以黑尔父女对米尔顿工业发展产生的不同感触体现出来。小说中的米尔顿就是现实中的曼彻斯特，它在当时被看作“文明的象征、改良的先锋、伟大进步的化身”[③]。对黑尔先生来说，“米尔顿机器的力量，米尔顿工人的力量，使他深深地产生了一种宏伟之感。他为这种感觉所折服，而不想去探究这种力量如何发挥作用的详细细节”（《南与北》：107）。在赫尔斯通乡间过了 20 多年恬静生活，他的这种感受具有代表性。从 18 世纪后期开始，工厂、工厂村和制造业主导的城市吸引了不少游客，有些游客来自欧洲大陆和北美。工厂的规模、装置、机器和建筑等都让他们感到新奇。例如，游览过兰开斯特工业区，泰勒（W. Cooke Taylor）说：“蒸汽机没有先例，珍妮机没有祖先，骡子和动力织机进入生产领域没有任何征兆。它们突然出现，就像密涅瓦（Minerva）突然从朱庇特的大脑中诞生一样。”[④]

---

① 殷企平：《推敲“进步”话语——新型小说在 19 世纪的英国》，商务印书馆，2009，第 4~5 页。

② Herbert Sussman, “Industrial”, in Herbert F. Tucker, ed., *A Companion to Victorian Literature and Culture*, Oxford: Blackwell Publishers Inc., 1999, p. 244.

③ Asa Briggs, *Victorian Cities*, Harmondsworth: Penguin Books, 1968, p. 88.

④ 〔美〕乔舒亚·B. 弗里曼：《巨兽：工厂与现代世界的形成》，社会科学文献出版社，2020，第 30 页。

在小说《米歇尔·阿姆斯特朗》（*The Life and Adventures of Michael Armstrong, the Factory Boy*, 1840）中，弗兰西斯·特罗洛普（Frances Trollope）也表达了类似思想。参观工厂的游客“被庞大、美丽、精巧的机械环绕着，这吸引了他们全部的注意力和惊叹之情。那整齐划一的无休无止的运动，以其强大的力量和不屈不挠的活力而获得升华，吸引了每一个观察者的眼睛，并且使每一个观察者的头脑中充满了对神奇的科技力量的无限崇拜”。游客无视在机器间干活的童工：“陌生人不来工厂看他们；他们看到的只是大不列颠机械体系的完美无瑕。”①

当时的主流思想是功利主义，它强调的是“最大多数人的最大幸福”，但这就意味着它会忽略或牺牲个体或少数人的利益，而玛格丽特想到的正是被功利主义思想所忽略的少数人：

> 可是玛格丽特不大上外边去置身于机器和工人当中，没看到这种在公开发生作用的力量。事有凑巧，她碰到了一两个在影响到广大群众的各项措施中，为了许多人的幸福，必然大受其苦的人。问题永远是，有没有想方设法使这些例外的人的痛苦尽可能小些呢？再不然，在蜂拥而行的胜利行列中，无依无靠的人是否遭到了践踏，而没有被轻轻扶到他们已没有力量携手并进的胜利者的大道旁边去呢？（《南与北》：107）

玛格丽特与工人的接触比较多，她关注的是在人们蜂拥前行的时候那些被踩倒的个体。在小说中，这些被踩倒的个体代表就是贝西·希金斯和约翰·鲍彻。很多时候，他们常被贴上新兴工厂制度或激烈劳资冲突牺牲品的标签，因而被评论家一笔带过。当时还有许多像贝西和约翰这样的工人，他们的卑微生活背后有着纵深的意义，展示了维多利亚时代的共通内容。

---

① 〔美〕乔舒亚·B. 弗里曼：《巨兽：工厂与现代世界的形成》，社会科学文献出版社，2020，第32页。

二　贝西·希金斯的死

一直以来，评论家把贝西·希金斯看作工厂制度的牺牲品。的确，她的死主要是由工厂恶劣的条件造成的。当时，棉花的抽丝和纺织只有在温暖潮湿的环境下进行才能有更好的效果，因而大多数工厂主都会把窗户关上。在石油产品出现之前，鲸鱼油和动物油脂被用来润滑机器，它们发出的恶臭气味常常与数百名劳工的汗水气味混杂在一起。[①] 贝西在一个梳棉间里干活，梳棉的时候，棉花上飞起来的小绒毛进入她的肺部。她的肺部被这些小绒毛堵塞，无法呼吸。实际上，当时很多工人因此得了棉纤维吸入性肺炎，咳嗽，吐血。在小说中，工厂主桑顿在梳棉间的一头安装了一个轮子，轮子转出的风可以把小绒毛吹走。当时，安装这种轮子需要五六百镑，极大地增加了成本，但并没有增加利润，因此只有小部分的工厂主乐意安装。[②]

令现代人觉得可悲的是，一些工人不愿意在安装了轮子的梳棉间工作，因为他们说他们吞绒毛吞了那么久，早已习惯了，不吞它，反而觉得饿。他们声称要是在安装了轮子的梳棉间干活，他们的工资得提高。这样一来，在梳棉间安装轮子的计划在工人和工厂主之间就没法实现。[③]

除了吸入肺中的绒毛外，噪声对工人的身心健康也造成了巨大伤害。贝西曾经对玛格丽特说：“在这个阴郁的地方生病，耳朵里永远听到工厂里的那种声音，听得我简直想要尖声喊叫，叫它们停下来，容我有一点宁静……”（《南与北》：159）长期处在巨大的噪声中，他们的听力严重受损。例如，露丝·古德曼指出，“长期在工厂里操作织布机的工人

① 〔美〕乔舒亚·B. 弗里曼：《巨兽：工厂与现代世界的形成》，社会科学文献出版社，2020，第33页。

② 〔英〕露丝·古德曼：《成为一名维多利亚人》，亓贰译，广东人民出版社，2018，第148页。

③ 〔英〕W. H. 哈特：《19世纪初期的工厂制度》，《资本主与历史学家》，秋风译，吉林人民出版社，2011，第98页。

几乎无一例外地在35岁左右出现听力急剧下降的情况。在城镇中，这一现象也早已司空见惯。因此城镇中还产生了一种不需要发出声音的说话方式：靠夸张的口型、易读的唇语交流。铸造厂、锻造厂、炼铁厂和炼钢厂也都是容易使工人听力受损的高危工作场所。从某种程度上说，扯着大嗓门交谈也是听力受损的一种表现”①。

但是，工厂主桑顿的母亲对工厂噪声的看法却与贝西完全不同。当玛格丽特初次拜访桑顿家时，她问桑顿的母亲为什么要住在“工厂持续不断的混乱与嘈杂声中”，老桑顿夫人回答说，她把这些噪声看作音乐，因为这些噪声代表儿子的工厂在运转。的确，在她那里，工厂的运转意味着儿子财富、声望，甚至权力的增加。在当时，一些人甚至把机器的噪声看作经济进步的音乐。②

然而，盖斯凯尔笔下的贝西不仅仅是代表受害者的标签式人物。通过对玛格丽特与贝西交往的叙述，她从多个层面向读者展示了贝西短暂的一生。贝西不仅是一个女工，她还是一个女儿、姐姐，更是一个爱美的19岁女孩，这也是玛格丽特讨厌桑顿将工人们称作“hands”的原因。

当初，为了满足母亲想让妹妹上学的愿望，贝西开始在工厂工作；为了挣钱让父亲买书或参加演讲会，她坚持在工厂里做下去，于是，“耳朵里就永远听见呼呼转的声音，喉咙里就永远有绒毛”（《南与北》：161）。后来，她染上了棉纤维吸入性肺炎。身体的痛苦影响了她对生命的态度，她向往来世，渴望死，希望用死来摆脱此生。她通过背诵《启示录》来抚慰自己。在清醒、精神正常的时候，她深信自己可以升入天国。在痛苦的时候，她想象着安乐土的样子。

当玛格丽特第二次在街上碰到贝西时，她停下来问她：

> “呦，贝西，你好吗？我希望你稍许好点儿啦，因为风向已经

① 〔英〕露丝·古德曼：《成为一名维多利亚人》，亓贰译，广东人民出版社，2018，第149页。

② Asa Briggs, *Victorian Cities*, Harmondsworth: Penguin Books, 1968, p. 89.

变了。”“好点儿，又没好点儿，假如你知道这话是什么意思的话。”

“我可不太清楚。”玛格丽特微笑着回答。

“我没有给夜晚的咳嗽拖垮，这是好点儿。可是，我已经厌倦了米尔顿，巴望离开这儿上安乐土（the land of Beulah）去，当我想到自己越走越远的时候，我的心就沉了下去，我又没有好点儿，我是更不好了。”

玛格丽特转过身，在这姑娘有气无力地走回家去时，和她并排走上一程子。不过有一两分钟，她没有说话。最后，她低声问道：

“贝西，你希望死吗？”因为她自己像健康的青年人自然而然的那样，渴望生活下去，惧怕死亡。（《南与北》：138）

在这段对话中，玛格丽特的想法代表了多数健康年轻人的心态：渴望生活下去，惧怕死亡。她对贝西对死亡的态度感到不解，问她是否希望死，贝西沉默了一两分钟，回答道：

“要是你过着我这样的生活，对生活变得像我这样厌倦，有时还会想着，‘也许这种生活得持续上五六十年——有些人就是这样。’——于是感到头晕目眩，烦闷不堪。六十年中的每一年似乎全围着我转，用漫长的时刻和没完没了的时间来嘲笑我——嗐，姑娘！我告诉你，当大夫说他担心你恐怕不会再过上另一个冬天时，你会感到很高兴。”

“咳，贝西，你过的是什么样的生活呢？”

“大概并不比许多别人的更糟点儿。只不过我对它感到烦躁，人家却并不。”（《南与北》：139）

也许贝西的病让她变得比别人更敏感，更容易厌烦她的生活：“一天天眼前永远是同样的景象，耳朵里永远是同样的声音，嘴里永远是同样的滋味儿，头脑里永远是同样的想头……人都感到厌烦了。”她让生活有所变化的方法只是“从另一个面包房去买一只四磅的面包来吃”

（《南与北》：216）。她的生活与《玛丽·巴顿》中声称“没有鲜花就活不下去”的工厂主卡森的女儿的生活形成了鲜明对比。

此刻，贝西并非意气用事，她的话让人想到詹姆斯·凯-沙特尔沃思爵士在《曼彻斯特棉厂工人阶层的道德和身体状况》（*The Moral and Physical Conditions of the Working Classes Employed in the Cotton Manufacture in Manchester*，1832）中的一段话：“机器一开动，工人就得做工。无论男工、女工还是童工，都跟钢铁和蒸汽拴在了一起。这些机器动物（即工人）并非无坚不摧，事实上如果哪天换掉了对他们来说可能是最好的结局，他们承受着各种各样的痛苦，并且被牢牢地与钢铁机器绑在一起，而钢铁机器是不知疲倦的，也不会抱怨的……”①

但是，当贝西发烧，半醒半睡的时候，她对天国又是有所怀疑的。她的怀疑源自她对自己苦难人生的不甘心：

> 我就想到，要是这是最后的结局，要是我生来就该把我的生命和情感这样消耗光，在这个阴郁的地方生病，耳朵里永远听到工厂里的那种声音，听得我简直想要尖声喊叫，叫它们停下来，容我有一点宁静——我的肺里充满了绒毛，所以我渴得要死，就巴望着深深地吸上一口你所说的那样的清新的空气——而且我妈也去世了，我永远没法再告诉她我多么爱她，还有我的种种烦心事——我想，如果这种生活就是结局，没有上帝来从大伙儿的眼睛上把所有的泪水揩去——你这姑娘，你啊！（《南与北》：159）

对比小说中其他少女的生活，贝西受罪的来由似乎数不胜数。在小说开头，玛格丽特的表妹伊迪丝（Edith）正在愉快地筹备着自己的婚礼；桑顿的妹妹范妮（Fanny）过着养尊处优的生活。但是，19岁的贝西却被病痛折磨着，她在痛苦地等待死亡。

① 〔英〕萨利·杜根、戴维·杜根：《剧变：英国工业革命》，孟新译，中国科学技术出版社，2018，第19页。

当贝西死后，玛格丽特赶来看她：

> 那张脸过去那么痛苦疲惫，那么思虑不安，这会儿却带有一种长此安息的淡淡的、平和的笑容。泪水缓缓地进了玛格丽特的眼睛，可是内心里，她却感到了一种深沉的安宁。这便是死亡。它看起来比人活着时要平静。她心里于是想起了《圣经》中所有美妙的词句来。“他们息了自己的劳苦。”“困乏人得享安息。”“唯有耶和华所亲爱的，比叫他安然睡觉。”（《南与北》：354）

此时，对贝西来说，死亡是种解脱。

在盖斯凯尔的笔下，贝西不仅仅是一个在工厂做工的“hand”，她也是一个有七情六欲的人。她“渴望找一点儿刺激”，“一直巴望是一个出外玩乐的人，即便只是上一个新地方去寻找工作的流浪人”（《南与北》：216）。设想一下，贝西身体健康的时候，她的生活会是什么样？在《玛丽·巴顿》的开头，盖斯凯尔描述了一群群“喜洋洋、闹嚷嚷”的女工在郊游。很可能，贝西在休息的时候会跟同龄女工走在郊外的田野上，与那些想跟她们攀谈的男孩，有意无意地“保持着冷漠的态度”。在许多人的眼里，贝西是一个“挺漂亮的大姑娘”，她会有追求者，也许也会有复杂的情感生活。

当下班的工厂女工碰到玛格丽特时，她们常常会评论她的衣服，甚至来摸摸她的围巾或是衣裳，以确定实际的质地。有一两次，她们淳朴地问她一些和她们特别喜欢的一件衣饰有关的问题。生病在家的贝西其实跟这些女工一样，她也有女孩们爱美的心思。例如，当玛格丽特来看望她时，她“用手抚摸她的衣着，还露出孩子气的神色赞赏着她的衣着的优美质地”（《南与北》：110）。当她听说玛格丽特要去参加桑顿家举办的宴会时，她关切地瞥了一眼玛格丽特穿的印花布衣裳。她知道这种印花布大概每码七便士，于是，她情不自禁地说：“可是那些夫人小姐全穿得那么华丽！”（《南与北》：237）她希望玛格丽特去参加宴会前，让她看看她穿的华丽衣服，确保她在宴会上不显得寒碜。

贝西对衣着的焦虑让人想到简·奥斯丁笔下那些女主角们对舞会上穿什么的焦虑。[①] 然而，这种焦虑正是贝西作为一个妙龄少女该有的情绪。

当玛格丽特第一次见到贝西时，她问贝西：

> “你身体好像不很壮实。”
>
> “是呀，”姑娘说，“也永远不会好。”
>
> “春天这就要到啦。”玛格丽特说，仿佛想提出一些充满希望的快乐想头似的。
>
> “春天、夏天对我都不会有什么好处的。”姑娘平静地说。
>
> 玛格丽特抬起头来望着那个工人，几乎指望他反驳一下，至少是说一句会冲淡他女儿这种绝望情绪的话。但是相反地，他却添上两句道：
>
> “她说的多少是实话。她的身体已经虚弱得太厉害啦。”
>
> “在我不得不去的地方，会有春天，还有鲜花、不凋花和绚丽的礼服。”（《南与北》：112~113）

这段对话表明贝西及其父亲似乎坦然地接受了她即将病死的事实，她甚至在憧憬“安乐土”的美好。但是对一个19岁的少女而言，她需要承受极大的痛苦，才能淡定地接受死亡，而一个父亲需要经历巨大的挣扎，才能淡定地面对白发人送黑发人的事实。[②]

三 约翰·鲍彻的死

约翰·鲍彻死在一个被工业染料污染的浅水河里。河里的水很浅，

① 黄梅：《起居室里的写者》，东方出版社，2010，第90页。黄梅指出，奥斯丁小说中女性衣着“由于涉及钱，涉及趣味修养也即某种‘文化资本’，所以服装背后有复杂的权势关系”。

② 当盖斯凯尔的小儿子去世后，她十分悲伤，她的丈夫劝她用写作来转移注意力。她在《玛丽·巴顿》中真切地写了三次父母丧子的悲痛，例如，工厂主卡森在儿子死后表现出的那种悲痛之情尤其令人感动。

原本不会淹死人，但是他“脸朝下伏在水里，他已经生活得厌烦了，且不管为了什么要死……由于他被发现时是趴着，所以他的脸肿胀而没有血色。此外，他的皮肤也给小河的河水染上了色，因为那条河一直在给印染业使用”[①]（《南与北》：477）。鲍彻是一个慈爱的父亲和体贴的丈夫，他究竟经历了怎样的绝望，才会丢下家人，决意溺死？他在临死前是否想过他死后，他的妻儿该如何生存呢？小说中，他死后不久，他的妻子也病死了，他的孩子由希金斯抚养。但是，在现实生活中，成了孤儿的孩子很可能就被送去济贫院，与《雾都孤儿》（*Oliver Twist*，1838）里的孩子有类似的命运，有的甚至早早夭折。

盖斯凯尔从多个视角对鲍彻进行形象塑造，小说中不同人物对他的评价让读者看到了一个多面的、立体的鲍彻。在桑顿的母亲看来，他是蜂群中的一员，他在工厂的存在只是为了让机器转动，给她儿子的工厂带来利润。他只是工资单上的一个名字，而非现实生活中有血有肉的人。参与罢工的他是要夺取工厂主的财产，“不知道感恩图报”。在桑顿眼中，罢工工人是“傻瓜”，“无知无识，任意胡来的人”。在希金斯眼里，他是一个意志薄弱的非熟练工，破坏了和平罢工。在黑尔先生眼里，他并非完全穷困潦倒，他性情急躁，容易冲动，总是强烈地表达自己的感受。在贝西看来，他“虽是个软弱的人，但是尽管如此，他总是个男子汉”（《南与北》：249）。在玛格丽特眼里，他既是工厂制度下“现金联结”雇佣关系的牺牲品，又是工会“专制”的受害者。

但是，正如波拉德（Arthur Pollard）所说，“没有人仅仅只是一个工人……鲍彻是个父亲、丈夫，他不仅仅有经济价值，他还有人情纽带”[②]，在妻子的眼里，他是个好丈夫；在孩子的眼里，他是个好父亲。他曾充满爱意地描述小儿子，“我们的小杰克，他每天早上总吵醒我，

① 曼彻斯特当时的水污染严重，例如，1845年，苏格兰地质学家休·米勒（Hugh Miller）看到被破布、污水和其他废物污染的欧韦尔河（River Irwell），这样描述说，它看起来“与其说是一条河，不如说是流动着的粪坑，在里面什么生命也活不下去”。详见〔美〕乔舒亚·B. 弗里曼《巨兽：工厂与现代世界的形成》，社会科学文献出版社，2020，第37页。

② Arthur Pollard, *Mrs. Gaskell: Novelist and Biographer*, Cambridge: Harvard University, 1965, p. 126.

把可爱的小嘴搁在我这肮脏的老脸上，寻找一个光滑的地方好亲亲”。当他说到小儿子“就躺在那儿挨饿”，“悲痛的呜咽使这个可怜人哽噎得说不下去了”（《南与北》：247）。卡莱尔在《过去与现在》的开篇提到这样一个例子：在巡回审判中，一对父母被指控为了骗取丧葬俱乐部的 3 镑 8 先令，毒死了他们的三个孩子。这对父母的行为与鲍彻对小儿子的怜爱形成了对比。

鲍彻是一个非熟练工人，他有 6 个孩子，最大的孩子 8 岁，最小的孩子 1 岁多。他的妻子多病。罢工期间，一周 5 先令的补贴不够养活家人，家里能典当的东西都典当光了。当他向工会代表希金斯说起家里的困难时，希金斯劝他坚持，他愤懑地说：“你知道得很清楚，有个比厂主们还要霸道的人说过，‘饿死，瞧他们全饿死，看看谁再敢反对工会’。你知道得很清楚，尼古拉斯，因为你是他们中的一个。你们一个个人心肠可能很好，但是聚在一起，你们就跟一只疯了的野狼一样，对工人不再有怜悯心了。”（《南与北》：248）鲍彻不愿参加工会罢工，但是又不得不参加，否则就会被工人们排斥。他“那种说不出的痛苦的音调”“比所说的话更为透彻地表明了他不得不忍受的痛苦”（《南与北》：249）。

在和玛格丽特谈论每个工人是否都必须加入工会时，希金斯认为同一个行业的人必须团结起来，排斥那些拒绝参加工会的人：

> 一个人没加入工会，那么在周围织布机上干活儿的人，奉命全不准和他讲话——要是他觉得难受或是不自在，那也是一样，他是局外人，不是我们中的一个。他来到我们当中，在我们当中干活儿，可是他不是我们中的人。在有些地方，和他说话的人全得罚款。你试试看，小姐，试着在他们中生活一两年，你去望他们，他们就望着别的地方。试着在一群群工人的近旁干活儿，可这些人，你知道，心里全对你十分怨恨——如果你对他们说，你很高兴，没有一个人的眼睛发亮，也没有一张嘴张开。如果你心情沉重，也没法对他们说什么，因为他们绝不会在意你的叹息或是悲伤的神气。（再说要

是有人大声呻吟，指望人家问他为了什么，他也算不得是个人啦。）你只要试着这滋味，三百天每天十小时都是这样，你就会少许就知道工会是怎么回事了。（《南与北》：376）

难怪，玛格丽特认为这是工会的“专制”：“这多么霸道啊！……在我读过的所有历史书里，我从来没有读到过比这么做更为缓慢而持久的折磨了。可你就是工会会员，你还讲到厂主们的霸道呢。”（《南与北》：377）

的确，在工厂主和工会的双重“专制”的压力下，鲍彻自杀了。当得知工厂主桑顿引进爱尔兰工人的消息时，失去理智的鲍彻跟其他工人冲进桑顿的工厂，让原本的和平罢工变成了骚乱。希金斯指责他破坏了罢工，并因此受到工人的孤立和排挤。同时，因为害怕桑顿找警察追究他，他就逃跑了。可以想象得出，他在临死前承受了怎样的心理压力。在绝望中，他选择溺死在河中。他的选择看似无奈、绝望，但在某种程度上，他的死又何尝不是对绝望的生的一种反抗呢？

结　语

卡莱尔在《旧衣新裁》（*Sartor Resartus*，1833）中说，“世界成了一个巨大的、毫无生气的、深不可测的蒸汽机，在那儿滚滚向前……”[①] 可是，“滚滚向前”就一定意味着人类生活的这个世界变得更好了吗？

一些社会批评家如卡莱尔、马修·阿诺德（Mathew Arnold）和约翰·罗斯金（John Ruskin）等质疑人类社会是直线前行的设想。例如，阿诺德在《多佛海滩》（*Dover Beach*，1867）一诗中用“潮汐”替代“钟摆”“车轮”作为隐喻，形容人类社会的总体进程。殷企平指出，“潮汐”隐喻的使用意味着向当时“进步”话语的挑战。[②] 阿诺德在

① 殷企平：《推敲“进步”话语——新型小说在19世纪的英国》，商务印书馆，2009，第9页。

② 殷企平：《夜紧了，昼将至：〈多佛海滩〉的文化问题》，《外国文学评论》2010年第4期，第82~83页。

《文化与无政府状态》（*Culture and Anarchy*，1869）中将“工具、手段”（machinery）[①] 作为隐喻，提出“进步”的目的是什么。为了“财富？舒适？知识？自由？民主？”奥尔悌克（Richard D. Altick）指出，“这些是工具，而非最终的结果；它们不一定带来美好”[②]。

盖斯凯尔在《南与北》中也在追问“进步”对于个体工人的幸福意味着什么。小说接近尾声时，有这样一段表述：

> 这时候，米尔顿工厂的烟囱冒着烟，四下里不停地传来轰鸣和有力的敲击声，机器令人目眩地飞速地旋转，永远在那儿奋力挣扎。木头、铁和蒸汽在它们不断发挥作用的时候，并没有感觉和目的，但是它们在那种一成不变的工作中表现出的坚韧不拔，真可以和身强力壮的工人们孜孜不倦的耐力相匹敌，这些工人有感觉、有目的，忙忙碌碌、永不休息地在寻求什么——寻求什么呢？（《南与北》：678）

的确，人们“忙忙碌碌、永不休息地在寻求什么”？在机器的隆隆声中，英国的自由贸易蓬勃发展，日益成为强大的“棉花帝国”，但是，一些工人痛苦的呻吟声也被淹没其中：

> 在买卖时，商业上必然总有盈亏，而在萧条的时候，有些厂主，有些工人，必然会沦落下去，毁灭掉，在幸福成功的行列中就此不见……这些工人在快速无情的改进中被抛到了一旁。他们只好躺下，悄悄地从不再需要他们的这个世界上消失，只是心里觉得，在撇下

---

① 韩敏中将“machinery”译为“工具、手段”，指出当时英国人致力于追求“machinery”，即达到完美的工具、手段和途径，但阿诺德认为“唯有人类各类能力全面地、和谐地臻至完美（perfection），只有人类全体，而不只是某些人臻至完美，才是我们真正的目标。”详见〔英〕马修·阿诺德《文化与无政府状态》，韩敏中译，生活·读书·新知三联书店，2013，第21页。

② Richard D. Altick, *Victorian People and Ideas*, New York and London: W. W. Norton & Company, 1973, p. 110.

来孤苦伶仃的亲人依依不舍的哭喊声中，自己好像到了坟墓中也绝不能安息。他们羡慕野鸟的本领，因为野鸟还能用自己心头的血去喂小鸟。(《南与北》：244)

…………

可是你瞧，一般人全不聪明，上帝却让他们活下去——是呀，还使他们有一个心爱的人，也受到人家爱护，就跟所罗门一样。而且如果他们心爱的人有什么伤心的事情，他们受到的损害也和所罗门受到的损害一样痛苦……(《南与北》：249)

在小说中，贝西和鲍彻是两个鲜活的个体，他们有渴求，有烦恼，有缺点，爱家人也被家人爱着。盖斯凯尔对这两个工人的形象塑造凸显了她最博爱的一面。

斯文·贝克特（Sven Beckert）在《棉花帝国：一部资本主义全球史》一书中指出，“棉花帝国”不仅是由理查德·阿克莱特（Richard Arkwright）和约翰·赖兰兹（John Rylands）等人构建的，还有数百万不知名的工人和奴隶在维持。但是，这些人很少能作为个体进入史书，他们中的大多数人没有留下任何痕迹。的确，他们“往往是文盲，在醒着的时间几乎一直为生活奔波，没有多少时间像社交精英那样写信或日记，因此我们几乎没办法把他们的生活拼凑出来。最令人伤心的一件事是曼彻斯特的‘圣迈克尔旗帜’（St Michael's Flags），在这个小公园里据称有4万人，其中大多数是棉花工人，重重相叠，填在没有标记的坟墓里，‘埋葬死者几乎是一个工业化的过程’”[①]。

贝克特提到的这种埋葬方式在伊丽莎白·盖斯凯尔的工业小说《玛丽·巴顿》中有所描写。盖斯凯尔在小说中没有提及贝西和鲍彻的葬礼。但是，不妨按照历史逻辑设想一下，他们死后是否会被埋在类似“圣迈克尔旗帜”的公共墓地？也许他们的坟墓很快就会被新的坟

① 〔美〕斯文·贝克特：《棉花帝国：一部资本主义全球史》，徐轶杰、杨燕译，民主与建设出版社，2019，第156~157页。

墓覆盖，亲人再也找不到他们的坟墓标记，他们在人间的痕迹就此消失。

幸运的是，工业小说《南与北》在某种程度上记录了这些不知名的工人的生命痕迹，帮助现代人获得一种新的接近维多利亚时代历史的方式。

• 跨文化交流 •

伊丽莎白一世时代英国的节庆及其演变*

王超华　潘王聪**

摘　要： 伊丽莎白一世时代是英国的社会转型时期。这一时期的社会文化发生了重大变革，其中又以节日庆祝活动的转变表现得最为显著，即民间传统节日庆祝活动遭到新精英阶层抵制，大量古老的节庆活动被视为不道德而不再举办，中世纪英国传统的“仪式年”趋于解体。与此同时，随着民族国家的形成和王权的加强，为政治目的服务的国家节日出现，催生了新的节庆活动。伊丽莎白一世时代英国节日庆祝活动的转变是宗教改革运动延续、社会经济发展、新精英阶层崛起等多种因素共同作用的结果。

关键词： 伊丽莎白一世时代　英国　节庆　仪式年　宗教改革

伊丽莎白一世时代（the Elizabethan Era，1558—1603）被誉为英国历史上的一个“黄金时代”。在这个时期，英国的经济社会发生了深刻转型，其中显著表象之一是节日观念及庆祝活动的变化。对此，国外学界已有丰富研究。整体而言，它们大致可以分为两类：第一类是关于节日及其庆祝活动的专题研究。例如，早在 20 世纪 40 年代，史家伊迪斯·库珀莱德·罗杰斯（Edith Cooperrider Rogers）就讨论了 13 世纪至 16 世纪初西欧的节庆活动及其演变问题，内容涉及教会内部对节

* 本文系国家社会科学基金项目“16—18 世纪英格兰工资、收入与生活水平研究”（项目编号：22BSS052）的阶段性成果。

** 王超华，中国社会科学院世界历史研究所研究员，研究方向为欧洲中世纪史。潘王聪，中国社会科学院大学历史学院硕士研究生。

日活动的态度以及关于节日日期、庆祝形式、开销程度、参与者范围等问题的争议，对理解在宗教改革前后西欧社会文化的变革较有价值。[①] 在英国节日发展史研究方面，罗纳德·霍顿（Ronald Hutton）先后以多种著述梳理了一年中的重要节日及其仪式活动，并考察了中世纪晚期到近代早期节庆仪式的变迁，其中有大量细节涉及都铎时代各地节日庆祝活动以及各阶层人群对待节庆活动的不同态度，是我们深化和拓展节庆研究的基础。[②] 此外，克利福德·戴维森（Clifford Davidson）也曾考察英国仪式年（Ritual Year 或 Liturgical Year）的演变历程和都铎王朝的重要节日及相关的戏剧与娱乐活动，不过他的关注重点是基督圣体节的庆祝戏剧，空间上集中于约克、考文垂等有着深厚圣体节庆祝传统的中世纪城市。[③] 第二类是关于节庆活动的研究，包含在学界关于都铎王朝的戏剧、宗教、大众文化、日常生活等问题的研究之中。例如，查尔斯·里德·巴斯克维尔（Charles Read Baskervill）从戏剧史的视角探讨了英国传统节庆表演的习俗及其发展历程，其对节庆戏剧发展史阶段的划分有助于理解宗教改革前后英国节日演变的背景。[④] 大卫·科尔曼（David Coleman）关注的重点是都铎时代中期英国节日戏剧和宗教仪式，他对爱德华六世时期基督圣体节的戏剧表演有精彩论述。[⑤] 在宗教史研究方面，约翰·布莱尔（John Blair）在考察6世纪至12世纪不列颠基督教发展历程时，追溯了传统宗教节日庆祝及其仪式

---

① Edith Cooperrider Rogers, *Discussion of Holidays in the Later Middle Ages*, New York: Columbia University Press, 1940, pp. 9-27.

② Ronald Hutton, *The Rise and Fall of Merry England: The Ritual Year 1400-1700*, New York: Oxford University Press, 1994, pp. 1-3; Ronald Hutton, *The Stations of the Sun: A History of the Ritual Year in Britain*, New York: Oxford University Press, 1996, pp. 8-17; Ronald Hutton, "Seasonal Festivity in Late Medieval England: Some Further Reflections", *The English Historical Review*, Vol. 120, No. 485 (Feb., 2005), pp. 66-79; Ronald Hutton, "How Pagan Were Medieval England Peasants?", *Folklore*, Vol. 122, No. 3 (Dec., 2011), pp. 235-249.

③ Clifford Davidson, *Festivals and Plays in Late Medieval Britain*, New York: Taylor & Francis Group, 2016, pp. 3-4.

④ Charles Read Baskervill, "Dramatic Aspects of Medieval Folk Festivals in England", *Studies in Philology*, Vol. 17, No. 1 (Jan., 1920).

⑤ David Coleman, *Drama and the Sacraments in Sixteenth-Century England*, New York: Palgrave Macmillan, 2007, pp. 60-110.

的历史渊源[①]；艾伦·伦茨（Ellen K. Rentz）重点探讨了宗教改革前英国教会对若干节日典礼的态度[②]；埃蒙·达菲（Eamon Duffy）回顾了百年战争至宗教改革之后英国基督教的发展历程，并对伊丽莎白一世时代的英国宗教节日仪式进行了评述[③]；克里斯托弗·马什（Christopher Marsh）在考察16世纪英国大众宗教时也对宗教节日进行了论述[④]；等等。在日常生活史研究方面，艾莉森·西姆（Alison Sim）、埃德温·达文波特（Edwin Davenport）先后论及都铎时代英国各阶层人群的休闲和娱乐活动，如“教堂酒会”（Church Ales）、“五月游戏”（May Games）等。[⑤]

可以看出，国外学界的研究重点大多是节庆活动本身的长时段变化，对特定时段节庆活动的特征及其社会成因尚无专门研究。国内学者对都铎王朝后期英国节日及其庆祝活动也有少量讨论，但尚处于起步阶段。[⑥] 鉴于此，在充分借鉴国内外研究成果的基础上，本文尝试利用王国法令（the Statutes of Realm）、堂区监理账簿（churchwardens' accounts，主要来自早期英国戏剧档案数据库，即REED）、文学作品等资料，围绕伊丽莎白一世时代的节庆活动演变及其原因展开论述，希望可以有助于我们进一步认识英国向现代社会转型的历史进程及其特征。

---

① John Blair, *The Church in Anglo-Saxon Society*, New York: Oxford University Press, 2005, pp. 246-290.

② Ellen K. Rentz, *Imagining the Parish in Late Medieval England*, Columbus: The Ohio State University Press, 2015, pp. 65-70.

③ Eamon Duffy, *The Stripping of the Altars: Traditional Religion in England c. 1400-c. 1580*, New Haven and London: Yale University Press, 2005, pp. 1-8.

④ Christopher Marsh, *Popular Religion in Sixteenth-Century England*, London: Macmillan Press, 1998, pp. 96-107.

⑤ Edwin Davenport, "Elizabethan England's Other Reformation of Manners", *English Literary History*, Vol. 63, No. 2 (Summer, 1996), pp. 255-278; Alison Sim, *Pleasures & Pastimes in Tudor England*, Gloucester: The History Press, 2009, pp. 70-89.

⑥ 向荣：《移风易俗与英国资本主义的兴起》，《武汉大学学报》（人文社会科学版）2000年第3期，第384~385页；邓云清：《转型时期伦敦的堂区仪典与社区认同》，《西南大学学报》（社会科学版）2014年第2期，第170~171页；戴丹妮：《莎士比亚戏剧与节日文化研究》，武汉大学博士学位论文，2013，第5~26页。

一　都铎王朝对传统节庆的革新

节日是中世纪西欧人生活的重要组成部分。如果说，教堂的钟声和早晚的祷告规定了中世纪人一天的时间，那么贯穿一年的节日和与之相关的庆祝活动、宗教仪式则规定了中世纪人一年的时间。节日及其仪式像是一部时刻表，提醒人们适时播种与收获、劳作与休闲、斋戒与享乐，这便是中世纪人的"仪式年"。[①] 中世纪西欧有数量众多的节日。13世纪上半叶，教皇格里高利九世（Gregory Ⅸ，1227—1241年在位）颁布的一部法令中列举了40个重要宗教节日。[②] 除此之外，当时还有季节性的民俗节日以及大量教堂成立日、圣徒纪念日等地方性节日。据统计，节日休假加上周日，中世纪农民的全年休息日可以达到百天。节日期间，人们暂停工作，开展宴饮、表演、游戏等庆祝活动，享受节日的狂欢。这种场面彻底颠覆了人们关于中世纪人生活枯燥、单调的传统看法。在英国，丰富的节庆活动给研究者留下了深刻印象，"快乐的英格兰"（Merry England）的评价由此而来。[③] 大体来说，中世纪晚期英国一年的节日分布并不均匀。上半年的节日较多，从圣诞节（Christmas Day，12月25日）到标志复活节周结束的霍克节（Hocktide，复活节周后的第一个周一和周二）的四个多月中，几乎每周都有新的节日和必须举行的宗教仪式，随后到来的五月和六月也有五朔节（May Day，5月1日）、仲夏节（Midsummer Day，6月24日）等节日。夏季结束后节日相对较少，仅有米迦勒节（Michaelmas，9月29日）、万圣节（All Saints' Day，11月1日）、圣尼古拉斯节（St. Nicholas Day，12月6日）等几个较大的节

---

① Ronald Hutton, *The Stations of the Sun: A History of the Ritual Year in Britain*, p. 8; Clifford Davidson, *Festivals and Plays in Late Medieval Britain*, p. 3; Eamon Duffy, *The Stripping of the Altars: Traditional Religion in England c. 1400–c. 1580*, p. 11.

② Edith Cooperrider Rodgers, *Discussion of Holidays in the Later Middle Ages*, p. 10.

③ 王超华：《中世纪英国乡村的节日庆祝及其功能》，《首都师范大学学报》（社会科学版）2021年第6期，第42~44页。

日。[1]中世纪的英国人便生活在如此年复一年的由丰富的节日、仪式组成的季节性循环中。[2]

凡此种种在宗教改革时期发生了改变。亨利八世不满大量节日中不用劳动和宗教仪式中铺张浪费的现象，多次颁布法令对节庆活动和传统仪式进行限制和削减。1536 年，亨利八世诏令废止了全英国各堂区的教堂成立日纪念活动，改为在每年 10 月的第一个星期日统一庆祝，同时禁止在 7 月 1 日至 9 月 29 日之间举行宗教仪式和公共娱乐活动，除了周日和四个重要的使徒与圣母的纪念日，此举使英国大量的地方性节日消失。[3] 1538 年，亨利八世再次颁布法令，要求各堂区熄灭教堂仪式中不必要的灯盏和烛火，移除教堂内的圣徒画像。[4]这项举措虽然不是针对节日本身，但对教堂陈设和宗教仪式的限制明显影响到了节庆仪式，如圣烛节时教堂的灯烛数量减少、圣乔治节（St George's Day，4 月 23 日）游行中高举圣徒塑像或画像的行为不再被允许。1543 年，亨利八世颁布了试图规范信徒宗教信仰及日常行为的“信义指南”（A Necessary Doctrine and Erudition of any Christian Man，又被称为“国王之书”）。它规定了国教徒应当遵守的行为准则，其中明确指出，周日和节日都不应被浪费在以往常见的消遣游戏和铺张奢靡的宗教活动中，应该减少传统庆祝活动，将节日投入自我反省和坚定信仰的精神修养中。[5]

爱德华六世延续了亨利八世对待传统节庆活动的态度，限制和打击力度甚至更大。在登基的第二个月，他便颁布了一项法令，要求各地禁止多项宗教节日仪式，包括圣灰星期三（Ash Wednesday，复活节之前的第 40 天，也是大斋期的开始）的涂灰仪式、圣烛节的敬烛仪式、棕枝主

---

① Clifford Davidson, *Festivals and Plays in Late Medieval Britain*, pp. 5-47.

② Eamon Duffy, *The Stripping of the Altars: Traditional Religion in England c. 1400-c. 1580*, p. 11.

③ Edith Cooperrider Rodgers, *Discussion of Holidays in the Later Middle Ages*, p. 117.

④ Ronald Hutton, *The Rise and Fall of Merry England: The Ritual Year 1400-1700*, pp. 75-76.

⑤ Charles Lloyd, eds., *Formularies of Faith Put Forth by Authority during the Reign of Henry Ⅷ*, Oxford: The Clarendon Press, 1825, pp. 307-308.

日（Palm Sunday，复活节的前一个周日，圣周的开始）手持棕榈枝游行祈祷的仪式等。[①] 1552年，他颁布了一部更为严格的法令，不仅继续大量缩减圣徒纪念日的数量，而且规定一年中，除了周日、新年、圣诞节至主显节（Epiphany，1月6日）之间的十二天、圣烛节、天使报喜节（Annunciation，3月25日）、耶稣升天节（Ascension，复活节后的第6个周四）、仲夏节、万圣节、复活节与圣灵降临节（Whitsun，复活节后的第7个周日）及其后的两天外，任何时间都不允许举办集体宗教仪式和公共娱乐活动。[②] 对传统节日和习俗的打击如此严厉，以致多地发生反对宗教改革、反对取消节日的民间抗议和反抗式的节日庆祝。民间抵触情绪为之后玛丽一世对天主教传统的复辟奠定了基础。在登基后的一年之内，她贬黜、逮捕甚至处死了数十位支持爱德华六世宗教政策的贵族和主教，要求恢复被停止的圣灰星期三的涂灰仪式、棕枝主日的游行等节日活动，平时的宗教仪式也不再限制。[③] 英国的节庆活动几乎回到了1534年以前的状态，教堂酒会、罗宾汉戏剧（Robinhood Play）等在爱德华六世在位时期已经变得非常少见的民间娱乐活动也在这一时期纷纷复现。[④]

不过，玛丽一世在位时间不长，伊丽莎白一世即位之后，玛丽的举措被废止。1559年，伊丽莎白一世颁布法令，恢复爱德华六世在1552年对宗教仪式的要求。在宗教改革成果日益巩固的背景下，大量传统节庆活动开始退出历史舞台。

二　伊丽莎白一世时代的节庆活动

在英国宗教改革过程中，众多传统节日及其庆祝活动走向衰落。在

---

① Edward Cardwell, ed., *Documentary Annals of the Reformed Church of England*, Vol. 1, Oxford: Oxford University Press, 1844, pp. 42-46.

② *The Statutes of Realm*, Vol. Ⅳ, 1819, pp. 132-133.

③ John Strype, *Memorials of the Most Reverend Father in God*, Vol. Ⅲ, Oxford: Printed by James Wright, Printer to the University, for the Ecclesiastical History Society, 1854, pp. 23-36.

④ Ronald Hutton, *The Rise and Fall of Merry England: The Ritual Year 1400-1700*, p. 101.

伊丽莎白一世治下，节日庆祝活动获得的资金支持明显更少。例如，中世纪节日庆祝活动的开支通常由当地教堂或市政当局承担，教堂会为准备节庆活动向堂区内的居民发起募捐，每到圣诞节、霍克节等重大节日，教堂也会为前来参加节日活动的民众提供麦芽酒。伊丽莎白一世在位初期，教堂对节庆活动的筹备仍然积极，多个郡的教堂都留下了为庆祝五朔节、圣灵降临节等进行筹集和支出的记录。1557 年，汉普郡的一份教堂监理账簿记录，当地一座教堂为圣灵降临节期间举办的教堂酒会筹集了 4 镑 2 便士。[①] 1558 年，该郡的另一座教堂为复活节期间举办的教堂酒会筹集了 13 先令 4 便士，而最终的开销达到了 19 先令 4 便士。[②] 这种现象到 16 世纪 60 年代之后逐渐减少。16 世纪 70 年代，东盎格利亚、肯特和萨塞克斯的教堂不再供应麦芽酒，其他地区举办教堂酒会的规模减小，频次也逐渐减少，在教堂酒会仍被保留的地区，这项开支也不再是节日期间教堂的固定支出。上文提及的在 1558 年留下教堂酒会收支记录的那座汉普郡教堂，在保存至今的 1578—1582 年的三份账目中，没有再出现这一支出项的记录，而是出现了“国王酒会”（King Ales）这样一种新的活动，但它不再和节日有关，只是在每年六月举办一次。[③] 到伊丽莎白一世统治末期，教堂酒会这项古老习俗仅在英国西部的一些郡和泰晤士河支流的河谷地区得到保留。[④]

类似的情况还有不少。五朔节曾是中世纪英国最盛大的节日之一。在节日期间，当地教堂会出资支持宴饮、戏剧表演等娱乐活动。然而到了伊丽莎白一世统治时期，教堂对该活动的支持逐渐减弱，导致它在部分地区最终消失。[⑤] 伯克郡一座教堂的监理账簿记录了该教堂为 1558—

---

① REED: All Saints' Churchwardens' Accounts, Hampshire, Crondall, 1557, Surrey History Center: CRON/6/1.

② REED: St Mary and St Michael's Churchwardens' Accounts, Hampshire, Stoke Charity, 1558, Corpus Christi College Archives: F/11/19/4.

③ REED: St Mary and St Michael's Churchwardens' Accounts, Hampshire, Stoke Charity, 1578, 1579, 1581, Corpus Christi College Archives: F/11/19/4.

④ Ronald Hutton, *The Rise and Fall of Merry England: The Ritual Year 1400-1700*, p. 120.

⑤ E. C. Cawte, *Ritual Animal Disguise: A Historical and Geographical Study of Animal Disguise in the British Isles*, D. S. Brewer for the Folklore Society Rowman and Littlefield, 1978, pp. 17-18.

1586 年每年五月活动中举办酒会的支出，除了在 1580 年达到最高的 4 镑 2 便士外，这些开支大多是 40—50 先令，在 1586 年更是断崖式地跌至 6 先令 6 便士，而在 1587—1598 年，这项账目没有再出现。[①] 此外，在节日期间上演戏剧原是英国许多地区的常见习俗，如遇重大节日，市政当局会雇请剧团前来表演，但在伊丽莎白一世时代，市政账目显示，城镇越来越不愿意延续这项传统，到 1600 年甚至出现了个别城镇给剧团支付费用以要求他们不要前来表演的反常现象。[②]

与此同时，节日庆祝活动的内容在伊丽莎白一世时代趋于简化，甚至消失。中世纪英国教堂常在圣诞节购买冬青、常春藤等绿色植物作为装饰，这种做法在 16 世纪 60 年代的英国城镇中仍很常见，布里斯托和伦敦的大部分教堂的账簿中都出现了这笔开支。到 1570 年，这项活动已在布里斯托的教区内消失，在伦敦地区也仅是零星保留，到 16 世纪末，英国的教堂几乎不再有关于这一节日活动的记录。同样，复活节的圣餐仪式也在 1560 年至 1570 年大幅简化，少数教堂的这项开支延续到 1580 年并在之后消失。在五朔节期间，各地会立起“五月花柱”（maypole），青年男女戴起花环围着五月花柱跳舞。但这一传承自盎格鲁-撒克逊时期的古老习俗也遭到禁止。先是唐克斯特主教禁止在五朔节期间使用五月花柱，这种做法在 16 世纪 80 年代扩展到了林肯、班伯里（Banbury）、坎特伯雷和什鲁斯伯里等地。[③]

另外，节日巡游和表演也日渐减少。中世纪大型节日庆祝活动，如举办节日观赏巡行、表演戏剧、举行巡回展会等，多由当地的市政当局和教会出资赞助，当地居民共同参加，但这类集体节庆活动在 16 世纪 60 年代之后不再受到欢迎，其筹集的资金减少，活动和仪式的规模也显著减缩。例如，霍克节期间往往会进行狂欢游戏和戏剧表演。温切斯特

① REED：St Denys' Churchwardens' Accounts，Berkshire，Stanford in the Vale，1558 - 1599，BRO：D/P 118/5/1.

② John Tucker Murray，*English Dramatic Companies 1558-1642*，Vol. Ⅱ，New York：Russell & Russell Inc.，1963，Appendices，pp. 307，384.

③ Ronald Hutton，*The Rise and Fall of Merry England: The Ritual Year 1400-1700*，p. 122.

一座教堂的监理账簿显示，在1558—1569年的9份账目中都记录了该教堂为霍克节活动筹集到的资金。各年之间金额波动较明显，筹款最多的两年是1558年和1560年，都达到了14先令，同时这也是该教堂在伊丽莎白一世统治时期记录的霍克节筹款账目时间最早的两年。此后，该教堂的这笔筹款一直在10先令以下，1561年和1564年最少，分别只有2先令8便士和4先令8便士。1569年以后，这座教堂的监理账簿中就再也没有出现为庆祝霍克节而筹集或支出资金的记录。[①] 相似的情形还发生在伯克郡一座教堂的圣灵降临节庆祝活动中。这座位于雷丁的教堂自16世纪50年代便在圣灵降临节举行一年一度的庆祝活动，在1558年和1559年分别募集到了38先令11便士和42先令7便士。然而，进入16世纪60年代以后，这一活动的规模剧烈萎缩，1561年和1562年分别只筹集到了6先令8便士和5先令3便士作为活动的举办费用，1563—1565年这三年没有募集资金，1566年恢复了募集，但仅仅获得4先令8便士。1567—1574年，该项活动的账目依然存在，但没有出现金额，1574年以后该项账目被撤去。[②] 再如，圣烛节本是元旦之后最重要的春季宗教节日，在这一天信众会手捧教士点燃的蜡烛巡行，最后进入教堂，将蜡烛奉上祭坛并进行祝祷。[③] 这是一种对冬去春来的庆祝，而且人们相信圣烛节的蜡烛附有某种能够驱散邪灵和厄运的力量。[④] 尽管这种做法从亨利八世时代便遭到否认神秘崇拜的新教徒的反对，但圣烛节仪式传统深厚，即便在爱德华六世严苛的1552年的法令中，也被保留为可以举行宗教仪式的日子。[⑤] 然而，在1559年，该仪式被伊丽莎白一世废止。[⑥] 与之类似的还有，考文垂、约克等城市的基督圣体节有举办多场

---

① REED: St John the Baptist's Churchwardens' Accounts, Hampshire, Winchester, 1558 - 1597, HRO: $88M8_1W/PW_1$.

② REED: St Mary's Churchwardens' Accounts, Berkshire, Reading, 1558 - 1574, BRO: D/P 98/5/1.

③ Clifford Davidson, *Festivals and Plays in Late Medieval Britain*, p. 20.

④ Eamon Duffy, *The Stripping of the Altars: Traditional Religion in England c. 1400 - c. 1580*, pp. 15-20.

⑤ *The Statutes of Realm*, Vol. Ⅳ, pp. 132-133.

⑥ Alison Sim, *Pleasures & Pastimes in Tudor England*, p. 83.

以《圣经》故事为主题的戏剧表演的传统，以往在约克城上演的基督圣体节戏剧据说有五十多个剧目。[①] 但自宗教改革开始后，其天主教色彩十分强烈的戏剧内容遭到新教徒的抵制，节日戏剧表演及与之相关的活动也一并走向衰落，并最终在16世纪70年代被废止。[②] 其他的大型节日活动也有停办的情况。诺丁汉、东萨塞克斯郡的拉伊（Rye）停止了当地的五月游戏，考文垂、格洛斯特、普利茅斯、德文郡的托特尼斯（Totnes）等地不再举办仲夏夜间巡行（Midsummer Watch），约克、切斯特、韦克菲尔德（Wakefield）停止了仲夏节的巡回表演活动，诺里奇和约克也不再举办圣灵降临节的巡游活动。考文垂在1560年停办了其一年一度在“霍克星期二”表演戏剧的活动。[③]

以上证据表明，伊丽莎白一世时代英国传统节日庆祝活动大大衰落，古老的节庆活动受到的资金支持力度大幅减弱，众多地区的节庆活动在1560年至1570年消失，部分存留的活动也在1580年至16世纪末日渐减少。这种转变的发生与当时英国的经济社会转型有莫大关系。

三 伊丽莎白一世时代节庆活动变化的原因

伊丽莎白一世时代节庆活动变化有着深刻的社会原因。首先，王权的加强和宗教改革运动的延续是变化的重要推力。1559年4月，伊丽莎白一世颁布《信仰统一法案》（*The Act of Uniformity*），基本上恢复了爱德华六世时代的宗教改革政策，要求使用英语公祷书，停止天主教的圣礼和其他宗教仪式，被发现三次违反法令的人会被处以终身监禁，只允许暂且保留教堂中的画像和其他装饰物。[④] 这项延续宗教改革意志的法令禁绝了大多数传统宗教仪式，圣烛节、圣灵降临节、基督圣体节等宗教节日及信徒游行、教堂酒会等活动逐渐消失。与此同时，女王威望的

---

① Alison Sim, *Pleasures & Pastimes in Tudor England*, p. 89.

② Clifford Davidson, *Festivals and Plays in Late Medieval Britain*, p. 43.

③ Ronald Hutton, *The Rise and Fall of Merry England: The Ritual Year 1400-1700*, p. 122.

④ *The Statutes of Realm*, Vol. Ⅳ, pp. 355-358.

提升使一些与国王本人相关的日子成为国家性节日，这些国家性节日的庆祝活动比以往的传统节日更加盛大。伊丽莎白一世于1558年11月17日登基，次年1月15日加冕。她在位期间，每年11月17日的女王登基日和1月15日的女王加冕日就成为英国举国欢庆的重要节日。在节日当天，全国举行庆祝活动，伦敦城中举办规模盛大的巡游。桥梁和城门上悬挂着王室徽章，巡游路线上的喷泉都会被精细地改装，在女王经过时，男女老少争相观看，以期一睹女王的风采。此类活动无疑达到了强化君主威仪的目的。

其次，16世纪下半叶，英国的经济发展迅速，贸易和海外扩张为英国带来了大量财富，文化教育也随之振兴。在此背景下，一个规模较大、信仰新教、相对富裕且受过良好教育的人群形成，他们广泛分布于当时的教职人员、市政官员、乡绅、教师和大学的学生等群体中。这个新兴的精英阶层在意识形态和生活观念上不同于以往的旧贵族，更不同于农民和小市民，对传统节日的庆祝活动总体上持抵触态度。传统节庆活动带有浓重的天主教元素，这为信奉新教且在玛丽一世的天主教复辟时代遭受迫害的精英阶层所不能接受。在道德层面，许多古老的英国民间节日庆祝活动带有狂欢色彩，这被当时的精英阶层认为是无教养、无礼仪的悖德乱性行为。伊丽莎白一世时代，社会不同阶层之间的偏好差异扩大，社会精英对普通民众的习俗和活动容忍程度降低，越发主张对其进行更严厉的监督和管制。[①] 例如，托马斯·贝肯（Thomas Becon）是当时一位著名的新教神父，他在亨利八世时代就开始开展传教活动，在玛丽一世时期被流放，伊丽莎白一世登基后，他从流放地归来，在1560年出版了一部教义书，谴责在周日进行酗酒、舞蹈、游戏、运动等不庄重的活动。[②] 在16世纪70年代，切斯特的地方教会多次提醒枢密院，当地圣灵降临节传统的戏剧表演活动过于天主教化，当地教会在得到枢密院的支持后向市政当局施压，终于使这一活动在切

① Ronald Hutton, *The Rise and Fall of Merry England: The Ritual Year 1400-1700*, p. 112.

② Kenneth. L. Parker, *The English Sabbath: A Study of Doctrine and Discipline from the Reformation to the Civil War*, Cambridge: Cambridge University Press, 1988, pp. 43, 55-56.

斯特被禁绝。[①] 1589年5月，枢密院宣布，在五月节期间，如果欢庆的人群被认为有扰乱滋事的行为，就会被逮捕处罚。然而这项命令在具体执行中显然出现了歪曲。在1592年的五月节期间，兰开夏郡的欢庆人群在当地教堂门口开展游戏和巡行活动，企图吸引教堂中参加祝祷的教徒前来同乐，枢密院得知后，立刻命令该郡的郡尉（Lord-lieutenant）逮捕所有活动参与者。在约克郡，当时的约克大主教埃德蒙·格林德尔（Edmund Grindal）和教务长马修·霍顿（Matthew Hutton）对当地的多项传统节庆活动进行了严重破坏，他们的行动得到了当时的英国北方议会主席（President of the Council of the North）亨廷顿伯爵的鼎力支持。在他们的打击下，约克郡圣托马斯节（St Thomas's Day，12月21日）的传统庆祝活动，即由两位市民装扮成"尤尔"和"尤尔的妻子"（Yule and Yule's Wife）骑马穿越约克城的习俗被禁止，同时被禁止的还有几乎全部自天主教时代传承下来的在节日期间表演的宗教戏剧。[②] 圣诞节期间，英国有选举"混乱领主"（Lord of Misrule）的节日习俗，即通过抽签选定一人，不论身份，由他来主持圣诞节的狂欢和饮酒活动。[③] 伊丽莎白一世时代，这一习俗在民间几乎被禁绝。在得以部分保留的场合，如当时的大学，这项活动的开展和参与范围也被严加限制。1554年圣诞节时，剑桥大学三一学院的学生选出了一位圣诞领主来开展节日狂欢。[④] 但1569年剑桥大学规定，只有得到各学院院长批准的学生才能参与圣诞节的狂欢活动，而多由新教人士出任的学院院长几乎不会批准类似的请求。[⑤] 通过以上案例可以看出，社会精英都对传统节庆活动采取了抵制措施。他们对传统生活风貌的不满以及对社会道德规范进行重

---

① David Galloway and John Wasson, eds., *Records of Plays and Players in Norfolk and Suffolk, 1330–1642*, Oxford: Oxford University Press, 1980, p. 164.

② J. S. Purvis, ed., *Tudor Parish Documents of the Diocese of York*, Cambridge: Cambridge University Press, 1948, p. 173.

③ John Stow, *Survey of London*, London: Whittaker and Co., Ave Maria Lane, 1603, p. 36.

④ Peter Thomson, ed., *The Cambridge History of British Theatre*, Vol. I, Cambridge: Cambridge University Press, 2008, p. 120.

⑤ Ronald Hutton, *The Rise and Fall of Merry England: The Ritual Year 1400–1700*, p. 129.

构的要求是伊丽莎白一世时代传统节日庆祝活动整体走向衰退的重要原因。

再次，16 世纪下半叶，随着圈地运动的开展，传统的敞田制生产模式被家庭农场和租地农场生产模式取代。掌握大量耕地和牧场的农场主改良农业技术，扩大经营，收益日增。对他们而言，顺应传统习俗，将一年中上百天的时间用于节日休假而非工作和经营是巨大的经济损失。工商业者的态度同样如此。伊丽莎白一世时代英国贸易迅猛发展，1600 年时，英国的海外贸易和运输量是 1550 年的 1.6 倍，国内贸易和运输量是 1550 年的 3.5 倍。[①] 1570 年后，英国各地出现了大量新的集市与交易会，以满足不断增长的贸易发展需求。[②] 如果继续按照传统的节日习俗，一年中有近一半的时间集市停止贸易，商人停止货物的运输和贩卖，工人不能劳动，而是将时间投入宗教仪式和狂欢嬉戏中，导致的经济损失是不可估量的。我们看到，在伊丽莎白一世时代的文学作品中，出现了一种颇具时代性的批判现实主义文学，针对当时留存的古老习俗进行了大量道德性的抨击。它们认为节日庆祝是充满不堪的狂欢活动，是一种浪费生命的懒惰行为。1563 年，23 岁的伦敦律师巴纳比·古奇（Barnaby Googe）出版了他的第一部诗集，借古希腊、罗马时代的人物典故，抒发对伊丽莎白一世时代依然留存的传统社会风貌的不满，抨击田园生活中淳朴快乐的节日欢庆活动，如将五朔节描述为充满“无意义的活动”的“懒惰日子”。[③] 这种道德批判隐含着希望减少假日，增加可用于工作和贸易的时间的主张。可以想象，资本主义经济活动强调连贯的生产和分配，古老的节日则按照自然农业的时令将商品生产、运输、交易的节奏切割得支离破碎，这是对经济社会发展的阻碍。因此，节庆活动

---

① Stephen Broadberry, Bruce M. S. Campbell, Alexander Klein, Mark Overton, Bas Van Leeuwen, *British Economic Growth, 1270-1870*, Cambridge: Cambridge University Press, 2015, p. 170.

② 〔法〕费尔南·布罗代尔：《十五至十八世纪的物质文明、经济和资本主义》第二卷，顾良、施康强译，商务印书馆，2017，第 30~32 页。

③ Barnaby Googe, *Eglogs, Epytanphes and Sonettes*, London: Bloomsbury, W. C., 1563, p. 28.

的衰落实属必然现象。

最后，在传统节日大量消失的背景下，依然有部分节庆活动延续下来，其原因大致有两点。第一，女王本人对传统节日活动其实并不反感。例如，每到濯足星期四（Maundy Thursday，复活节的前一个周四），她都会虔诚地亲自为贫穷男女洗脚，并亲吻她的子民，随后有幸得到女王垂赐的穷人会得到棉布、鞋子、食品，还有两个小钱袋，分别装有和女王年岁相当数量的便士和 20 先令。[①] 圣诞节和忏悔节（Shrovetide，复活节前第 44 天到第 41 天的周六到周二，紧接着的周三就是“圣灰星期三”）期间宫廷内都会举行盛大的化装舞会，表演戏剧；每年主显节，女王都会在宫廷里为多位贵族举办晚宴。[②] 五朔节期间，伊丽莎白一世会召见民间舞者进入宫廷为她演出，或去拜访受她宠幸的贵族，并在他们的府邸宴饮和跳舞。[③] 1569 年，伊丽莎白一世曾要求伦敦市政当局恢复被禁止的仲夏巡行，但被当时的伦敦市长以城市发生瘟疫为由反复拖延，最终不了了之。[④] 第二，包括农民、小贩、市民在内的普通民众热衷于传统节日庆祝活动，即便是在被压制的环境之下。例如，夏季节日活动是改革派的众矢之的，但 1561 年坎特伯雷在五朔节依旧立起了五月花柱，在仲夏节和圣彼得节的晚上燃起了篝火，男孩们手拿树枝围绕篝火起舞，唱着下流的歌曲。[⑤] 16 世纪 80 年代，诺丁汉郡的法庭指控一个农民在当地一座教堂的墓地里立起了一根五月花柱。[⑥] 16 世纪 90 年代，柴郡的一群年轻人在原野中竖起了一根五月花柱，这件事被上报给了约

---

① W. Lambarde, *Archaeologia*, Vol. I, London: Printed for J. Dodsley, in Pall-Mall, 1770, pp. 7–8.

② Leslie Hotson, *The First Night of Twelfth Night*, London: Rupert Hart-Davis, 1954, pp. 176–177.

③ Richard L. Greaves, *Society and Religion in Elizabethan England*, Minneapolis: University of Minnesota Press, 1981, p. 417.

④ Ronald Hutton, *The Rise and Fall of Merry England: The Ritual Year 1400–1700*, pp. 124–125.

⑤ E. J. Baskerville, “A Religion Disturbance in Canterbury, June 1561: John Bale's Unpublished Account”, *Historical Research*, Vol. 65, No. 158 (Oct., 1992), pp. 340–348.

⑥ R. Hodgkinson, “Extracts from the Act Books of the Archdeacons of Nottingham”, *Transaction of the Thoroton Society*, Vol. 30 (1926), p. 42.

克大主教。[①] 上述行为贯穿于我们考察的整个时期，尽管对节日活动衰落的整体趋势无法产生明显影响。下层群众对节庆活动的渴望除了源于对传统习俗的眷恋外，更包含了对现状的不满。随着节日数量减少，人们的工作时间延长了。有人估计，1536 年时英国人的年平均工作天数大约是 180 天，在 1560—1600 年逐渐增长到了 260 天左右。尽管如此，随着“价格革命”的到来，人们收入和生活水平反而是下降的。[②] 在此情况下，下层民众自然也就没有什么动力去要求减少节日了。

结　语

作为一种社会文化现象，节日庆祝活动的发展必然受到所处时代的政治制度、经济发展、宗教环境等多种因素的影响。都铎时期英国社会经济快速发展，宗教改革不断深入。自亨利八世时代开始，传统节庆活动就接连受到打击，历任国王都曾出台严格的法令对其加以限制，伊丽莎白一世统治时期对宗教改革政策的延续使大量节庆活动最终退出了历史舞台。

与此同时，新兴社会精英和下层群众的收入水平、受教育程度、喜好与道德观上的差别不断扩大，他们对传统的宗教仪式和节日活动持鲜明的反对态度，在他们眼中，曾经淳朴、张扬、热烈的节日狂欢均属粗鄙不堪的“淫乱游戏”。[③] 这主要是因为传统的节庆习俗不符合他们的经济利益，所以不论是当时的农业资本家还是工商业者，都希望有更多的时间用于经济活动。传统的仪式年无法适应资本主义的要求，这是它逐渐解体的重要原因。

都铎晚期，王权进一步强化，国王的施政力、社会影响力和宗教地

---

① J. S. Purvis, “Tudor Parish Documents of the Diocese of York”, *Church History*, Vol. 18, No. 3 (Sept., 1949), pp. 189-190.

② Stephen Broadberry, Bruce M. S. Campbell, Alexander Klein, Mark Overton, Bas Van Leeuwen, *British Economic Growth, 1270-1870*, pp. 264, 297.

③ Ronald Hutton, *The Rise and Fall of Merry England: The Ritual Year 1400-1700*, p. 119.

位提高。伊丽莎白一世时代，君主的喜好对社会的影响已经相当深刻，为君主政治目的服务的国家节日也在这种背景下兴起。当然，女王个人对部分节庆活动的热衷，再加上社会下层群众的坚持也使部分传统节庆活动得到保留，少数传承至今，成为当代英国社会文化的一部分。

中国近代英文教育的变迁与人文学的跨文化传播

杨 博*

摘 要： 中国近代英文教育经中西贸易、教会学校、官方办学、私人办学等力量的推动，其目标、对象、教育者、材料和方法经历了深刻的变迁。这种变迁体现着人文精神，也建构了英语跨文化传播“现代”和“科学”知识的所谓“高级”属性。中国近代英文教育深刻影响了人文学的跨文化传播：它使西方人文思想传入中国并与中国传统人文思想融合，推动了中国近代人文学科体系的生长，加速了人文学科知识的译介与传播，促进了中国近代人文学教育的整体发展。但是，我们应警惕西方殖民意识和知识体系对中国人文学科的渗透与构造，重新审视和构建中国人文学科的知识体系与创新性。

关键词： 中国近代英文教育　人文学　人文思想　跨文化传播

英文在近代中国成为重要的教学内容甚至教学语言，这一地位并非一蹴而就。中国英文教育从17世纪中晚期起在东南沿海地区生发，历经两百余年的变迁，在20世纪初成为中国教育中的重要力量，并对中国近代的人文学跨文化传播产生重要影响。

一　中国近代英文教育的变迁

中国英文教育滥觞于中西贸易中的中介语习得。1498年，葡萄牙人

* 杨博，文学博士，中国社会科学院大学外国语学院，讲师，研究方向为英语文学批评、英语教育、英语媒介研究。

开辟了到印度的航路，并于1557年以贿赂手段获取澳门租居权。[①] 16世纪，西班牙人、荷兰人也接踵来到太平洋沿岸，开展拓殖和贸易。不甘落后的英国人从16世纪末开始屡次探寻与中国开展直接贸易的途径，但是均未成功。[②] 1664年，英国东印度公司终于获准在澳门开设办事处。[③] 随着西人来华贸易，一种混杂了葡萄牙语、英语、印度语、马来语和广东话的贸易语言逐渐在澳门地区形成、发展，被称为“澳门洋泾浜葡语”（Macau Pidgin Portuguese）[④]。与这种语言一同生长的是一批特殊的职业，即负责翻译和贸易服务的通事和买办。但这时，还没有人具备足够的中英双语能力，为英国人提供与中方直接沟通的翻译服务。[⑤] 葡萄牙人仍然是中西贸易中的主角。

1685年，清政府批准英国东印度公司在广州设立商馆。[⑥] 到18世纪中期，英国的对华贸易额已居欧洲海上列强之首。[⑦] 与此同时，在广州地区通事、买办和英商之间流传的贸易语言中的葡语要素不断降低，英语要素不断升高，[⑧] “广东英语”（Canton English）[⑨] 逐渐生成。鸦片战争后，这种贸易中介语随着粤籍通事、买办流入沪吴地区的通商口岸，

---

① 冯克诚、田晓娜编《中国通史全编》（中），青海人民出版社，1998，第1929页。

② 参见万明《明代中英第一次直接冲突与澳门——来自中、英、葡三方的历史记述》，载《“16—18世纪中西关系与澳门”国际学术研讨会论文集》，2003，第57页。

③ 参见谭树林《英国东印度公司对华贸易中的“外籍翻译”问题探究》，《安徽史学》2018年第6期，第53页。

④ 参见 Li Michelle, *Macau Pidgin Portuguese and Creole Portuguese: A Continuum*, *The Iberian Challenge: Creole Languages Beyond the Plantation Setting*, ed., Armin Schwegler, John McWhorter and Liane Ströbel, A. M. Frankfurt, Madrid: Vervuert Verlagsgesellschaft, 2016, pp. 113-134；刘文慧、阳志清《洋泾浜语与中国社会的历史变迁》，《中南林业科技大学学报》（社会科学版）2013年第1期，第104~105页。

⑤ 王宏志：《通事与奸民：明末中英虎门事件中的译者》，《编译论丛》2012年第1期，第46页。

⑥ 谭树林：《英国东印度公司对华贸易中的“外籍翻译”问题探究》，《安徽史学》2018年第6期，第53页。

⑦ Fan, Fa-ti, *British Naturalists in Qing China: Science, Empire, and Cultural Encounter*, Massachusetts: Harvard University Press, 2004, p. 6.

⑧ William Hunter, *The "Fan Kwae" at Canton Before Treaty Days, 1825-1844*, London: K. Paul, Trench & CO., 1882, p. 61.

⑨ 参见 Samuel Wells Williams, Jargon Spoken at Canton, *The Chinese Repository*, Vol. 4, No. 9 (January, 1836), p. 432。

并与吴语混合，形成了洋泾浜英语。[①] 新贸易语言的出现反映了英国人逐步取代葡萄牙人成为对华贸易与势力扩张中的主导群体，并将中西贸易的中心由澳门移往广州和沪吴地区。学会贸易语言和跨文化交流技能，成为垄断、管理和服务于中西贸易事务的行商、通事和买办成为东南沿海商民发家致富，追求个人价值，爬升社会阶层的重要途径。因此，一些中国人在贸易场合、外国人聚集的公共场所和为外国人服务的场所学习英语，[②] 或者通过行商、买办、培训班和洋泾浜英语读物[③]学习英语，这成为中国英文教育的萌芽。但是，这种学习的对象并不是纯正的英语，学习的过程往往是短时且碎片化的，缺乏系统性，学习的成果也仅仅是能应对简单的贸易会话。另外，英国人也不得不抛弃所谓的“纯正”的英语，习得充满杂糅、戏仿和颠覆性创作的混杂英语，才能顺利开展贸易。

较为系统的中国英文教育受国内局势和其他殖民地英文教育活动的影响，由教会学校主导而发展。1724 年，清政府为了反制教皇克雷芒十一世对中国儒家学说及祖先崇拜违反天主教教义的斥责，开始严厉禁止传教活动。[④] 在处处受限的境遇中，身处中国的传教士逐渐发现其他殖民地的同人办学的好处。从 1715 年到 19 世纪初，传教士在印度和海峡殖民地（即今天的新加坡及马来西亚槟州、马六甲、曼绒地区）创办了多所教授英文和以英文为教学语言的学校。[⑤] 他们发现，通过开办学校，

---

① 参见刘文慧、阳志清《洋泾浜语与中国社会的历史变迁》，《中南林业科技大学学报》（社会科学版）2013 年第 1 期，第 106 页。

② 参见刘微《近代中国英语学科教育研究（1862—1937）》，武汉大学博士学位论文，2020，第 35~36 页。

③ 19 世纪出现的洋泾浜英语读物有 1834 年马儒翰（John Robert Morrison）所著的《中国商业指南》（*Chinese Commercial Guide*）、1855 年刻印的《华英通语》、冯泽夫联合其他 5 位浙籍商人于 1860 年合资出版的《英话注解》、1862 年唐廷枢编写的《英语集全》、1874 年曹骧编写的《英字入门》以及流传于中国东南沿海的词汇小册子《鬼话》（*Devils' Talk*）、《红毛通用番话》、《新刻红毛番话》等。参见吴义雄《“广州英语”与 19 世纪中叶以前的中西交往》，《近代史研究》2001 年第 3 期，第 185~191 页。

④ 参见 Sun，Anna，*Confucianism as a World Religion: Contested Histories and Contemporary Realities*，Princeton: Princeton University Press，2013，pp. 29-38。

⑤ 参见杨博《培养“King's Chinese”：英国海峡殖民地人英文教育的兴起、理念与影响（1816—1870）》，《中国社会科学院研究生院学报》2019 年第 6 期，第 135~142 页。

可以使“东方人”更加认同西方文化，并吸引希望借学习西方知识来爬升社会阶层的殖民地人群，最终使他们接受基督教教义。在已经于 1818 年在马六甲创办英华书院的伦敦布道会传教士马礼逊（Robert Morrison）的倡议与支持下，1830 年秋，美国传教士裨治文（Elijah C. Bridgman）在广州开办了中国第一所教授英语的学校——贝满学校（Bridgman School）。他指导两名 11 岁和一名 15 岁的中国男孩协助他翻译基督教教义和编辑《中国丛报》（*The Chinese Repository*），并在这一过程中教授给他们英文。[①] 第一次鸦片战争之后，随着香港被割让给英国，中国沿海通商口岸的相继开放，众多教会学校随之成立。据统计，仅在 1842 年到 1860 年，就有至少 40 所教会学校在香港、广州、福州、宁波、厦门等地成立。[②] 对教授英文是否有利于传教一事，在华传教士有过漫长、激烈的争论。然而，19 世纪中叶，在英属亚洲殖民地主张推行英文教育的“英文学派”在论战中战胜了主张推行东方教育的“东方学派”，英国开始在亚洲殖民地稳步推行英文教育。因此，支持在中国推行英文教育的传教士逐渐占了上风。1890 年的第二次在华基督教传教士大会后，在华教会学校基本上确定了在不影响传教的前提下普遍实施英语教学的方案。[③] 清朝末年，教会学校已形成了教学对象涵纳幼儿到成人的完整英语教育体系。由于师资多为英美人士，教材也多为英语本土教材或英美人士编辑的教材，[④] 教会学校的英语教学效率、效果稳步提升，并为中国人留学英美、了解西方人文与科学知识体系、开展现代外交和洋务运动培养了如容闳、颜惠庆、伍廷芳等重要人才。

两次鸦片战争之后，中国官办英文教育开始蓬勃发展。清政府深感学习西方先进人文理念与科技以自强、救国的重要性，开启“中学为

---

① 参见 Eliza J. Bridgman, ed., *The Pioneer of American Mission to China: The life and Labor of Elijah Coleman Bridgman*, New York: Anson D. F. Randolf, 1864, pp. 58, 123; 顾卫星《晚清学校英语教学研究》，苏州大学博士学位论文，2001，第 7 页。

② 参见顾卫星《晚清学校英语教学研究》，苏州大学博士学位论文，2001，第 9 页。

③ 参见刘微《近代中国英语学科教育研究（1862—1937）》，武汉大学博士学位论文，2020，第 128 页。

④ 参见陈学英《近代中国教会大学英语教育论略》，《兰台世界》2013 年第 19 期，第 104 页。

体，西学为用”的洋务运动。为了给洋务运动输送人才，也为了在对外谈判的言辞辩驳中更好地发声，清政府开办了一批学习“西艺”与“西语”的学校，主要培养对象为八旗子弟、考取过低等功名或系统接受过外语教育的青年。[①] 其中，同文三馆（包括 1862 年成立的京师同文馆、1863 年成立的上海广方言馆和 1864 年成立的广州同文馆）以培养翻译和外交人才为主要目标，军事技术学堂（包括 1866 年成立的福州船政学堂、1876 年成立的福州电器学堂、1880 年成立的北洋水师学堂等 30 余家学堂）则以培养军事和技术人才为宗旨。这类新式学校普遍注重外语教育，尤其是英文教育，通常将英文课程列为主要课程，[②] 并从教会学校聘请教员甚至校长。[③] 庚子事变后，连中国政府中的保守派也深感变革势在必行。1901 年，清政府推行了涉及政治、经济、教育等多个领域的“新政”，并在 1902 年和 1903 年相继制定了壬寅学制和癸卯学制，将教育体系分为初等、中等和高等三个阶段，开启了近代中国教育的转型。[④] 新学制允许通商口岸及附近之地的高等小学堂酌情开设外语课[⑤]，并将外语课程定为“中学堂必需而最重之功课”和高等学堂的公共必修课[⑥]。民国时期的教育法规和法令基本上延续了对外语尤其是英语在各个教育阶段的重视。1912 年和 1913 年，中华民国教育部出台了一系列教育法规和法令，不但规定所有地区的高等小学均可开设外语课，还保持了中等教育阶段外语课程在所有课程中的最高课时数，并将英语作为高等教育英语专业、商科专业及专门学校和实业学校教

① 参见张美平《晚清外语教学研究》，中国社会科学出版社，2011，第 76 页。

② 参见刘微《近代中国英语学科教育研究（1862—1937）》，武汉大学博士学位论文，2020，第 78 页。

③ Harry Edwin King, “The Educational System of China as Recently Reconstructed”, *United States Bureau of Education Bulletin*, No. 15, Washington: Government Printing Office, 1911, p. 8.

④ 参见（清）端方《大清光绪新法令·教育一·学堂章程》，清宣统上海商务印书馆刊本，1910。

⑤ 参见（清）端方《大清光绪新法令·教育一·学堂章程》，清宣统上海商务印书馆刊本，1910，第 10 页。

⑥ 参见（清）端方《大清光绪新法令·教育一·学堂章程》，清宣统上海商务印书馆刊本，1910，第 74 页。

育中的必修课。[①] 抗日战争时期，战争极大地影响了中国的英语教育，英语课程也曾在初级中学被降为选修课，但在非日占地区仍然为仅次于国文的主要课程。中国官办英文教育经数十年的发展，师资力量不断提升，教学体系和方法持续完善，教学研究愈加广泛、深入，教学效果良好的教材也层出不穷。而且，官办学校英文教育重视因材施教、因地制宜，因学生的职业目标设置课时与方式，带动了以人为本的教育模式的发展。也正是在这一阶段，英语在中国成为最重要的外语学科和学习西方、开展跨文化交流的主要语言工具。

中国近代私人办学也对英文教育起到了不可忽视的推动作用。南开中学的英文教育可称为一个范例。学校原为教授英文和理科知识的旧式"家庭学校"，经合并其他学堂并受当地学绅资助，成为拥有男女学生千余人的闻名中学。学校聘用留学生及外籍教师和社会专家为英文教师，就英语学科的教学宗旨、内容、学程、方法、教材、评价等方面制定了严格、详细的规定，定期开办英语教学研究会，率先采用基于内容的语言教学法和分级教学法，采用适合中国学生的本土英语教材并在高年级适当采用英文原版教科书，赋予学生更多选课自由，还鼓励学生创办英文刊物、参与英语社团以在实践中提高英语学习效果。[②] 这些以学生需求为中心，重视学生个体化发展和跨文化交流技能的先进教学理念与方法在民国时期的教学刊物上被深入介绍，对其他学校的英语教学起到了引领和带动作用。

纵观中国近代英文教育史，可知英文教育在近代中国经历了深刻的变迁：其动机从满足生计的个人考量转化为自强、救国的广阔目标；其教育者从以英美传教士为主体转变为以本土教员为主体；其教育对象从东南沿海下层民众迁移为官宦、富商阶层青年，再普及全体初、中、高教育阶段学生；其教育材料从洋泾浜英语读物发展为本土化教材与英

---

① 参见刘微《近代中国英语学科教育研究（1862—1937）》，武汉大学博士学位论文，2020，第 145~159 页。

② 参见刘微《近代中国英语学科教育研究（1862—1937）》，武汉大学博士学位论文，2020，第 159~169 页。

文原版教材相结合；其教育方法从狭隘单调的翻译法变革为基于学生需要的灵活多样的教育方法。这种变迁即体现着以人为本、珍视人的个性与价值、促进人的全面发展的人文精神。但是，经由传教士的鼓吹和官办学校、私人学校的重视，英语教育在近代中国的重要性上升，英语跨文化传播知识的所谓“高级”属性也逐渐被建构起来。与此同时，经由英语的影响，西方知识以更快的速度在中国传播，并被建构为“现代”的“科学”知识，这冲击了近代国人对自身语言、知识与文化的认同感。

二 中国近代英文教育对人文学跨文化传播的影响

人文学是通过观察、分析及批评的方式探究人类情感、理智和道德的各门学科的总称，涵盖语言、文学、艺术、历史和哲学等领域。通过贸易、外交、宗教、战争和殖民等活动，人文学在中外历史中呈现了典型的跨文化传播面向。中国近代英文教育与人文学的跨文化传播密不可分，其影响可概括为以下四个方面。

首先，中国近代英文教育促进了人文思想在近代中国的发展和东西方人文思想的融合，为中国近代人文学发展奠定了重要的基础。其一，中国近代英文教育的内容涉及语言、文学、历史、地理、经济、文化等多个领域，与人文学内容形成交叉涵盖的关系；中国近代英文教育的过程又往往注重培养受教育者的翻译能力和跨文化交际能力。这使受教育者在习得英文的过程中，自然习得人文思想，并思考东西方人文思想如何互通、共生。例如，京师同文馆的学生在学习外语的同时，要继续深究汉语，并在持续练习中外语言翻译技巧的基础上，学习各国历史、地理、经济和法律方面的知识①；1839 年 11 月 4 日在澳门创办，1842 年迁至香港的马礼逊学堂中，学生也要在学习英文的同时，学习地理、历史

① 参见刘萌、王日美《京师同文馆与中国近代化教育》，《黑龙江史志》2021 年第 4 期，第 50 页。

与音乐等西学课程①。这都彰显了近代英文教育与人文学交叉涵盖、互通互融的关系。其二，西方人文主义理念和儒家经世致用思想的融合，使无论是官办学堂还是私人学堂都逐渐采用贴合中国学生需求的本土英语教材，并注重引导学生在实践中操练英语技能，重视考查学生的学习效果。这种东西方人文思想的融合在提升英文教育效果的同时，也促进了中国新式人文社会因素的产生和发展。其三，19世纪上半叶，教会学校以英文教育为载体，将欧美人本主义理念和教育方式引入中国，带来了深远影响。例如，中国传统教学体制不设班级，往往不分学生年龄大小和学习基础，都归同一先生教授；而英华书院等教会学校则根据学生的年龄和水平，实行分级、分班差异化教学，针对不同的级别和水平的学生设计不同的授课内容。在这种尊重人的个性化需求和差异化发展的精神的影响下，清末的壬寅学制和癸卯学制及民国时期的学制改革都着重探索分级分类的差异化教学和促进学生长期发展的教学。但我们也应注意到，马礼逊学堂等教会学校往往沿用殖民地教材，如印度或海峡殖民地的英文教材。其他学校所用的教材，如《华英初阶》，也多改编自殖民地教材。人文精神倡导平等地观照所有人的尊严和价值及各种精神文化现象，而文化殖民思想恰与人文精神相悖。因此，近代中国英文教育对人文精神传播的双刃性值得我们反思。

其次，中国近代英文教育推动了中国近代人文学科体系的发展。这一推动力量首先体现在英语学科上。经过两百余年的发展，英语学科的教学内容逐渐由“语”及“文”转变，并在这一过程中形成了综合性的体系和与其他学科融合的开放特质。例如，1913年颁布的癸丑学制在中学外国语课程教学内容规定中，除了提出要有发音、拼字、会话、读法、默写、译解、文法、作文等传统内容外，还要求在第四学年增加文学要略课程。② 1923年的《新学制课程纲要：高级中学公共必修的外国语课

① 参见陈新华《早期教会学校与晚清西学东渐——以“马礼逊学堂”为个案》，《特区实践与理论》2010年第6期，第70页。

② 转引自刘微《近代中国英语学科教育研究（1862—1937）》，武汉大学博士学位论文，2020，第147~148页。

程纲要》也将“养成学生欣赏优美文学之兴趣”定为教学目标之一。1929 年之后制定的中学英语课程标准中，教学目标中又增加了“使学生略见近代英文文学作品的一斑”“使学生从英语方面发展他们的语言经验”“使学生从英语方面增加他们研究外国文化的兴趣”等内容。[①] 可见，英语学科的内容和目标层级逐渐丰富，教育政策制定者在重视英语工具性特征的基础上，日趋关注英语学科在英语文学、英语文化等方面的人文性特征。在“中央大学”文学院外国文学系、清华大学外国语文系和北京大学英文学系培养目标中，则除了增进“外国文之学力”、吸收外国文学“优美之文艺思想”、“了解西洋文明之精神”等语言、文学、文化要求外，还增加了对“熟悉西方思想之潮流”“成为博雅之士”等人文思想和人的全面发展的关注，并要求学生能够“创造今日之中国文学”“为中华民族宣达意志”[②]，即通过学习英语和西方人文知识，在人文学领域为国家做出贡献。除了英语学科外，在众多学校中，英语也成为历史、哲学、艺术等学科的教学语言，在教授西方人文学科知识与理念的同时，促成了中国近代人文学科自身体系的发展和完善。但是我们也要注意到，在北京大学副校长、美国传教士经熙仪（Harry Edwin King）的《中国最近重建的教育系统》等一些西方来华教育者的著述中，中国的现代教育被等同于西方教育或英文教育，并与中国的传统教育对立起来。[③] 另外，英语国家的文学、哲学、史学、艺术建构的“时间隧道”和所谓“现代”知识和文化体系随着英文教育在中国散播开来，使中国的一些人文学科在一定程度上缺少了自己的主体性。比如，汉语言文学的学科体系最初是遵循西方语言的学科体系而建立的。这一点需要今天的学者敏锐认知，并对一些学科的体系开展反思与重构。

---

① 吴履平主编《20 世纪中国中小学课程标准 · 教学大纲汇编外国语卷（英语）》，人民教育出版社，2001，第 1、2、6、7、10、11、14、17、22、28、33、38、43 页。

② 参见《“中央大学”文学院选课指导书》，“中央大学”出版组，1935，第 25 页；《台湾“清华大学”一览》，1935，本科学程部文学院，第 1 页；《北京大学日刊》1924 年第 1538 期，第 1 页。

③ Harry Edwin King，“The Educational System of China as Recently Reconstructed”，*United States Bureau of Education Bulletin*，No. 15，Washington：Government Printing Office，1911.

再次，中国近代英文教育培养了良好的译者，加速了人文学科知识的跨文化译介与传播。在文学方面，于国内及国外接受英文教育的胡适、林语堂等人翻译了诸多英美文学作品，英美文艺思潮和文学体裁也被大量译介，为国内的文学发展与研究注入了新的活力。在哲学方面，毕业于福州船政学堂，曾担任过京师大学堂译局总办的严复翻译了英国逻辑学家耶方斯（William Stanley Jevons）的著作《名学浅说》（*Primer of Logic*）。此书于1909年出版，是最早由中国人译介的西方哲学书籍之一。在史学方面，严复译于1903年的英国学者甄克斯（*Edward Jenks*）所著的《社会通诠》（*A History of Politics*）是对国内史学有深远影响的政治史著作，山西大学堂译书院1905年编译的美国学者迈尔（Philip van Ness Myers）所著的《迈尔通史》也对国人理解世界史颇有陶染。[①] 在艺术学方面，不断有受过近代英文教育的国人译介文章和作品，如朱生豪所译就莎士比亚的戏剧等。此外，诸多中国人文著作的对外译介也由中国近代英文教育培养的译者完成。但总体来说，在近代人文学的译介中，西学东渐多于东学西被、东学互通。

最后，中国近代英文教育还培育了优秀的人文学教育工作者，促进了中国近代人文学教育的整体发展与传播。中国近代英文教育培育的人才中，很多成长为中国近代人文学教育家，如范存忠、徐志摩、吴宓、钱锺书、卞之琳、李儒勉等。一些教育工作者不但教书育人效果好，而且在编写教材、从事科研工作方面也做出了突出的成就。例如，1895年，毕业于京师同文馆英文馆，曾任光绪皇帝英语老师的张德彝写就英语语法教材《英文话规》。这本教材全面、细致、完整地阐释了英语语法，在国内诸多英语语法著作中首屈一指，[②] 被很多学校选为语法教材。林语堂也曾编撰《开明初中英语读本》，1928年由开明书店出版。在民国时期出版的学术期刊中，有众多受过英文教育的人文教

① 参见陈琛《回溯与超越：晚清史书翻译与中国史学现代性的发生》，华东师范大学博士学位论文，2021，第96页。

② 参见邱志红《〈英文举隅〉与〈英文话规〉——同文馆毕业生编译的早期英语文法书》，《寻根》2008年第5期，第40页。

育工作者所著的文章，内容涉及教育理论与政策、教学法、教材研究、教学改革、教学专题与实证研究等多个方面。[1] 中国近代人文学教育的整体、加速发展要求人文学领域的学人以更广阔的视野、更综合的方法跨文化、跨学科地研究最新问题，这需要更多中外材料的译介和信息的交流。人文学教育工作者对这一需求的回应也成为重视和促进英文教育发展的持续动力。

结　语

本文就中国近代英文教育的变迁及其对人文学跨文化传播的影响做了初步爬梳。中国近代英文教育经中西贸易、教会学校、官方办学、私人办学等力量的推动，其目标、对象、教育者、材料和方法都经历了深刻的变迁。中国近代英文教育推动人文思想在中国的发展和中西方人文思想的融合，为近代中国人文学发展奠定了重要的基础，促进了中国近代人文学科体系的生长和完善。在此过程中涌现的众多杰出译者和人文教育者加速了人文学科知识的译介与传播，促进了中国近代人文学教育的整体发展，并影响着人文学科的跨国界、跨文化交流、传承与发展。

① 参见刘微《近代教育期刊与英语学科教育研究——以〈教育杂志〉〈中华教育界〉为中心的考察》，《中国出版》2020 年第 17 期，第 45~48 页。

鄂多立克的“苦行”

——《鄂多立克东游录》跨文化叙事分析*

沈雪晨　黄　河**

摘　要： 意大利方济各会修士鄂多立克托钵行乞、游历中国，他用一生的“苦行”造就了中西交通史上的经典之作《鄂多立克东游录》，以朴实生动的笔触完成了对元代中国的详尽记录，同时也为我们呈现出元朝多民族社会包容开放、多元繁荣的整体面貌。

关键词：《鄂多立克东游录》《东域纪程录丛》　亨利·玉尔　元代民族文化

《鄂多立克东游录》（*The Eastern Parts of the World Described*, *The Travels of Friar Odoric*）由意大利方济各会修士（Franciscan friar）、旅行家鄂多立克（Odoric of Pordenone，1265—1331）所作，记录了他在1318—1328年东游至中国的旅行经历和沿途见闻，保存了大量对亚洲城市、社会、宗教、习俗的描述，其中许多对中国文化特点的认识并不见于《马可波罗行纪》。鄂多立克还被认为是第一个到达中国西藏的西方人，对天葬等当地习俗的记载富有真实色彩。① 亨利·玉尔（Henry Yule）曾为使英语世界了解《鄂多立克东游录》之价值，对此书进行了

* 本文系国家社科基金重大项目“中国古代民族志文献整理与研究”（12&ZD136）阶段性研究成果。

** 沈雪晨，历史学博士，南开大学历史学院讲师，研究方向为中国民族史、中外文化交流。黄河，西北大学新闻传播学院助理工程师，研究方向为戏剧影视文学、论述分析。

① Otto. Hartig, “Odoric of Pordenone”, *The Catholic Encyclopedia*, Vol. 12, New York: Robert Appleton Company, 1911, p. 5, DOI: https://www.newadvent.org/cathen/12281a.htm, searched on 9th Sept. 2021.

深入的翻译和注释工作，有趣的是，正是此举促成了名著《东域纪程录丛》（*Cathay and the Way Thither*）的诞生。[1]

那么，相较于中西交通史上的其他著述，《鄂多立克东游录》究竟有何过人之处，以维持其经久不衰之独特魅力？

1265年，鄂多立克出生于意大利弗留里省波代诺内（Pordenone）的一个戍卒家庭，年轻时即进入方济各会，过着托钵行乞、游历四方的清贫生活。他曾赤足步行传教，靠水和面包为生，并拒绝在教会中晋升，退隐到荒野。[2] 鄂多立克于1316—1318年（一说1314年）开始了他的旅程，途经西欧、中亚、印度、南亚、中国，并由陆路返回。其详细路线如下。

由威尼斯乘船出发，鄂多立克经君士坦丁堡至特拉比松（Trebizond，土耳其港口），再到埃尔祖鲁姆（Erzerum，土耳其东部城市）、大不里士（Tabriz，伊朗西北部城市）、孙丹尼牙（Soltania）。在1322年之前，鄂多立克的大部分时间是在那些城市的教团房舍中度过的。随后他来到喀山（Kashan）和雅兹德（Yezd），在波斯波利斯（Persepolis）改道，可能沿着设拉子（Shiraz）或库尔德斯坦（Kurdistan）到达巴格达（Baghdad）。从巴格达行抵波斯湾，在霍尔木兹（Hormuz）上船至撒尔赛特岛的塔纳（Tana in Salsette）。从这里或是从苏拉特（Surat），他将四个曾经在1321年于此受难的教友弟兄的骨头集合起来，并在后来的东行旅程中携带着它们。接着他前往马拉巴尔（Malabar），到达潘达拉尼（Pandarani）、库拉姆（Kulam）和科东格阿尔卢尔（Cranganor），然后前往锡兰（Ceylon，今斯里兰卡）和现代迈拉普尔（Mailapoor，现代马德拉斯，Madras）的圣托马斯神殿（the shrine of St. Thomas）。他从

---

① Henry Yule, "Dedication and Preface", in *Cathay and the Way Thither*, Vol. 1, *Being a Collection of Medieval Notices of China*, New York: Cambridge University Press, 2009, p. Ⅲ.

② 陈得芝：《蒙元史研究导论》，南京大学出版社，2012，第102页；何高济："中译者前言"，〔意〕《鄂多立克东游录》，〔英〕亨利·玉尔英译、何高济汉译，中华书局，2002，第27页；Henry Yule, "Ordoric of Pordenone, Biographical and Historical Notices", in *Cathay and the Way Thither*, Vol. 1, *Being a Collection of Medieval Notices of China*, New York: Cambridge University Press, 2009, pp. 1-6。

这里航行至苏门答腊（Sumatra），造访了爪哇岛（Java）、东或南婆罗洲（Borneo，今加里曼丹）、占城（Champa）而至中国广州（Canton）。[①] 到达中国后，鄂多立克从广州到泉州，由此北行经福州、杭州、金陵、扬州、临清等城，到达大都。随后他在大都居住了三年，然后由陆路西行，经东胜、甘肃诸地，取道波斯北境（原木剌夷国），于1331年回到故乡。[②] 另有观点认为，鄂多立克出大都返程时，曾到达过西藏首府拉萨。[③]

1330年5月，鄂多立克在帕度亚（Padua）口述了自己的旅行经历和见闻，由教友威廉（William of Solana）以拉丁文笔录而成《鄂多立克东游录》，随即出现了大量拉丁文、意大利文、法文抄本，共计76种之多，其中以法国国家图书馆（巴黎）所藏的1350年本最富代表性。[④] 该书的第一个拉丁文刊印本为1513年的佩萨罗（Pesaro）本，最佳者为1929年于《方济各会中国学》（*Sinica Franciscana*）第一卷出版的拉丁文校订本。[⑤] 较好的两个译注本分别是玉尔的1866年英译本和考迪埃（Henri Cordier）的1891年法译本，[⑥] 其中又以玉尔的译本影响力最大。在翻译注释时，玉尔对各抄本进行了校对，根据自己的理解将此书译出；对各抄本中不那么可靠却又稀奇有趣的情节，以方括号保留在译文中；对诸抄本在文字上的差异，则在注释内进行了说明。除了译注工作外，玉尔还将两个比较重要的本子，法国国家图书馆藏的一个拉丁文本和另

① Henry Yule, "Ordoric of Pordenone, Biographical and Historical Notices", in *Cathay and the Way Thither*, Vol. 1, *Being a Collection of Medieval Notices of China*, New York: Cambridge University Press, 2009, pp. 6-7.

② 陈得芝：《蒙元史研究导论》，南京大学出版社，2012，第102页。

③ Henry Yule, "Ordoric of Pordenone, Biographical and Historical Notices", in *Cathay and the Way Thither*, Vol. 1, *Being a Collection of Medieval Notices of China*, New York: Cambridge University Press, 2009, pp. 6-7.

④ *Manuscripts lat.* 2584, *fols.* 118 *r. to* 127 *v.*, in Bibliothèque Nationale de France, Paris.

⑤ "Relatio Fratri Odorico", in A. Van Den Wyngaert, hg. *Sinica Franciscana I*, Quaracchi-Firenze: Ad Claras Aquas, 1929, pp. 413-495.

⑥ Henry Yule, *Cathay and the Way Thither*, London: Hakluyt Society, 1866, vol. I, pp. 1-162, vol. Ⅱ, appendix, pp. 1-42; Henry Cordier Publiés Avec Une Introd, et des notes, *Les Voyages en Asie au 14e Siècle du Bienheureux Frère Odoric de Pordenone, Religieux de Saint François*, Paris: E. Leroux, 1891.

一个意大利文本附录在《东域纪程录丛》之后。[①]

据鄂多立克自述，他记录下沿途见闻的初衷是“赢得某种灵魂之收获”，即便在“越过海洋和访问异端诸国之后，也能真实地重述（truly rehearse）我所见所闻的诸多大奇迹”。除了庄严地申明自己的所见所闻皆为真实外，他还认为如果此书能使“好学的读者在其中发现有益之物”，功劳便全部归于“神的慷慨”，而非自己“贫乏的才能”，可见其虔诚的宗教情怀。[②] 在玉尔、考埃迪、莫尔（A. C. Moule）的研究中，这些记述的真实性得到了进一步证实。

在《鄂多立克东游录》中，作者每到一处便会对自己所见的奇闻逸事做出详细描述，其中涉及基督教、伊斯兰教、佛教和中国本土的神明崇拜等多种信仰形态，横跨欧亚大陆地中海沿岸、中亚地区、印度洋沿岸、中南半岛、中国大陆等不同文化区，对旧大陆包含的多种文明形态皆有自己的亲身感受，并表现出一个欧洲基督徒在遭遇这些异文化时所做出的反应。此外，书中还有一些神话传说和趣闻轶事，叙述精彩，读来饶有兴味。全书语言平实，鄂多立克也特别强调自己无意于“用难懂的拉丁文和夸张的问题来修饰这些事”，而希望使“所有人都能极容易地理解其中内容”。[③]

《鄂多立克东游录》涉及的中国城市和区域十分广泛，包含广州、泉州、杭州、金陵、扬州、临清、大都、东胜、甘肃、西藏等，它们分别是当时中国的经济核心区、政治核心区和边疆少数民族地区，富有代表性；书中对不同城市的描述亦各有侧重，不仅有部分城市及地区的规模、人口状况，而且记录下了生活于其中的人们的生计、物产、交通、

---

① 何高济：“中译者前言”，〔意〕《鄂多立克东游录》，〔英〕亨利・玉尔英译、何高济汉译，中华书局，2002，第 29～30 页。

② Odoric of Pordenone, “The Eastern Parts of the World Described”, Henry Yule, *Cathay and the Way Thither*, Vol. 1, *Being a Collection of Medieval Notices of China*, New York: Cambridge University Press, 2009, pp. 43-44.

③ Odoric of Pordenone, “The Eastern Parts of the World Described”, Henry Yule, *Cathay and the Way Thither*, Vol. 1, *Being a Collection of Medieval Notices of China*, New York: Cambridge University Press, 2009, pp. 159-160.

制度、饮食、习俗、宗教、传说等内容，下至底层大众，上至统治阶层，囊括信仰不同宗教的不同族群。在元大都时，鄂多立克对首都的宫廷建筑、礼仪、政治、节日，乃至大汗的形象、权力，皇后和贵妃的装扮及元朝的宗教文化政策均做了详细记载。这使全书能够从整体上反映出元代中国多民族社会的面貌与彼时中国文化的主要特征。

元朝政府对来华西人的行动未加以严格限制，这使鄂多立克这样的外来托钵僧可以在苦行途中广泛考察各地情形，对中国社会的经济文化生活建立起相当细致的了解。在鄂多立克眼中，途经的中国城市、集镇无不规模巨大、人口众多，南方地区的人口稠密程度甚至胜过威尼斯每年最盛大的耶稣升天节（Ascension Day）当天，而杭州更是“大到我简直不敢谈它”，旁边的每个镇“都较威尼斯或帕都亚（Padua）更大”，是名副其实的“天堂之城”。[①] 他认为中国的百姓十分勤劳，他们“都是商人和工匠，而且不管怎么穷，只要还能靠双手为生，就没有人行乞”，对那些贫乏穷困的人，则有相应的社会福利制度提供救济。[②]

鄂多立克认为，中国南方的物资供应十分充足，那里盛产酒、米、肉，以及各种鱼和粮食，用不着花上一个银币就能在广州买到三百磅鲜姜和一只宰好和烹调好的鹅，而这鹅一只大如欧洲的两只，要多肥有多肥，颜色白如奶，头顶有一块血红色的、大得像鸡蛋一样的骨头，咽喉下面垂着一块十厘米左右长的皮。[③] 此外，他还留心记录下了泉州的糖，杭州的米酒和甘肃的栗子、大黄，并对广州人吃蛇的行为大感惊异：“广州有比世界上任何其他地方更大的蛇，很多蛇被捉来当作美味食用。这些蛇很香并且是时髦的盘肴，以至于如请人赴宴而桌上无蛇，那客人

① Odoric of Pordenone, “The Eastern Parts of the World Described”, in Henry Yule, *Cathay and the Way Thither*, Vol. 1, *Being a Collection of Medieval Notices of China*, New York: Cambridge University Press, 2009, pp. 113-118.

② Odoric of Pordenone, “The Eastern Parts of the World Described”, in Henry Yule, *Cathay and the Way Thither*, Vol. 1, *Being a Collection of Medieval Notices of China*, New York: Cambridge University Press, 2009, p. 105.

③ Odoric of Pordenone, “The Eastern Parts of the World Described”, in Henry Yule, *Cathay and the Way Thither*, Vol. 1, *Being a Collection of Medieval Notices of China*, New York: Cambridge University Press, 2009, pp. 106-107.

会认为一无所得。”[①]

在江南旅行期间，鄂多立克对当地居民使用鸬鹚捕鱼的技术进行了生动的描绘。他写道：寄宿旅舍的主人带着他上桥，上面有几艘船，船的栖木上系着些“水鸟”。它们被绳子圈住了喉咙，不能吞食捕到的鱼，紧接着潜入水中，待捉住鱼后，就上船自行将鱼投入三只大篮子中，只需要不一会儿工夫就能把篮子全部填满。主人随后才松开水禽脖子上的绳子，让它们入水再次捕鱼，供自己吞食。至于这些由鸬鹚捕来的鱼，有几条则成了鄂多立克的一顿饱餐。另一种捕鱼法则是由渔人亲自下水完成的，他们会在船里准备一桶热水，随后脱光衣服潜入水中，将用手捕来的鱼装入背上的口袋里，待出水时便立即跳入热水桶中，由下一位渔人重复上述动作，如此便能在很短时间内捕获大量的鱼。[②]

鄂多立克对中国不同地区的生活习俗均有留意。在距离福州北上旅行十八天后，鄂多立克来到了一处山区，他见到当地男女的生活方式有极大不同，其中已婚妇女都在头上戴一个大角筒，表示自己已婚。[③] 他还注意到南方出身名门的汉人会把大拇指甲留长到超过手掌，女人则以裹小脚为美。[④] 旅行途中，鄂多立克对南方一位富人的奢靡生活印象深刻，他看到此人身边有“五十个少女”，她们不断侍奉他，他要吃饭时便坐上席桌，由美女唱着歌、奏着各种各样的乐器，把菜肴五盘接五盘地奉上。有时他又像一只娇宠的麻雀，由女人把食物送进嘴里，不断在他面前歌唱，迄至盘碟清空。“就这样，他每日过活，直到他活够了。”

① Odoric of Pordenone, "The Eastern Parts of the World Described", in Henry Yule, *Cathay and the Way Thither*, Vol. 1, *Being a Collection of Medieval Notices of China*, New York: Cambridge University Press, 2009, pp. 107-108, 117-118, 148.

② Odoric of Pordenone, "The Eastern Parts of the World Described", in Henry Yule, *Cathay and the Way Thither*, Vol. 1, *Being a Collection of Medieval Notices of China*, New York: Cambridge University Press, 2009, pp. 111-113.

③ Odoric of Pordenone, "The Eastern Parts of the World Described", in Henry Yule, *Cathay and the Way Thither*, Vol. 1, *Being a Collection of Medieval Notices of China*, New York: Cambridge University Press, 2009, pp. 110-111.

④ Odoric of Pordenone, "The Eastern Parts of the World Described", in Henry Yule, *Cathay and the Way Thither*, Vol. 1, *Being a Collection of Medieval Notices of China*, New York: Cambridge University Press, 2009, p. 153.

这种生活方式令鄂多立克大为惊异。[①]

在鄂多立克眼中，中国人的寺院里充满了和尚和万千尊神像，居民在供奉时，会使所有供食的盘碟里都冒着热气，令蒸气上升到神像的脸上，以使食物属于神像，至于别的东西，则由信徒吃掉，如此即可很好地供养他们的神。[②] 在杭州的一间寺庙里，鄂多立克看到和尚会敲锣将山上的猿猴引来，用两个盛满残肴的桶喂养他们，并认为喂养它们是为了“敬神”。[③] 此外，中国的僧侣还会为居民驱逐附体的魔鬼。[④] 相较而言，中国的基督徒则十分稀少，游记中仅有对他们在泉州、杭州等地存在的零星记录。[⑤]

基于《鄂多立克东游录》中的上述生动记载，我们可以进一步讨论它们呈现出的文学意义与历史价值。鄂多立克眼中元代中国的繁荣与富庶，背后自然有中世纪欧洲的对比参考系存在。但是，鄂多立克并非渴望名利和财富的世俗旅行家，也不负担着利玛窦等传教士承担的特定教团建设使命，更没有清季来华的使团、探险家的政治目标与个人野心，他的远游更多是出于个人在宗教上的修炼需求。托钵僧、苦行者的身份使他无意于博取眼球或赢得声名，而能以一个全然超乎世俗社会的“他者”身份来观察中国，从而使《鄂多立克东游记》中的记载呈现出其他同类型著作缺乏的朴实、真诚与生动。

---

① Odoric of Pordenone, “The Eastern Parts of the World Described”, in Henry Yule, *Cathay and the Way Thither*, Vol. 1, *Being a Collection of Medieval Notices of China*, New York: Cambridge University Press, 2009, pp. 153-155.

② Odoric of Pordenone, “The Eastern Parts of the World Described”, in Henry Yule, *Cathay and the Way Thither*, Vol. 1, *Being a Collection of Medieval Notices of China*, New York: Cambridge University Press, 2009, pp. 108-109.

③ Odoric of Pordenone, “The Eastern Parts of the World Described”, in Henry Yule, *Cathay and the Way Thither*, Vol. 1, *Being a Collection of Medieval Notices of China*, New York: Cambridge University Press, 2009, pp. 119-120.

④ Odoric of Pordenone, “The Eastern Parts of the World Described”, in Henry Yule, *Cathay and the Way Thither*, Vol. 1, *Being a Collection of Medieval Notices of China*, New York: Cambridge University Press, 2009, pp. 155-156.

⑤ Odoric of Pordenone, “The Eastern Parts of the World Described”, in Henry Yule, *Cathay and the Way Thither*, Vol. 1, *Being a Collection of Medieval Notices of China*, New York: Cambridge University Press, 2009, pp. 107-108, 115-117.

鄂多立克这种近乎“无目的”的叙事使全书中的大量记载呈现出一种久经考验的真实性，令作者真正在文本之中隐去——如同鄂多立克在叙述完自己的远游经历次年即辞世，他通过自己这一生的“苦行”，造就出一本取材真实、记录详尽的古今“奇书”，以一种“无我”的态度达成了纪实文学的极高完成度。这是为何我们今天在重温书中的上述记录时仍感到富有趣味和真实感的重要原因，同时也构成了它在中西交流史上独树一帜的存在。

中国贫困治理经验对外传播研究*

管　宇　孙鸿菲**

摘　要： 本文以近年来中国贫困治理领域的英文素材为研究对象，结合翻译学、传播学、外交学等理论视角，通过外交、党政、大众出版和媒体四个渠道全面梳理中国贫困治理经验对外传播的多媒体语料，总结中国在对外传播贫困治理经验方面作出的实绩，得出有益于当下脱贫乃至治国理政领域对外译介与国际传播的有益启示。

关键词： 贫困治理　对外译介　国际传播

引　言

近年来，中国在贫困治理方面取得了显著成就。自改革开放以来，中国通过体制改革、“三西”计划、“八七”计划、精准扶贫等系统性的减贫措施，共减少贫困人口8.5亿，对全球减贫的贡献率超过70%，得到国际社会的广泛认可。① 这不仅极大地改善了国内数亿人民的生活水平，而且为全球减贫事业提供了宝贵的经验和启示。中国的贫困治理经验涵盖多方面的内容，包括精准扶贫、产业扶持、基础设施建设、教育与医疗体系保障等。联合国开发计划署发布的《千

* 本文是国家社会科学基金中华学术外译项目“茶与宋代社会生活”（22WZSB004）阶段性成果。

** 管宇，中国社会科学院大学外国语学院，副教授，波兰格但斯克大学孔子学院中方院长，研究方向为海外汉学、翻译与国际传播；孙鸿菲，中国社会科学院大学新闻传播学院博士生，研究方向为媒体融合、国际传播。

① 郑嘉伟、王红续：《中国贫困治理经验的国际化总结与对外传播》，《内蒙古师范大学学报》（哲学社会科学版）2020年第4期，第61~70页。

年发展目标报告2015年》明确指出，中国“在全球减贫中发挥了核心作用”，“由于中国的进步，故而东亚的极端贫困率从1990年的61%下降到了2015年的4%”。[①] 由此可以看出，以减贫为核心的中国贫困治理经验逐渐引起了国际社会的广泛关注和赞誉。因此，随着中国积极参与全球治理和南南合作，中国贫困治理经验的对外传播研究显得尤为重要。

一 文献综述

在中国贫困治理经验的对外译介方面，习近平总书记的《摆脱贫困》、国新办白皮书《人类减贫的中国实践》以及《习近平谈治国理政》第三卷第五章“决胜全面建成小康社会，决战脱贫攻坚”英译本是经典文本。目前，国内外仅有对前两者的零星研究。熊正从话语内容、诉求策略、构建方式、美学辞格四个方面对《摆脱贫困》的原文与译本展开了话语修辞的对比，说明了译者在翻译过程中应根据目的语受众特点调整译文，增强译文话语的修辞效果。[②] 赵会军、曹浏将《摆脱贫困》中的术语分为物质经济、精神文化和组织行为，并从直译/意译以及归化/异化层面对三者的翻译策略进行了分析，发现物质经济词语多用直译，精神文化和组织行为词语多用意译/归化策略，异化策略在三类术语的翻译中占比较低。[③] 王才英从翻译学视角分析了《摆脱贫困》英译本的翻译策略，发现译本通过增减、分合、转换实现了微观语用意图，糅合了语用与修辞功能，从而提升了译文质量和传播效果。[④] 栗霞、于欢使用生态话语分析方法，在系统功能语言学视角下，探讨了《人类减贫的中

① 《千年发展目标报告2015年》，联合国开发计划署，https://www.undp.org/sites/g/files/zskgke326/files/migration/cn/UNDP-CH_MDG2015_ZH.pdf。

② 熊正：《习近平〈摆脱贫困〉一书汉英修辞对比研究》，《长春大学学报》（社会科学版）2018年第7期，第37~40页。

③ 赵会军、曹浏：《〈摆脱贫困〉核心思想概念词语三维翻译研究》，《中国翻译》2020年第2版，第135~144页。

④ 王才英：《中国扶贫话语翻译探析及启示》，《中国科技翻译》2022年第4期，第43~45页。

国实践》结语部分主位系统表达的深层次意义。[①]《习近平谈治国理政》英译本得到了大量研究，理论视角涉及目的论、功能翻译理论、阐释学等，研究内容涵盖中国特色语汇、典故、概念隐喻等，但缺乏对第三卷第五章“脱贫攻坚”英译的专题研究。以上研究理论和视角对该研究均有启发意义，但是中国贫困治理的对外译介在学界尚未得到专题性的书目梳理和系统研究，本文希望能够填补这方面的空白。

中国在贫困治理方面的经验通过多种渠道进行国际传播，其中，媒体和出版渠道的传播已引起一定关注，但相关研究仍然较为有限。探讨了讲好“中国扶贫故事”的根本立足点、基本路径和方法手段。她归纳的“以小见大，接嘴说话”的国际传播策略尤具启示意义。[②] 王李美慧、党争胜回顾了中国贫困治理图书对外出版的成果，总结了其三大特征，并从出版方、创作方、翻译方三维视角提出了“讲好中国扶贫故事、传播中国扶贫之声”的对策建议。[③] 以上研究对本项目在媒体和学术层面的传播研究具有借鉴价值。然而，领导人在外交场合对中国扶贫经验的宣介亦是贫困治理经验国际传播的重要手段，但至今尚未得到国内外学界的关注。

目前，中国贫困治理经验的国际传播效果研究热度不断提升。叶晓楠、张滋宜聚焦《中国扶贫案例故事选编》，探讨了该书作者——美英加意四国作家以亲身经历书写中国扶贫故事的重要价值。[④] 中国国际扶贫中心收集了亚开行等国际合作伙伴对中国减贫事业的看法，以他者视角总结了中国减贫领域的成就、目标、智慧、策略、贡献，得出了全球贫困治理受到的启发。陈禹同采访了中国改革友谊奖获得者罗

① 栗霞、于欢：《主位系统的生态话语分析——以〈人类减贫的中国实践〉白皮书结束语为例》，《外语与翻译》2021年第4期，第62~66页。

② 邓德花：《讲好中国扶贫故事的国际传播策略——以中国国际电视台英语频道为例》，《传媒》2020年第17期，第76~78页。

③ 王李美慧、党争胜：《中国贫困治理经验与模式出版国际传播研究》，《出版发行研究》2022年第1期，第76~83页。

④ 叶晓楠、张滋宜：《美英加意四国作家眼中的中国扶贫》，《国际人才交流》2018年第12期，第54~56页。

伯特·劳伦斯·库恩，以访谈形式呈现了他脱贫一线的经历和传播中国扶贫故事的实践。孔梦圆、高小升梳理了党的十八大以来海外学者对中国精准扶贫政策实施意义的判断、成效的评估、未来发展的建议，并对他们的认知进行了评析和回应。[①] 这些研究运用的个案研究视角以及针对传播效果的研究路径对本项目均有借鉴价值，但是中国贫困治理经验的国际传播辐射到诸多国外人群，目前已有研究尚未展开分类讨论。

随着中国贫困治理经验对外译介和国际传播实践的进一步开展，国内学者开始深入反思已有工作的经验和启示。姬德强考察了中国扶贫故事的话语模式和传播方式，并提出了创新话语和媒介的具体方式。[②] 贺文萍指出，应从三个方面做好中国精准扶贫故事的国际传播，即讲清楚“精准扶贫”的内涵、从宏观和微观两个角度讲述中国精准扶贫故事、讲清楚中国扶贫对世界可持续发展的贡献。[③] 王义桅、龙泰格强调应以“层层递进”的方式讲述脱贫攻坚故事，即以讲述故事为切入点，以阐释中国制度优势为核心，以传达世界情怀为价值导向。[④] 以上观点丰富了笔者对改善治国理政思想国际传播的认识。

二　中国贫困治理经验对外传播的实践经验

（一）外交层面

外交层面，中央领导人和驻外使节在国际组织和国际会议上发表讲话时曾多次声明中国对脱贫事业的庄严承诺，分享中国宝贵的扶贫

---

① 孔梦圆、高小升：《海外学者对中国精准扶贫政策的认知与反思》，《社会科学论坛》2021年第6期，第160~174页。

② 姬德强：《中国扶贫对外传播的话语、媒介与策略》，《对外传播》2020年第3期，第8~10页。

③ 贺文萍：《中国精准扶贫故事的国际传播》，《对外传播》2020年第5期，第41~43页。

④ 王义桅、龙泰格：《中国脱贫攻坚故事的层次性与对外传播路径》，《对外传播》2021年第4期，第4~6页。

经验，并号召与有关发展中和欠发达国家开展扶贫合作。例如，2021年9月17日，在上海合作组织成员国元首理事会第二十一次会议上，习近平总书记发表讲话，列出了助力上合组织国家扶贫事业的目标清单："未来3年，中方将向上海合作组织国家提供1000名扶贫培训名额，建成10所鲁班工坊，在'丝路一家亲'行动框架内开展卫生健康、扶贫救助、文化教育等领域30个合作项目，帮助有需要的国家加强能力建设、改善民生福祉。"[①] 2022年5月9日，在"全球发展倡议之友小组"高级别视频会议上，王毅外长致辞，介绍了中国在助推国际减贫事业领域的卓越成就："中国全力支持其他发展中国家减贫扶贫，改善民生，增强自主发展能力。过去50年来，中国面向160多个发展中国家，实施数千个成套项目和物资项目，开展上万个能力建设项目，提供40多万人次人员培训，为全球发展事业积极贡献力量。"[②] 此外，领导人和大使在外国报章上撰文时，也多次发表有关中国减贫和国际扶贫合作的言论。例如，2023年9月13日，习近平总书记在乌兹别克斯坦《人民言论报》和国家通讯社等媒体发表了题为《携手开创中乌关系更加美好的明天》的署名文章，在谈到"互利合作、共谋发展"时强调，"双方还要扩大减贫扶贫合作，让中乌互利合作更多更好惠及两国人民"[③]。2021年2月8日，驻加拿大大使丛培武在加拿大主流媒体《国会山时报》发表了题为《中国减贫创造了世界奇迹》的署名文章，文章由内蒙古阿尔山的扶贫成就说起，谈到中国减贫的关键特点以及中国脱贫攻坚对全球减贫事业的重要贡献，最后作出中加两国合作减贫的呼吁。

① 习近平：《不忘初心　砥砺前行　开启上海合作组织发展新征程——在上海合作组织成员国元首理事会第二十一次会议上的讲话》，中国政府网，https://www.gov.cn/gongbao/content/2021/content_5641337.htm。

② 《王毅国务委员兼外长在"全球发展倡议之友小组"高级别视频会议上的致辞》，外交部网，https://www.mfa.gov.cn/web/wjbz_673089/zyjh_673099/202205/t20220509_10683620.shtml。

③ 《习近平在乌兹别克斯坦媒体发表署名文章》，新华网，http://www.news.cn/world/2022-09/13/c_1128999690.htm。

（二）党政层面

党政层面，国家先后出版和发布《摆脱贫困》[①] 和《人类减贫的中国实践》[②] 英文版本，分别从地方和全国两个维度梳理了中国脱贫攻坚的经验教训。《摆脱贫困》收录了习近平总书记自1988年9月至1990年5月担任宁德地委书记期间的重要讲话和文章29篇，以闽东地区脱贫致富、加快发展为主题，提出了“弱鸟先飞”“滴水穿石”“四下基层”等诸多独创的理念、见解和方法。该书于1992年7月初版，于2014年8月再版，并于2016年由外文出版社翻译出版。《人类减贫的中国实践》是由国务院新闻办公室于2021年发布的年度政府白皮书之一，由人民出版社出版。该书通过“中国共产党的庄严承诺”“新时代脱贫攻坚取得全面胜利”“实施精准扶贫方略”“为人类减贫探索新的路径”“携手共建没有贫困共同发展的人类命运共同体”五章，全面介绍了中国共产党对中国减贫事业的领导、中国减贫事业的经验和成就、中国在世界减贫事业的责任与担当。同年，该书英文版由外文出版社翻译出版。作为新中国发行量最大、好评最多的领袖著作，《习近平谈治国理政》涵盖了习近平总书记在经济、政治、文化、外交等诸多领域的重要论述，而第三卷第五章“决胜全面建成小康社会，决战脱贫攻坚”则是对中国贫困治理的专题探讨，选取了习近平总书记在2017年至2019年四篇有关的重要讲话。值得一提的是，推出以上三本贫困治理领域著作英文版的出版社——外文出版社73年来一直致力于党政文献的翻译和出版，是国内中译外翻译和出版经验最为丰富的出版社。在翻译《摆脱贫困》和《人类减贫的中国实践》等重大政治书稿时，须经历四道工序，翻译、润色、初核和复核，核定阶段由两个人完成，而《习近平谈治国理政》的翻译流程更是多达10道。在项目开展过程中，中国译者负责翻译，外国

---

① Xi Jinping, *Up and Out of Poverty*, Beijing: Foreign Languages Press, 2016.

② *Poverty Alleviation: China's Experience and Contribution*, The State Council Information Office of the People's Republic of China, http://www.scio.gov.cn/zfbps/ndhf/2021n_2242/202207/t20220704_130672.html.

专家负责润色，而长期从事对外出版、国际传播和外交外事工作的资深译审和外交官则作为定稿人全面把关。翻译时，译者始终秉承“三个意识”，即政治意识、语言意识和受众意识，确保中国贫困治理领域的理念、举措、成就和经验得到准确传神的译介和传播。

（三）大众出版层面

大众出版层面，除去国家官方党政文献，国内对外出版界也系统地对中国贫困治理领域的各类图书展开了大规模有组织的外译活动，总体分为以下三大类别。

一是参与扶贫治理的中国官员和部门现身说法。例如，胡富国曾任国务院扶贫开发领导小组副组长、中国扶贫开发协会会长等职，他的两本专著《读懂中国脱贫攻坚》《向贫困宣战：如何看中国扶贫》先后于2018年和2019年被译为英文版。[①] 前者以介绍习近平扶贫思想的丰富内涵与生动实践为主线，全面回顾了中国减贫的历史与现实，总结了中国脱贫攻坚的理论与实践，展现了以习近平同志为代表的中国共产党人改革发展、消除贫困的情怀与智慧。后者解答了中国扶贫思想、中国脱贫攻坚制度体系、新时期中国扶贫的精准方略、各方参与的大扶贫格局、中国扶贫方案造福世界、中国扶贫的目标等问题。

二是外国友人作为旁观者亲历现场，见证中国贫困治理的成效。例如，2019年11月，由中国国际扶贫中心、中国互联网新闻中心联合策划的英文版图书《外国人眼中的中国扶贫》[②] 问世。该书邀请20余位来自联合国开发计划署、世界银行、亚洲开发银行、牛津大学贫困与人类发展研究中心等机构并熟悉中国扶贫减贫工作的外国专家学者，讲述他

① Hu Fuguo, *Understanding China: Poverty Alleviation*, Beijing: Foreign Languages Press, 2018; Hu Fuguo, *The War on Poverty: Poverty Reduction in China*, Beijing: Foreign Languages Press, 2019.

② 中国国际扶贫中心、中国互联网新闻中心：《外国人眼中的中国扶贫》，外文出版社，2019。

们对中国扶贫的理解、看法和经历的减贫成效。联合国秘书长古特雷斯专门为该书题词。2020 年 11 月，以上两个中心又合作出版《中国扶贫案例故事选编 2020》英文版。[①] 该书延续前作 2018 年《中国扶贫案例故事选编》的编写思路，来自美国、英国、新西兰等国家的 11 名作者撰写了 25 篇扶贫故事，聚焦生态扶贫、"互联网+扶贫"、科技扶贫、金融扶贫、旅游扶贫 5 个板块，全方位多角度展示中国扶贫工作主要做法，向国际社会生动讲述中国扶贫故事，分享成功经验。值得一提的是，以上两种书均由外文出版社出版，入选中宣部"脱贫书系"，并被列为中宣部"2020 年主题出版重点出版物"。2021 年 12 月，由外文局下属的新世界出版社出版的英文版图书《一个都不能少：老外眼中的中国扶贫》[②] 正式发行。中国外文局"第三只眼看中国"团队以外籍主持人为特色，深入新疆、西藏、广西、贵州、云南等欠发达地区，通过镜头来讲述扶贫的各种方式和效果，呈现产业扶贫、教育扶贫、生态扶贫、金融扶贫、电商扶贫、文旅扶贫、非遗扶贫等精准扶贫，对外呈现了中国因地制宜的脱贫之路。

三是中国学者阐释中国贫困治理的经验，共分为总体研究和区域研究两大类。例如，2020 年，中国社会科学出版社出版了中国非洲研究院文库策划的中国脱贫攻坚系列调研报告英文版。该丛书以总报告《中国的脱贫之道》为统领，与 11 本分报告《脱贫攻坚调研报告——湘西篇》《脱贫攻坚调研报告——临沧篇》《脱贫攻坚调研报告——延安篇》《脱贫攻坚调研报告——恩施州利川篇》《脱贫攻坚调研报告——定西篇》《脱贫攻坚调研报告——喀什篇》《脱贫攻坚调研报告——秦巴山区篇》《脱贫攻坚调研报告——临夏篇》《脱贫攻坚调研报告——盐池篇》《脱贫攻坚调研报告——通辽篇》《脱贫攻坚调研报告——黔东南州岑巩篇》相结合，构成了一套系统全面的中国脱贫攻坚研究报告，全面展现了中国脱

① International Poverty Reduction Center in China, *The Way Forward 2020: Stories of Poverty Reduction in China*, Beijing: Foreign Languages Press, 2020.

② 中国外文局"第三只眼看中国"团队：《一个都不能少：老外眼中的中国扶贫》，新世界出版社，2021。

贫致富进程的中国智慧，更好地向非洲讲好中国脱贫攻坚的故事。此外，总体研究方面，2021年11月，中国社会科学出版社出版了中国非洲研究院策划的《中国精准脱贫100例（英文版）》丛书。[①] 该丛书精选了100个来自全国各省、自治区、直辖市政协的扶贫脱贫案例，按照“发展生产脱贫典型案例”“生态环保和易地搬迁脱贫典型案例”“教育和社会保障脱贫典型案例”分为三册加以编辑，面向全球出版发行，除去中文版和英文版，还有法文版。2023年5月，中国外文局新星出版社翻译出版了《脱贫：中国为什么能》[②]，该书集结了多所一流高校各个学科的学者，以中国脱贫怎么看、怎么干、怎么能等三个问题为线索，从“中国共产党领导脱贫的百年历程”说起，到“携手共建没有贫困共同发展的人类命运共同体”落笔，对中国脱贫的伟大成就、宝贵经验和重要意义等实践和理论问题进行了深入研究。区域研究方面，2018年11月，中国社会科学出版社出版《精准扶贫：理论、路径与和田思考》英文版[③]，分析了精准扶贫的“和田实践”，从基本理念、政策导向、对口支援、易地搬迁、退出机制五个方面有针对性地提出了精准扶贫的对策建议。2022年8月，由笔者翻译的《党政统合与乡村治理：从精准扶贫到乡村振兴的南江经验》英文版[④]由中国社会科学出版社和德国斯普林格出版社联合出版。该书介绍了党的十八大以来四川省巴中市南江县通过绿色发展助推脱贫攻坚和引领乡村振兴的措施和经验，是我国贫困治理的经典个案研究。值得一提的是，以上贫困治理领域的学术译著均出自中国社会科学出版社，该社国际合作与出版部常年通过自主选题进行学术著作外译，并与国外有影响力的出版社合作发行，此外还积极申报国家各级各类学术外译项目，包括中国新闻出版总署的“经典中国”和

---

① China-Africa Institute, *100 Cases of Targeted Poverty Alleviation in China*, Beijing: China Social Sciences Press, 2021.

② *Out of Poverty: Why China Made It?*, Beijing: Foreign Languages Press, 2023.

③ Wang Linggui, Houbo, *Targeted Poverty Alleviation: The Theory, Path and Thinking of Hotan Prefecture*, Beijing: China Social Sciences Press, 2018.

④ Zhou Shaolai, Zhang Jun, Sun Ying, *Integrated Governance in Rural China: Case Study of Nanjiang County*, Beijing: China Social Sciences Press, Singapore: Springer, 2022.

“丝路书香”工程以及国家社科基金中华学术外译项目，助推中国学术“走出去”。

（四）媒体层面

媒体层面，我国通过建设专题网站和推动纪录片和影视剧出海，有力地推进了贫困治理领域的外宣工作。

首先，“中国扶贫在线”[①] 是我国对外宣传中国贫困治理事业的门户网站。它始建于2021年8月，由国新办领导，中国互联网新闻中心下属网站中国网和中国发展门户网承建。网站共分头条新闻（Top News）、照片（Photos）、专题（Features）、观点（Opinion）、视频（Video）、报告及文件（Reports & Documents）六大板块，采用包括图像、视频、评论、访谈、图表等在内的多媒体手段，致力于全面、精准、及时地分享扶贫领域的最新动态、国家和地方的扶贫政策、相关数据、研究报告以及项目合作信息，从而建立了一个在扶贫信息传播方面具有最高权威性、深远影响力和专业水平的外宣平台。

其次，中央和地方政府拍摄了一系列以扶贫为话题的纪录片和短片，有的是中外合拍，有的由中国拍摄加上英文字幕后“出海”。《中国脱贫攻坚》（*Voices from the Frontline: China's War on Poverty*）是国内第一部以外国人视角解读中国扶贫的纪录片，也是第一次有媒体跟踪拍摄脱贫攻坚第三方评估的全过程。该片由罗伯特·劳伦斯·库恩博士——中国国际电视台《走近中国》栏目的主持人兼编剧——带领中美合作团队经过两年精心打磨制作而成。团队的足迹遍布中国各地，包括贵州、甘肃、新疆、山西、四川和海南。摄制组深入了解当地贫困家庭，并对国家乡村振兴局的领导以及各级政府官员进行了深入访谈。纪录片《行进中的中国》（*China on the Move*）由上海广播电视台纪录片中心与英国雄狮电视制作公司共同打造。这部两集的纪录片通过外籍主持人安龙和珍妮的镜头，展现了中国在脱贫攻坚和疫情防控常态化背景下经济的快速复苏。

① China's Rural Vitalization，http://p.china.org.cn/.

他们的探索之旅贯穿中国大地，从西南的田野到东部沿海的都市，再到西北的广袤沙漠。安龙和珍妮深入各地，亲身体验和记录了中国的发展和变化，以一个个鲜活的人物故事和案例，讲述中国在打赢脱贫攻坚战的过程中，政府、人民和社会各界如何应对各种难题和考验，向世界提供具有参考价值的中国方案、中国模式、中国智慧。《精准扶贫的力量》是由湖南省政府新闻办、省委网信办、省乡村振兴局、省外事办联合摄制的12集脱贫攻坚系列外宣片。该片站在国际传播的视角，采用英文语音和中英双语字幕，选取湖南脱贫攻坚交流基地的典型案例、人物进行拍摄，并对应总结提炼出精准识别、产业扶贫、科技扶贫、易地扶贫搬迁、教育扶贫、健康扶贫、文旅扶贫、精神扶贫、金融扶贫、消费扶贫、抱团攻坚等十余项"脱贫攻坚方法论"，把中国减贫经验和智慧带给全世界。

最后，一系列优质扶贫主题影视剧通过版权输出、字幕翻译、配音译制等方式走出国门，走向世界。例如，电视剧《山海情》率先在YouTube平台播出，同时在凤凰卫视覆盖的亚洲、欧洲、大洋洲和非洲等区域以电视及新媒体形式播出，产生了热烈反响。此外，《山海情》参与了2021年春季戛纳电视节的在线推广活动，受到欧洲市场热捧。目前，"出海"的版本涵盖中文对白配英文字幕版、英语配音版以及根据海外观众习惯按每集60分钟体量加工的精剪版。[①] 宁夏卫视积极推进《山海情》阿拉伯语版译配和海外播出工作，成功促成其在埃及新日间电视台首播，后又经过调研确定采用叙利亚方言再次进行本土化译制，力争做到语言生动、文字流畅，以贴近阿拉伯国家与地区观众的收视习惯和偏好。与此同时，宁夏卫视加强与阿拉伯国家播出平台的对接，已与中东广播中心（MBC）、黎巴嫩LBC、沙特Rotana电视台、突尼斯国家电视台、也门国家电视台达成合作意向，《山海情》已在中东阿拉伯国家陆续开播。再如，2022年12月30日，国家广播电视总局脱贫攻坚重点剧

① 《从"出圈"到"出海"，电视剧〈山海情〉有了英语版》，文汇客户端，https://wenhui.whb.cn/third/baidu/202106/07/408302.html。

目《石头开花》英语配音版和法语配音版在四达时代中国电视剧频道（ST Sino Drama）黄金时段和新媒体平台 Star Times ON 同步首播，为非洲 42 个国家和地区的观众送去了一份跨年礼物，向非洲世界分享中国经验、传播中国智慧、提供中国方案，为非洲人民提供了反贫困经验和借鉴。为提高该剧传播效果，四达时代在 Facebook 对该片进行了预告，吸引了大量粉丝留言和点赞。据悉，脱贫攻坚是我国目前最生动、最有力量的影视题材之一。

三　中国贫困治理经验对外传播提质增效的策略

（一）建立全面的对外传播体系

中国政府在贫困治理方面经验丰富，成效显著。应建立由政府主导、多方参与的传播体系，统筹协调各方资源，形成合力。各级政府应设立专门的对外传播机构或部门，负责组织、指导、协调贫困治理经验的对外传播工作。社会组织、企业、学术机构等也应积极参与，共同推动中国贫困治理经验的国际化传播。此外，还可以通过建立国际合作机制，与各国政府、国际组织、非政府组织等建立长期、稳定的合作关系，共同开展扶贫项目、经验交流、政策研究等活动。可以通过国际会议、研讨会、培训班等形式，邀请各国政府官员、专家学者、非政府组织代表等来华实地考察，了解中国的贫困治理经验。

（二）丰富中国贫困治理的传播内容

中国贫困治理经验有其独特的背景和特点，在传播过程中，应注重突出这些特色。可以从制度设计、政策实施、项目管理、基层治理等多个方面全面介绍中国的贫困治理经验。例如，中国的精准扶贫政策、乡村振兴战略、“五个一批”工程等，都是具有中国特色的成功实践。通过分享具体的贫困治理案例，使传播内容更加生动、具体、具有说服力。可以选择一些典型的贫困治理案例，如贵州、云南、四川等地的扶贫实践，详细介绍其背景、措施、成效、经验和教训。同时，可以制作案例视频、图文资料等，直观展示中国贫困治理的实际效果。特别是在传播的话语构建方面，重视外译文稿（文件报告、领导人著作、领导人讲话等）在国际舞台上构建中国话语体系的作用。在传播中国贫困治理经验的同时，也应注重结合相关的理论研究，提升传播内容的学术水平和理论深度。可以邀请国内外专家学者共同开展研究，出版相关的学术专著、研究报告、论文集等，通过国际学术会议、学术期刊等平台，向国际社会展示中国贫困治理的理论成果。

（三）创新中国贫困治理的传播方式

在传播方式上，应充分利用各种媒介渠道，包括传统媒体和新兴媒体。通过电视、广播、报纸等传统媒体，向国际社会介绍中国的贫困治理经验。同时，积极利用互联网、社交媒体等新兴媒介，通过官方网站、微信公众号、微博、Twitter、Facebook 等平台，发布相关信息，扩大传播范围和影响力。注重传播过程中的互动性，通过在线论坛、视频直播、社交媒体互动等方式，与国际受众进行交流，及时解答他们的疑问，听取他们的意见和建议。例如，可以举办在线直播讲座，邀请中国扶贫专家、官员与国际受众在线互动，解读中国贫困治理经验，回答他们关心的问题。

结　语

中国在贫困治理领域积累了丰富的经验，取得了显著的成就。目前，通过外交、党政、大众出版、媒体等途径，我国已在对外传播贫困治理经验方面取得初步成效。国家领导人和外交官在国际公开场合分享中国扶贫成就和经验，大量聚焦理论或实践的专题译著先后出版，外国友人通过实地考察写下见证我国脱贫攻坚的文字，脱贫主题纪录片和影视作品正快速走出国门。

展望未来，我们可以通过建立全面的传播体系、丰富传播内容、创新传播方式，有效提升中国贫困治理经验的对外传播效果，为全球贫困治理贡献中国智慧和中国方案。同时，这也将提升中国在国际社会的影响力和话语权，推动构建“人类命运共同体”，实现全球共同发展与繁荣。

• 跨语言交际 •

大学英语跨文化交际能力模型建构与实践

李 蕊*

摘 要： 本文在梳理国内外跨文化交际能力培养模型的基础上提出了简易且便于教学操作的新模型。这个模型基于跨文化能力的三要素——认知、情感和技能，将语言教学融入其中，可以实现跨文化能力与语言交际能力同步发展的目标。本文同时介绍了两种可以与这个模型配合使用的教学方法，一个是人种学访谈技术，另一个是讨论式教学法。两者可以让学生充分参与到两种能力的培养过程中，亲身体验并讨论文化现象，掌握跨文化交际能力。

关键词： 跨文化能力 大学英语 人种学访谈 讨论教学法

精通一门语言不仅意味着掌握语言特点，而且涉及对语言使用的社会环境的理解，换句话说，就是对文化的理解。语言与文化相互交织："语言表达文化现实。"① 这意味着语言教师还必须培养学习者的文化能力，而试图忽略文化能力将妨碍成功的语言教学。"既然语言和文化密不可分，我们就不能只教语言而不教文化——反之亦然。"②

新时代是多元文化的时代，新课改下的大学英语要求培养与经济全球化发展需求相适应、具备跨文化交际能力的国际型外语人才。跨文化能力在外语课堂中的重要性已得到广泛认可。外语教学应以语言技能、

* 李蕊，中国社会科学院大学外国语学院，讲师，研究方向为跨文化交际与英语教学。

① Claire Kramsch, *Language and Culture*, Oxford: Oxford University Press, 1998, p. 3.

② Michael Byram, *Teaching-and-Learning, Language-and-Culture*, Avon: Multilingual Matters, 1994, p. vii.

语言运用等为切入点，将跨文化交际能力培养融入英语教学全过程，帮助学生建立中外双向的文化传播意识，在学习积累中掌握跨文化交际能力。

一 跨文化能力

当今世界，全球化趋势和新技术对全世界的人产生了巨大影响。现在，世界上有着直接或间接交流的人比历史上任何时候都多，而且越来越多的人来自不同语言和文化背景。这一现象不仅为每个人带来了新的交流机会，而且带来了新的重大挑战。许多人发现他们需要发展新的能力，以便能够跨越语言文化差异进行交流。这不仅意味着要让对方理解自己说的话，而且更重要的是去学习自己母语文化范畴以外的新的行为和互动方式。这种学习至关重要，尤其是当交流的成功通常不是根据自己的条件而是根据对话者的条件来实现时。冒犯的行为方式比错误的语法更有可能损害交流的有效性。为了取得跨文化交流的成功，除了需要具备熟练的外语技能外，还需要具备跨文化能力。

关于跨文化能力的定义，不同领域的研究者表述各不相同。这种多样性可归因于两个主要因素。首先，跨文化能力的概念本质上是跨学科的，因此，根据不同的研究对象和目的，其形式、名称和定义也不尽相同。其次，即使在某一知识领域确立了地位之后，随着研究的不断发展和深入，对其内涵的解释就会改变。但各领域研究者逐渐达成了一个共识，即“跨文化能力是一套认知、情感和行为技能和特征，用以支持在各种文化背景下进行有效和适当的互动”①。将跨文化能力视为一个由认知、情感和行为因素组成的整体，这些因素影响着对广义多样性的理解以及与多样性的互动，跨文化能力可以通过教育或经验来

① Janet M. Bennett, “Transformative Training: Designing Programs for Culture Learning”, in Michael A. Moodian, ed., *Contemporary Leadership and Intercultural Competence: Understanding and Utilizing Cultural Diversity to Build Successful Organizations*, Thousand Oaks, CA: Sage, 2008, p. 97.

培养。

跨文化能力主要包括知识、技能和态度三个方面。[①] 知识是指了解本国和对话者所在国的社会群体及其产品和实践，了解社会区别及其主要标志，以及了解交流和互动的方式和惯例。技能主要用“能做”这样的术语来表述，比如能使用一系列提问技巧、能识别误解产生的原因等。态度指的是对他人的经验感兴趣，或积极寻求他人对某现象的看法和评价。[②] 这些态度必须是存有好奇和开放的态度，是对他人的含义、信仰和行为暂不相信、暂不评判的态度。还需要愿意暂停相信自己的意义和行为，并从他人的角度对自己的行为进行分析。这是心理发展的高级阶段，是理解其他文化的基础。

二　外语教学中的跨文化交际能力

外语教学对语言的社会功能的关注促进了该学科自20世纪90年代开始的跨文化转向，对语言交际教学法强调语言和文化学习的工具价值提出了质疑。交际法对交际的适当性和有效性非常关注，因此也在语言课程中引入了一些文化内容，但为了优先实现交际目标，这些内容往往被分隔和简化，有时甚至被刻板化和功能化。为了纠正这种现象，便在语言教学中引入了跨文化能力，即超越特定语言文化的知识、态度和技能。跨文化能力不是教学大纲中的一个内容，而是更高阶的教育目标，重新定义了交际能力和文化能力的作用。跨文化能力的提高为学生在交际中语言的运用提供了支撑。跨文化能力与跨文化交际能力之间的区别在于前者指的是个人有能力用自己的语言与来自另一种文化的人进行交流；后者则指的是在交流中个人需要应用外语的语言能力、社会语言能力和话语能力。

---

① Michael Byram, *Teaching and Assessing Intercultural Communicative Competence*, Clevedon: Multilingual Matters, 1997.

② Michael Byram, “Intercultural Competence in Foreign Languages”, in Darla K. Deardorff, ed., *The Sage Handbook of Intercultural Competence*, California: Sage Publications, 2009, p. 324.

三 跨文化交际能力模型的构建

（一）国外跨文化交际能力模型

国外的研究学者构建了多种跨文化能力模型，其中大多数模型都没有具体说明跨文化能力是如何与外语交际能力联系在一起的，因为这些模型都不是在外语教学背景中形成的。与外语交际能力有交叉的模型包括 Balboni①、Gaston②、Kramsch③、Byram④、Fantini⑤ 的模型。

Balboni 的“跨文化交际能力模型”针对的是外语教学环境。除文化目标外，他还提出了语言和非语言目标。但是文化目标和交际目标只是并列在一起，两者之间的关系并没有进一步明确。值得注意的是，这个模型除了对能力至关重要的文化和语言层面进行了界定外，还界定了另一个语境层面，从而使能力得以转化为行为。

Gaston 的模型是根据 ESL 教学环境的需要设计的。该模式源于北美的多元文化教育传统，但在欧洲的外语教学中也产生了重大影响。该模式的核心是“文化意识”的概念。文化意识被定义为“能够认识到文化影响认知，文化影响价值观、态度和行为”。⑥ 在定义了获得“文化意识”的四个阶段之后，Gaston 将每个阶段与不同技能的发展联系起来。第一阶段，“识别”，对应的技能是“非评判性观察”；第二阶段，“接受/拒绝”，对应的技能是“应对模糊性”；第三阶段，“融合/种族中心主

① Paolo E. Balboni, *Intercultural Communicative Competence: A Model*, Perugia: Guerra, 2006.

② Jan Gaston, *Cultural Awareness Teaching Techniques*, Maine: Pro Lingua Associates, 2005.

③ Claire Kramsch, *Context and Culture in Language Teaching*, Oxford: Oxford University Press, 1993.

④ Michael Byram, *Teaching and Assessing Intercultural Communicative Competence*, Clevedon: Multilingual Matters, 1997.

⑤ Alvino E. Fantini, "Developing Intercultural Competence: A Process Approach Framework", in Alvino E. Fantini, ed., *New Ways in Teaching Culture*, Alexandria, VA: TESOL, 1997.

⑥ Jan Gaston, *Cultural Awareness Teaching Techniques*, Maine: Pro Lingua Associates, 2005, p. 2.

义”，对应的技能是“共情能力”；第四阶段，“超越”，对应的技能是“尊重的能力”。[①] 由于这些技能是情感因素和认知因素相互作用的结果（包括潜在的和实际的作用），故而 Gaston 的“文化意识”间接地展示了跨文化能力包含的所有组成部分。Gaston 以这个理论框架为基础，设计了由二十个教学活动组成的分析性教学计划。这些活动分为四个单元，每个单元有五项活动，与他提出的获取文化意识的四个阶段相对应。但这个模型和设计的教学活动都没有重视外语教学。可以说该模式完全忽视了语言在阻碍或促进能力发展方面可能发挥的作用。与语言相关的教学技巧只局限在对目标语言文本的理解和产出方面，并没有考虑语言的文化价值，也没有将语言用于交际目的。

Kramsch 的框架旨在促进跨文化理解。Kramsch 认为“当两个人互动时，他们通过对话构建的文化背景不仅受到各自文化的‘客观’现实（C1 和 C2）的影响，而且（在更大程度上）还受到每个人对自己本土文化的自我认知（C1′和 C2′）以及对他者文化群体的认知（C1″和 C2″）的影响。此外，异质原型（C1″）与自质原型（C1′）的联系往往多于与外来文化现实（C2）的联系”。[②] 该框架引导外语教师通过这种复杂的认知网络，发展“第三视角”，“使学习者能够以局内人和局外人的视角看待 C1 和 C2”。[③] 该框架提出了一种四阶段（或宏观目标）方法，通过这种方法引导学生创建“第三视角”。Kramsch 将文化视作语言的一个特征。[④] 换句话说，文化在国际语言教学法中发挥作用的唯一原因是，语言是一种社会实践，因此需要从其文化含义的角度来理解。遗憾的是，该模式本身并没有反映出这一坚定的立场，而是对母语和外语在“跨文

① Jan Gaston, *Cultural Awareness Teaching Techniques*, Maine: Pro Lingua Associates, 2005, pp. 3-5.

② Claire Kramsch, *Context and Culture in Language Teaching*, Oxford: Oxford University Press, 1993, p. 208.

③ Claire Kramsch, *Context and Culture in Language Teaching*, Oxford: Oxford University Press, 1993, p. 210.

④ Claire Kramsch, *Context and Culture in Language Teaching*, Oxford: Oxford University Press, 1993, p. 8.

化理解”中可能发挥的作用讳莫如深。Kramsch 提出了一些以“文化对比维度”为内容的交际教学活动。然而，建议的活动只是笼统地围绕该模式设想的四个阶段，并没有详细说明针对每个阶段的目标应采取什么行动。

Byram 模型是一个界定语言能力水平包括社会文化能力水平的计划，现已成为欧洲的标准。这个跨文化交际模型是国际语言教学范围内最著名的一个，它由五个部分组成：态度、知识、解释和联系技能、发现和互动技能，以及批判性文化意识。[①] 通过对每个组成部分的定义，可以确定一般和具体的教学目标以及相应的评估标准。Byram 通过一系列教学目标来体现跨文化能力的内涵，并通过提供跨文化能力各组成部分的精确定义，使教师能够更轻松、更自主地将其转化为教学实践。然而，Byram 模型最独创性的贡献在于，他认为跨文化目标和交际目标应该分开考虑和处理。Byram 特别区分了“跨文化能力”和“跨文化交际能力”。在前一种情况下，个人有能力用自己的语言与来自另一种文化的人进行交流；而在后一种情况下，在交流的同时，他们也在用外语实践自己的语言能力、社会语言能力和话语能力。Byram 强调，五种能力并不只是为掌握/学习外语（或第二语言）的人准备的。每个人，包括只会一门语言的人，都可以而且应该发展自己的跨文化能力。这个模型并没有给出具体的教学建议，只为教育环境的评估提供了非常概括性的指导原则。但这种评估可以作为确定教学目标、教学顺序和恰当的评估方法的起点。

Fantini 模型是一个“过程方法框架”，语言教师可以非常方便地用它来制定跨文化课程大纲。框架包含七个阶段，每个阶段 Fantini 都给出了适当的教学活动建议，例如，第一阶段介绍新材料；第二阶段在有限制和受控的背景下练习新材料；第三阶段在必要的时候解释或阐明材料背后的语法规则；第四阶段在更自由更宽松的场景以及自发的对话中使

① Michael Byram, “From Foreign Language Education to Education for Intercultural Citizenship”, in *Essays and Reflections*, Clevedon: Multilingual Matters, 2008, p. 230.

用新材料（配合学生以前学过的其他材料一起使用）；第五阶段从社会语言学角度探讨社会环境与语言使用的相互关系，强调特定语言风格的适当性（而不是语法的正确性）；第六阶段从文化的角度探索适当的策略和行为，同时了解目标文化的价值观、信仰、习俗等；第七阶段跨文化探索，将目标文化与学生的母语文化进行对比。[①] 这一模型的意义在于其建议的教学活动将跨文化目标和语言目标联系在一起。但由于这些活动不能与理论模型中阐述的跨文化能力的各个组成部分相对应，故而其有效性受到严重质疑。因此，该模型无法依靠坚实的理论基础来证明和支持提出的方法建议的合理性。在这个模型中跨文化能力和语言能力是分开的。虽然外语教学在这个方法论模型中被赋予了至关重要的地位，但在理论框架中，跨文化能力与外语水平之间的关系却不那么明确。

（二）国内跨文化交际模型

国内从事跨文化交际学研究的人以外语学科教师为主，对跨文化交际能力的讨论多着眼于语言交际。

贾玉新从建构主义视角出发，搭建了包含基本交际能力、情感和关系能力、情节能力和交际方略能力的框架模型。[②] 并将每个能力系统进行了详尽的解析，但由于该框架的复杂性，故而从能力培养的实践角度来看，教师不容易找到入手点。

杨盈和庄恩平构建的跨文化交际能力模式是针对外语教学提出的跨文化交际能力框架，主要包括全球意识、文化调试、知识和交际实践四个核心要素。其中，“交际文化知识的掌握以全球意识和文化调适能力为根基”，而“交际实践是跨文化交际能力的最高层次，前三大能力的培养都是以交际实践能力为目标”[③]。这个框架以探讨跨文化交际能力的

① Alvino E. Fantini, “Developing Intercultural Competence: A Process Approach Framework”, in Alvino E. Fantini, ed., *New Ways in Teaching Culture*, Alexandria, VA: TESOL, 1997, pp. 40-41.

② 贾玉新：《跨文化交际学》，学苑出版社，2004，第480页。

③ 杨盈、庄恩平：《构建外语教学跨文化交际能力框架》，《外语界》2007年第4期，第20页。

本体研究为主，未给出具体的教学建议。

葛春萍和王守仁基于衡量跨文化交际能力的两个核心标准——有效性和适宜性，建构了跨文化交际能力培养的教学内容，给出了一些教学方法。[①]

（三）大学英语跨文化交际模型的建构

在外语教学中需要在课程规划和课堂教学中融合跨文化能力目标和交际能力目标。新模型以目的语交际能力为首要目标，围绕跨文化能力的三个要素，认知、情感和行为技能来构建教学阶段。这个模型旨在为课程设计和教学方法提供多样选择，包括教学材料、教学活动和教学步骤。每个阶段有具体的跨文化能力教学目标和语言交际目标。这个模型也可以说是一个教学过程的发展模型，集中在教学活动的进展过程，给出了教学阶段和教学方法。通过这个模型，学生的认知和情感因素得到发展，再配合着促进技能的教学活动，学生逐渐获得了各种文化技能。这些技能既代表跨文化能力的“外部结果”（即调解对话者之间冲突的观点），也代表跨文化能力的“内部结果”（即质疑自身价值观的意愿）。[②]

模型分为三个阶段，由认知阶段开始，下一个阶段是情感阶段，最后一个阶段是发展跨文化交际技能。每一个阶段都对应一系列教学目标，让学生使用某些技能，从而发展对应的能力。认知阶段旨在激发学生的好奇心，提高学习动力，是整个教学过程中的定向和热身阶段。好奇心、暂缓判断、认知灵活性、文化谦逊和对模糊性的容忍是情感维度的核心要素。其中，好奇心是发展跨文化效能的基石。如果参与者抱有开放和好奇的态度，那么就会更容易去发现和互动，产生心理压力的可能性也会降低。为了增强好奇心，首先要做的就是暂停假设和判断，让思维向

---

① 葛春萍、王守仁：《跨文化交际能力培养与大学英语教学》，《外语与外语教学》2016 年第 2 期，第 79~86、146 页。

② Darla K. Deardorff, "Identification and Assessment of Intercultural Competence as a Student Outcome of Internalization", *Journal of Studies in International Education*, Vol. 10 (3), 2006, pp. 241-266.

多角度开放。其次是提高我们对模糊性的容忍度，这是有效开展跨文化工作的一个基本特征。通过选择可提炼跨文化比较主题的各种文本，采用对比的方法来发现文化间的异同。学生只有在经历了文化差异，并间接认识到所有文化都以相同的效力但可能不同的方式影响着人类生活的方方面面之后，才能意识到文化是真实存在的，意识到文化影响着价值观、态度和行为。文本的类型可多样化，除文章外还可选择电视节目，甚至广告等。教师需选择对学生的认知能力而言复杂程度相对较高的比较话题，话题应具有多样性，并且能体现文化的集体价值，比如从国家、性别、种族或宗教的层面进行比较。

在建立了对陌生文化事件做出适当反应的动机之后，下一步就是寻求知识。第二个阶段情感阶段的教学核心是文化和语言内容的输入，同时培养学生自我反思的能力。这个阶段与第一个阶段相结合，通过与其他社会文化做比较研究来鼓励学习者批判性地反思自己社会的价值观、信仰和行为。对自身价值观的认识可以帮助学习者有意识地控制对异文化行为进行带有偏见的解释。教师在选择进行文化内容输入的文本时应尽量涵盖可能激发个人思想和情感的主题，比如电影、诗歌或论坛上发布的信息等，并在进行解释时简单明了，以弥补对情感要求的复杂性。这个阶段也是语言输入的恰当时机，引导学生探索和使用外语，因为语言只有在有意义和可理解的情况下才能被习得。在这个阶段，学生必须集中精力理解课文。

第三个阶段集中在获得技能方面，既包括文化技能，也包括语言技能，这也是练习、反思和回顾阶段。在提高了我们的文化自我意识、审视了我们的立场与他人的距离、评估了需要的挑战和支持程度之后，下一步就是培养适应环境的必要技能，这是持续一生的课题。跨文化技能通常包括移情能力、收集适当信息的能力、倾听能力、适应能力、解决冲突的能力，以及管理社会交往和焦虑的能力。教师将选择最能挑战学生解决复杂问题能力的活动，鼓励他们使用复杂的批判性思维和战略思维。这个阶段将集中在解决问题而不是阅读文章上，例如对目的语使用者进行人种学访谈。

四　与模型相适配的教学法

（一）人种学访谈技术

人种学访谈在人类学和心理学中都有应用，目的是了解受访者的感受和经历。人种学访谈中会特意选择开放型问题来提问。除第一个问题是被称为"靶心问题"的一般性问题外（如"您对……感觉如何……？"），接下来的每个问题都直接建立在被采访者的回答之上。这些建立在受访者话语基础上的问题要求访谈者积极倾听。在人种学访谈中，访谈者必须不断倾听受访者的发言并与之互动。访谈者没有自己的议程。在被采访者做出回答后，人种学采访者会不断进行探究："您是什么意思？"访谈者的目标是发现受访者内心的自然意义范畴，而不是预设问题的答案。人类学家使用人种学访谈技术来实现内部视角，与外部观点形成对比。类似的技术也用于心理访谈。在人类学工作中，人种学访谈通常在非实验室、非正式的环境中进行，以便访谈者进入受访者的生活世界。与需要在特定文化背景下进行长期观察的民族志形式不同，民族志访谈技术是一种可用于了解文化内部人观点的非常便捷的工具。它还可以用于探索和了解任何背景下的文化异同。因此，它可以在语言课堂上使用，也可以在与课程相关的各种活动中发挥作用。

人种学访谈技术包含的三个要素使其与文化作为过程的理论相一致。第一个要素是自我。学习者意识到自己是作为一个文化个体参与到跨文化互动中。使用人种学访谈技术对目的语使用者进行现场访谈，不仅是一个认知过程，而且能让学习者在情感上参与其中。学习者作为情感和认知的综合体，有意识地与目标文化的代表进行交谈。第二个要素是文化界限和差异。Kramsch 主张承认不同文化之间的界限和差异，并创建一个元文化的第三空间。[①] 尽管人种学访谈技术并不忽视差异，但它主

① Claire Kramsch, *Context and Culture in Language Teaching*, Oxford: Oxford University Press, 1993, pp. 20-25.

张首先关注人类的相似性，并以此作为跨文化交流的起点。通过在文化普遍性的背景下重构文化差异，一种新的、重新定位的感知视角将相似性视为暂时突出的性质。这种对相似性的初步关注可以帮助学生避免疏远。面对面的访谈过程以一种非常真实和人性化的方式进一步缩小了人与人之间的距离。元文化第三空间变成了人际、跨文化接触的物质空间，在共同创造意义和获取鲜活的文化的过程中，学习者对文化界限的认识也随之加深。第三个要素是通用性。人种学访谈技术既可用于语言初级水平的课堂教学，也可用于高级水平的课堂教学。这种普适性基于访谈本身的灵活性，因为访谈的时间可长可短，并且访谈可在任何地点进行，所以访谈更容易进行。

在外语课程中使用人种学访谈方法可以以一个贯穿整学期的采访项目的形式进行。在项目开始前先对学生进行人种学访谈的培训。首先，让学生阅读关于文化和人种学相关的资料，了解人种学访谈的基本原理以及访谈范例。其次，让学生观看有关人种学采访的视频，并在课堂上观摩教师示范的采访技巧。最后，让学生以两人一组的方式相互采访，练习这些技巧，并向全班汇报他们的发现。在培训结束后，给学生布置项目的核心要求：每位学生确定一名以母语为目的语的人，并对其进行访谈，一学期访谈三次。访谈需要用英语进行。可以探索一下与被访谈人有没有相似的学科作业、社团活动等，还可以一起参加体育活动或者购物。访谈的首要目的就是去了解对被访谈人来说什么是最重要的。在学期结束时，学生需提交一份书面报告，并在课堂上就他们的案例研究做简短的口头报告。在书面和口头报告中，学生需要就以下几个方面给出评论：他们对访谈对象的了解、他们对访谈对象背景文化的了解、他们对自己文化的了解、他们对自己互动风格的了解。与访谈一样，学生应该以英语完成报告和陈述。

（二）讨论式教学法

讨论式教学活动基于给学习者自身体验带来的积极作用的肯定。此外，通过讨论，学生可以积极地参与到学习的过程中。每一个参与讨论的学生都可以从其他人身上学到知识。例如，有实习经验的学生可以分享他们在工作场所的跨文化经验。没有行业经验的学生可以分享他们出国旅行或者做交换生的文化经历。大家都是彼此宝贵的知识源泉。依靠学生分享其跨文化经历的教学方法，可以让学生接触到同龄人经历的工作环境，也可以向他们展示跨文化交际是如何应用到他们自己的生活中的。将讨论活动与不定期的讲座相融合，可以让一系列不同的学习模式发挥作用。例如，一个学生在记忆讲座内容的时候很吃力，但他可能会更容易记住讨论中出现的新信息。此外，当学生讨论和分析与自己生活相关的例子时，他们更有可能记住在讲座中学到的概念，并将其应用到实践中。在讨论式课堂上，教师的角色从专家转变为讨论的促进者和指导者。作为讨论促进者，教师可以使用各种策略来维持讨论。其中一种策略是，在进行小组讨论之前，要求学生先对给出的材料做出个人回应。在大组讨论之前，要求学生先结对或者以小组为单位进行讨论，这能让他们有宝贵的时间与同伴共同探讨。

讨论式教学法应遵循的原则包括：①必须鼓励所有人都参与进来，因为我们有很多东西可以相互学习；②必须想方设法让每个学生都有话要说，尤其是在课堂初期；③应要求学生在讨论课开始前对材料或问题进行一些思考（通常是高度结构化的思考）；④学生之间、学生与教师之间应相互了解，并感到融洽，最有助于学习的或许是人际关系的质量；⑤信任、支持、接纳和尊重的氛围能增进人际关系，即使是“错误”的答案也是合理的；⑥学生的自我形象总是受到其参与讨论的影响，因此反馈对自尊至关重要；⑦任何讨论的首要目标都是加深对某些共同话题或“文本”（广义上）的理解；⑧不同的材料和目的应使用不同的讨论方案。

1. 课堂讨论的应用

课堂讨论可以有效地将课堂转化为以学生为主体，充分调动学生的积极性。例如，在讲授跨文化交际过程中常见的偏见或刻板印象时，利用讨论的方式可以起到非常好的效果。

在很多跨文化交际课本中可以找到关于不同国家的文化方式或偏好

的介绍。比如阿拉伯人说话时会站在离听众很近的地方，中国人最初会拒绝别人的热情款待，拉美人更愿意与对自己家庭感兴趣的人做生意，德国人和法国人喜欢使用长句子。这些描述源于我们对那些在文化含义、信仰和行为方面被视为与众不同的人的态度，这种态度隐含在他们与自己社会群体或其他群体的对话者的互动中。这种态度通常被称为偏见或刻板印象。然而，Weiss 警告说，“即使这些草率的概括大部分是事实，我们也应该为这样的观点感到不安，即将群体的某个成员视为这个群体的代表——一种类型的象征——而不把他当个人来看待”[①]。Beamer 也补充说，尽管刻板印象“在某种程度上可能是有用的，甚至是准确的，但它们的洞察力有限，只能揭示整个文化的一部分”[②]。事实上这些偏见往往是消极的，会造成互动的失败。在一个旨在培养批判性文化意识的教育框架中，学习者应反思和分析自己的信仰和行为的形成方式，以及参与塑造的复杂社会力量，从而达到在互动中让自己的想法和行为相对化，尊重他人的意义、信仰和行为。

课堂讨论可以让学生意识到偏见的存在，并理解其负面作用。首先让学生搜索外国人编写的中国文化介绍，然后思考几个问题：“你认为这些刻板印象从何而来？”“哪些是明显错误的？”“哪些在一般情况下或在某些情况下是成立的？”其次让学生针对接下来的问题进行更广泛的讨论：“刻板印象（即使是积极正面的刻板印象）会如何限制我们对一个群体中的个人或整个群体的理解？或者会怎样影响我们与他们的交流？”“对文化刻板印象的理解或认识将会如何影响他们与来自不同文化背景的人进行交流或不进行交流？”

通过观察他们熟悉的群体并分析与这些群体相关的刻板印象，学生可以更加清楚地认识到刻板印象在他们日常生活中扮演的角色。这种意识反过来又能帮助他们理解在跨文化环境中使用刻板印象的潜在危害。

---

① Edmond H. Weiss, “Technical Communication across Cultures: Five Philosophical Questions”, *JBTC* 12, 1998, p. 260.

② Linda Beamer, “Learning Intercultural Communication Competence”, *Journal of Business Communication* 29, 1992, p. 294.

之后学生可以仿照讨论中国文化特征一样来继续讨论下一种文化，在搜集关于这个文化方方面面的材料的基础上，探讨分析哪些可能是关于这个文化的刻板印象。在这个讨论结果的基础上进行文化对比，对比这个文化与中国文化的相似和不同。

2. 课内讨论的延伸——网络论坛

Hanna 和 de Nooy 的案例研究证明公共论坛可以发展学生的跨文化交际能力。① 论坛具有的功能对跨文化交际能力的发展是有益的，比如参与者可以直接与目的语使用者进行讨论。此外，在线论坛的异步特性有助于加强学生的反思能力，这是跨文化交际能力的一个关键特征。② 社交媒体应该被越来越多地应用于跨文化交际教学，因为它们可以培养学生的批判性思维能力，所以对获得跨文化交际意识至关重要。

结　语

无论我们在世界上处于何种位置，这种识别自身文化模式、承认他人文化模式并最终学会适应不同文化的意识是我们每个人的发展过程。培养与不同文化背景的人一起生活和工作的技能和能力的呼声，已不再局限于几个特定的学科和专业，而是在更广阔的背景下对文化意识的呼唤。在外语教育领域，很久以前就把对语言本身的教学与对使用该语言的一个或多个国家的了解联系在一起。从了解事实本身发展到要了解如何去做。学习者需要了解一个国家，并知道如何与具有不同思维、信仰和行为方式的人进行互动。跨文化交际能力模型为大学英语教学中跨文化交际能力的培养提供了路径和指导。

---

① Barbara Hanna, and Juliana de Nooy, "A Funny Thing Happened on the Way to the Forum: Electronic Discussion and Foreign Language Learning", *Language Learning and Technology*, Vol. 7 (1), 2003, pp. 71-85.

② Gilberte Furstenberg, Sabine Levet, Kathryn English, and Katherine Maillet, "Giving a Virtual Voice to the Silent Language of Culture: The Cultura Project", *Language Learning and Technology*, Vol. 5 (1), 2001, pp. 55-102.

Table of Contents & Abstracts

· Classical Interpretation ·

Women with Masculine Qualities and Men with Feminine Qualities
—A Feminist Parody Study of *Herzog*

Shan Xiaoming / 1

Abstract: Saul Bellow's novel *Herzog* parodies feminism to reveal the protagonist Herzog's inner transformation and growth. Herzog's emotional journey is reflected in the novel through his interactions with various female characters. As the story unfolds, he begins to realize the limitations of the adversarial gender views, understanding that society needs the integration of masculine and feminine qualities to achieve true harmony and progress, rather than setting gender roles in opposition. Herzog ultimately chooses a social welfare perspective, believing that the combination of masculine and feminine qualities creates a complete human being, and that the actions of radical feminists make both men and women more combative while rendering less humane.

Keywords: Saul Bellow; *Herzog*; Feminism; Parody

The Evolution of the Concept of Justice and Character Analysis in the "Oresteia"

Song Yufang / 18

Abstract: The changes in the concept of justice presented in the ancient Greek tragedy "Oresteia" have been analyzed. The fair concept of tit-for-tat represented by the old goddess of vengeance is no longer sufficient for the times. The citizen judgment system established by the new god Athena and the wise debate on guilt and the severity of crimes are welcomed. In the progress of the Athenian era, the demand for universal standards is not only reflected in Athena replacing the old standards. This article also interprets the establishment of Zeus's image as the ruler of transcendental justice and the pursuit of justice standards that humans may achieve in moral dilemmas. Zeus and humans together constitute the elements of implementing human justice, and humans may be more important because the limitations of humans better reflect the high-spirited humanistic spirit of Greek tragedy, that is, humans cannot dominate whether the world is just or not, but they can strive to practice justice.

Keywords: "Oresteia"; Justice; Moral Dilemma; Zeus; Spirit of Greek Tragedy

· New Trends in Literature ·

Samuel Johnson's Modernity: Brief Review of Nicholas Hudson's *Samuel Johnson and the Making of Modern England*

Xia Xiaomin / 31

Abstract: This article mainly analyzes Nicholas Hudson's interpretation of

Johnson's view of rank to class, women, party, the public and imperialism, etc., and his modern consciousness to promote Britain's development into modern society, and his being a "John Bull" figure in Hudson's academic monograph *Samuel Johnson and the Making of Modern England*. Johnson is regarded as a forward-looking and forward-thinking literary and cultural figure who was part of the transitional development of 18th-century England into modern society, and "was made by and helped to make England" (226). Viewing Johnson's documentation and participation in the process of British modernization, Hudson provides contemporary readers with new clues to look into British society and literary scene in the 18th century, as well as Johnson and his works, and enhances readers' understanding of the past, present and future of Britain.

Keywords: Modern Society; Samuel Johnson; Forward-looking; 18th Century Britain

"Absence" and "Presence"

—An Exploration of Gender Discourse in Jacobean Drama

Wu Linna / 45

Abstract: The 30 years between the end of Shakespeare's time and the closure of London theaters in 1642 are collectively known as Jacobean drama. There are still many playwrights in the UK who are active on the drama stage and continue to write the tradition of Renaissance tragedy. However, they focus less on national events, but rather transform into the love and hatred of ordinary people in families, which is closer to the social life at that time and more truly reflects the living conditions of women. There is a gender imbalance in the tragic language of this period. Women are deprived of their right to speak. There is a serious "absence" in the discourse, which is replaced by the symbolic "presence" of the body's organs. The two eliminate each other and are in binary opposition. Accompanying the "presence" of body organs is the popularity of bloody revenge tragedies, which reflect both the political chaos and the lack of social justice of the Jacobean era.

Keywords: Gender Discourse; Bloody Revenge and Violence; "Absence" & "Presence"

The Beginning of the Australian Indigenous Literature

—The Birth of the First Australian Indigenous Poetry Collection

Wu Jing / 57

Abstract: The origin of Australian Indigenous literature (written literature) is an important literary event in the development of Australian literature. The significance of Indigenous literature in Australia is closely related to the language and cultural roots of Indigenous Australians, the racial dilemmas they have experienced, and the continuous reflection and introspection of Australian society on Indigenous affairs. This article analyzes the uniqueness of Indigenous literature from the perspectives of the roots of Australian literature, the significance of Indigenous languages and cultures in the formation and development of Indigenous literature; From the perspective of the author reader and through textual analysis, this article introduces the uniqueness of the author's identity and literary creation in the indigenous poetry collection *We Are Going*, which marks the beginning of indigenous literature. The paper attempts to make the domestic readers understand the origin and significance of the beginning of Australian indigenous literature from a sociocultural perspective.

Keywords: Indigenous Literature; Oodgeroo Noonuccal; Indigenous Poetry

A Comparative Study of Ancient Sino-Western Island Adventure Narratives

Zhang Wenru / 73

Abstract: The narrative of island adventures is a common theme in both Western and Chinese literature, each revealing distinctive cultural traits. The Western tradition of island adventure narratives can be traced back to ancient Greece with Homer's *Odyssey*. With the Age of Discovery, works like *Robinson Crusoe* became widely popular, forming a typical narrative genre. In contrast, Chinese island adventure narratives developed relatively later, primarily influenced by external Indian Buddhist stories, with Xuanzang's *Great Tang Records on the Western Regions* portraying the story of Prince Sangha. This article contrasts Western and Chinese literary island adventure narratives, revealing significant differences in how each culture handles intercultural conflicts. The study finds that Chinese narratives typically address safety crises like encounters with indigenous cannibals and island women through peaceful coexistence, reflecting Confucian cultural inclusivity and diversity. In contrast, Western narratives tend to resolve conflicts through conquest or domination, reflecting the exclusivity and singularity of Christian culture. By analyzing these differences, the article demonstrates how Western and Chinese literature reflect their respective cultural values and historical backgrounds, emphasizing the importance of understanding cultural differences in promoting cross-cultural communication in a globalized context.

Keywords: Island Adventure Narrative; Cultural Conflict; Cultural Coexistence

· Overseas Highlights ·

Interweaving of Emotion and Art, Insight into Growth

—Exploration of Narrative Art and Theme of Growth in Ali Benjamin's *The Thing about Jellyfish*

Yang Chun / 86

Abstract: In the young adult novel *The Jellyfish Story* by American writer Ali Benjamin, emotion and narrative art are intricately intertwined to vividly depict the protagonist Suzy's inner world as she faces the challenges and difficulties of growing up. Benjamin employs a triple narrative structure juxtaposed with different times and perspectives, offering readers a multidimensional understanding. Additionally, the novel utilizes a narrative language of "defamiliarization," showcasing Suzy's profound interest in natural science and her persistent exploration, allowing readers to deeply experience the protagonist's inner changes and the allure of scientific exploration. This unique narrative technique endows the novel with depth and dimension, making it an unforgettable young adult coming-of-age story.

Keywords: *The Thing about Jellyfish*; Narrative Art; Juxtaposition; Defamiliarization; Theme of Growth

The Fate of Minor Characters under the "Progress Worship" of the Victorian Era

—On the Deaths of Two Workers in the Industrial Novel *North and South*

Wang Chunxia / 100

Abstract: Elizabeth Gaskell's *Mary Barton* and *North and South* are considered masterpieces of 19th-century British industrial novels. Critics like Raymond Williams believe that Gaskell's portrayal of working-class characters in her works was influenced by the middle class's fear of violence. However, this view diminishes the historical significance of her portrayal of the individual life experiences of the working class. This paper combines 19th-century British social history to provide a detailed analysis of the survival status of two minor characters, Bessy Higgins and John Boucher, in *North and South*. It argues that Gaskell highlights her sympathy and respect for the humble individual lives and challenges the discourse of "progress worship." It is through her writing about the fate of minor characters in the Victorian era's wave of "progress" that modern readers can reexamine this period of history in a micro-historical way.

Keywords: *North and South*; Factory System; Labor Conflicts; British Industrial Novels

· Cross-Cultural Communication ·

English Festivals and Their Evolution in the Reign of Elizabeth I

Wang Chaohua and Pan Wangcong / 119

Abstract: The Elizabethan era, a period of social transformation in England, saw some major socio-cultural changes occurred. Among these changes, the most remarkable was the evolution in the celebration of festivals, namely, traditional folk festivals were rejected by the new social elites, a large number of ancient festivals were deemed immoral and no longer held, and the traditional Ritual Year of medieval England tended to disintegrate. At the same time, with the formation of the nation-state and the strengthening of the power of the king, national festivals that serve political purposes appeared, giving rise to new festivals. The transformation of festivals in England under the reign of Elizabeth I was the result of a combination of several factors, including the continuation of the Reformation, the growth of society and economy and the rise of the new social elites.

Keywords: The Elizabethan Era; England; England Festivals; Ritual Year; The Reformation

The Vicissitudes of English Language Education in Modern China and the Cross-Cultural Transmission of Humanities

Yang Bo / 135

Abstract: The purposes, students, teachers, materials and methods of English language education in modern China have experienced great changes with the pushes of trade between China and western countries, of missionary schools, and of schools run by the government and private schools. These changes embodied the spirit of humanities, and also constructed the "superiority" of English since it was described to transmit "modern" and "scientific" knowledge. English language education influenced the cross-cultural transmission of humanities in modern China in several aspects: it helped western humanistic thoughts to spread into China and fuse with Chinese traditional humanistic thoughts, promoting the growth of the system of humanities in modern China; it also accelerated the translation and transmission of humanistic knowledge and facilitated the overall development of humanities education in modern China. However, the permeating and constructive effects of western colonial ideology and knowledge hierarchy on Chinese humanities need to be noticed, and the system and creativeness of Chinese humanities need to be reexamined and reconstructed.

Keywords: English Language Education in Modern China; Humanities; Knowledge Hierarchy; Cross-Cultural Transmission

The Ascetic Practices of Odoric of Pordenone

—An Analysis of the Trans-Cultural Narrative of *The Eastern Parts of the World Described*

Shen Xuechen and Huang He / 146

Abstract: The Italian Franciscan friar Odoric of Pordenone traveled China by begging in Yuan Dynasty and completed a classic work in the in the history of Sino-Western intercommunication, *The Eastern Parts of the World Described* by his lifetime ascetic practices. This book not only offers detailed records of the Chinese society in the Yuan Dynasty with an artless and artless style of writing, but also presents an open-minded, pluralistic and prosperous oriental world.

Keywords: *The Eastern Parts of the World Described*; *Cathay and the Way Thither*; Henry Yule; China in Yuan Dynasty; National Culture

A Study on the International Communication of China's Poverty Alleviation Experience

Guan Yu and Sun Hongfei / 154

Abstract: This study takes the English materials in the field of poverty alleviation in China in recent years as the research object, and combines theoretical perspectives from translation studies, communication studies, and diplomacy studies. Through four channels: diplomacy, party and government, mass publishing, and media, it comprehensively collates the multi-media corpus of China's poverty alleviation experience in external communication. The study summarizes the achievements China has made in disseminating its poverty alleviation experience to the outside world and derives beneficial insights for current poverty alleviation and the international communication of governance and statecraft.

Keywords: Poverty Alleviation; Foreign Translation and Introduction; International Communication

· Cross-Lingual Communication ·

The Construction and Practice of Intercultural Communicative Competence Model for College English

Li Rui / 168

Abstract: This paper presents a simplified and practical intercultural communicative competence model based on thorough research of the current relevant models nationwide. This new model is centered around the three basic elements of intercultural communicative competence, namely cognition, affection and skills and integrates language training to bring the cultivation of intercultural competence and communicative competence into full play. Another two teaching methods are introduced to accompany the model, which are ethnographic interviewing technique and discussion-based teaching technique. These two methods can fully engage the students throughout the whole competence training process by allowing them to personally involve in the cultural experience and discuss it meaningfully, which is beneficial for students to ultimately obtain the intercultural communicative competence.

Keywords: Intercultural Communicative Competence; College English; Ethnographic Interview; Discussion-based Instruction

稿　约

1.《比较文学与跨文化研究》学术集刊（Comparative Literature and Cross-Cultural Studies）由中国社会科学院大学外国语学院主办。该集刊立足学术前沿 、坚持学术标准，搭建比较文学与跨文化研究学术交流平台。根据集刊定位，集刊分 7 个栏目，分别为：

1）经典阐释：该栏目致力于深入探究世界经典文学作品，通过对经典作品的解读和分析，让读者更好地领略文学的魅力和深度。

2）文学翻译：关注文学跨语言交流与跨文化交流，介绍优秀的文学作品在不同语言间的翻译与传播，促进文学交流与互鉴。

3）文学新潮：紧跟时代潮流，将最新文学动态介绍给读者，包括当代作家的作品、文学趋势以及新兴文学形式，引领读者了解新潮文学思潮，拓展文学视野。

4）海外撷英：介绍国外优秀文学作品、作家与文学现象，探讨海外文学的发展趋势与特点，为读者呈现海外文学的魅力，拓宽文学视野。

5）跨文化交流：探讨跨文化交流的重要性与方法，介绍成功案例与最新研究成果，促进不同文化间的相互理解与合作。

6）跨语言交际：提出融合跨文化能力和语言交际能力的新模型，为语言教学提供理论支持和实践指导，促进学生跨文化交际能力的培养，探讨语言交际在不同文化背景下的应用与挑战。

7）专题访问：每期设立一个专题，深度探讨某一文学主题、流派、作家或者文学现象，邀请相关领域专家、学者或作家进行深入解析与访谈，为读者提供更丰富、更深入的文学探索与思考。欢迎各界专家学者赐稿！

2. 发表论文语言为中文，字数 1 万字左右。

3. 本集刊对所有原创学术论文实行匿名评审制度。如有抄袭或侵权行为，概由投稿者负责 。

4. 来稿请另页标明中、英文篇名，投稿人发表用的中 、英文姓名，并附中、英文摘要（各 300 字为限）及中、英文关键词（以 5 个为限）。

5. 来稿一律采用页下注（脚注）形式，每页单独编号。一般情况下，引用外文文献的注释仍从原文，无须另行译出 。所引资料及其注释务求真实、准确、规范，体例请参考《社会科学文献出版社学术著作出版规范》第 17～25 页（下载地址：https://www.ssap.com.cn/upload/resources/file/2016/11/04/126962.pdf），并请以 Microsoft word 兼容的文稿电子文件投稿 。

6. 来稿请附个人简介、并附通信地址、电话、电子邮件等联系方式。

7. 来稿经本集刊发表后，除作者本人收入其著作结集出版外，任何形式的翻印、转载、翻译等均须事先征得本集刊同意 。

8. 来稿请以附件方式发邮件至：20180241@ ucass，edu. cn。

9. 本集刊主编和编委会保留发表最后决定权，并可以对来稿文字做调整删节。如不愿删改，请于来稿时事先予以说明。

《比较文学与跨文化研究》编辑部

图书在版编目(CIP)数据

比较文学与跨文化研究 . 2024 年 . 第 1 辑：总第 1 辑 / 王铁利主编；杨春执行主编 . --北京：社会科学文献出版社，2024. 12. --ISBN 978-7-5228-4713-9

Ⅰ. I0-03；G04-53

中国国家版本馆 CIP 数据核字第 2024MH6660 号

比较文学与跨文化研究 2024 年第 1 辑(总第 1 辑)

主　　编 / 王铁利
执行主编 / 杨　春

出 版 人 / 冀祥德
组稿编辑 / 祝得彬
责任编辑 / 张　萍
文稿编辑 / 公靖靖
责任印制 / 王京美

出　　版 / 社会科学文献出版社 · 文化传媒分社（010）59367004
地址：北京市北三环中路甲 29 号院华龙大厦　邮编：100029
网址：www. ssap. com. cn
发　　行 / 社会科学文献出版社（010）59367028
印　　装 / 三河市东方印刷有限公司

规　　格 / 开　本：787mm × 1092mm　1/16
印　张：12. 5　字　数：186 千字
版　　次 / 2024 年 12 月第 1 版　2024 年 12 月第 1 次印刷
书　　号 / ISBN 978-7-5228-4713-9
定　　价 / 98. 00 元

读者服务电话：4008918866